主编　凌翔

当代作家精品·散文卷

锋利的预言

丘脊梁　著

文化发展出版社
Cultural Development Press

图书在版编目（CIP）数据

锋利的预言 / 丘脊梁著 . — 北京：文化发展出版社，2020.11
ISBN 978-7-5142-3232-5

Ⅰ . ①锋… Ⅱ . ①丘… Ⅲ . ①散文集－中国－当代
Ⅳ . ① I267

中国版本图书馆 CIP 数据核字（2020）第 203133 号

锋利的预言

丘脊梁 著

责任编辑：尚　蕾
出版发行：文化发展出版社（北京市翠微路 2 号 邮编：100036）
网　　址：www.wenhuafazhan.com
经　　销：各地新华书店
印　　刷：三河市金元印装有限公司

开　　本：710mm×1000mm　1/16
字　　数：200 千字
印　　张：13
印　　次：2021 年 3 月第 1 版　　2021 年 3 月第 1 次印刷
定　　价：55.00 元
I S B N：978-7-5142-3232-5

代序　写作是对未来的某种勘探

刘恪

对经验写作者来说，容易对历史进行某种总结，容易对现实进行某种描写。这样的写作容易枯竭，容易耗干你的生活。其实写作是一种预警，是一种对未来的设计，是一种防患于未然，这样我们的写作才有意义。

色彩、气温和氛围的深度

丘脊梁有一双彩色的眼睛，在它的环视下，蒸腾而上的云雾，蓝蓝的天绿绿的水，鹅黄的春笋，翠翠的红薯叶与嫩红的茎，缤纷而飞的花叶，五彩的植物渲染成一个特定的自然世界，表达人生一个特定的情绪变化，同时他又引进一个特殊的视觉“母亲”：母亲的感觉器官里温度和季节的变化，泥土的性能、热量与种子发芽、生长的关系，以及母亲通过感受气温的变化来预测生物的成长，这一切都适合在广延空间里耕耘、开掘。如同德国人重视的，不停地说，开掘，开掘，向深度开掘！这是一个什么样的深度呢？一切不获得意义的深度都是空无。丘脊梁一直在追问的深度，在母亲身上得到认同：故乡，母亲，家族。符合一切原型的、情感的（我们可以归纳为“恋土情结”“母子情结”“故乡情结”）精神维系便是生命所系。丘脊梁一直在这个无意识深度上追求。我们来考察一下这种深度，与情感和生命有关的一是自然物质颜色：赤橙黄绿青蓝紫，颜色作为某种情感、生命、性格的象征。二是与温度气候相关的，人与自然之间的一种关系。三是由母子结合构成的情感关系，由三者组合而形成的特定氛围。母亲总是最伟大的原型，这一生长和情感的符号体现在母亲的归乡、恋土情怀上，具体细节如母亲的体温可以和季节的温度、泥土的温度相互转换，当母亲捏着泥土里的温度与水分，她似乎看到了生命的成长……人与植物的共生，构成她环境的氛围而且又带了家族和村寨某种神秘的氛围，比如牛角冲的赊刀人，赊禾镰、赌博成了他们的生存方式和生活方式，成为一条生活准则，成为生活向前推进的一条曲线。这种色彩与情感构成的氛围和村寨习俗奇而不怪的氛围结合起来，它们向季节和工具、土壤索要的深度，正是情感所显示的深度，也正是意义显示的深度，正如《锋利的预言》和《骨髓深处的季节》保持这种寓言传统的优美平衡，所显示的故乡与个人这种深度又多了一种情怀。如何理解这种情怀与深度的关系所具有的特定意义呢？

丘脊梁是乡村人的赤子，是母亲的儿子，开始对习俗与情感的不理解（这是代际关系的影响），很快由于故乡和儿子特定的角色使他感同身受。如同克劳福德说的，由静观的审美体验变成介入的动态的参与式的审美体验，并升华了这种情感。始初是个人情怀，到《水边书》升腾为一种对家、对故土之恋，把这种动态的审美体验，象征隐喻为一条河流的感觉，让纤道、清溪、湿地等事物，具有了人的情感与温度。杂草是绿色世界，是春天也是生命，“春天并不仅仅只是一个季节，更是内心深处的一种色彩和气韵。”反之呢，亦然。于是这种由氛围显示的意义深度是人与自然、人与故乡的关系，是儿子和母亲这种温情审美的一种过程。这种父母视角体验的情感最是人类原型的存在，是一种瞬间拓展和顿悟的生命成长。

夜行火车与黑暗中的房子

生命中充满各种各样的事物，单位、家庭、报刊，只是生命历练的各种平台。它使事物有了长度，在事物中进行的速度也许和夜行火车的速度一样，穿过日常生活，还穿越梦境，成为想象的极限。人格和个人操守便在其中形成，人格即命运。放大了丘脊梁一生的生命历险、生命体验，这种个人化的经验组成了个人漫长的职业经验，如夜行火车在黑暗中奔跑，“我怀疑那些年的夜火车，早已化为某种精灵或精神，融入到我血脉的深处……”这含有如下指标：前途和无方向的矛盾，白天和夜晚的矛盾（隐指黑暗和光明），运动和停顿的矛盾，冲刺和冒险的矛盾。其实无论好与不好都是一种生命运动，就丘脊梁而言，艰苦备尝的东西更多一些，文学上努力奋斗没有成为大家，职业上忘我拼搏没有成为总编。屡屡不得志。这是一种价值观，如果不就意识形态评价，我依然认为丘脊梁获得了很大的成功。作为报人他仍可骄傲，伴随一种报纸演义到曲终人散，我听说他始终未在自己管辖的版面发表一个私人的文字。这种职业人的操守是非常伟大的，不以权谋私足见品格之优秀。以弗洛伊德压抑理论而言，对一个事业未竟者未必不是一件好事。我们知晓压抑使得人格具有一种竞争动力，压抑以后就个人力量而言，会有一种“反弹”激活许多新的人格因素，会超越地作出一些奋斗努力，那么他会获得更大的力量取得更多的成绩，“越是想获得，就会获得更多”，如果早已获得，没准就会停滞不前。丘脊梁的认识越来越高，文章越写越漂亮就是这个道理。首先是在建筑处理一些写实能力，简单说就是一些描写能力和叙述能力。到这种能力具备了，便会在实际事物中增加气氛和韵调的一些弥漫性情绪。我要说的是第三层，对一些形而上的、一些虚拟之物作超越性的理解和书写。例如，写“黑暗”对他的感同身受，对它的质地重新考查，然后从这些非物中发现一些精神性的东西。从西方绘画艺术看，伦勃朗是画黑暗的高手，他通过色泽质地的层次冲突和光线的反突出把黑暗效果传神地表现出来。诗人翟永明也很会写黑暗，她出人意料地在黑暗之上再加上黑暗。还有史蒂文斯，吸取了中国美学的精髓，《观察黑鸟的十三种方式》黑暗中便有静观默察的美学，每一个诗节写黑暗中的一个动态。丘脊梁的同道散文家沈念最初的获奖散文也是写黑暗的。有这么多先例对黑暗进行表述，把黑暗从氛围写成一个庞大的形体，把黑暗与他的日常生活实际保持着优美的平衡关系，还黑暗以常规之物以个人心境之物，使黑暗从可触摸之物变成一种生存重负，一种梦境之物，尤其从黎明之中感受到了力量，成为人的一种精神动力，不同常规，不同凡响。人在黑暗中蜕变，黑暗变成一种洗礼，完全把黑暗引入了一种反向思索，仿佛可以触摸黑暗的毛孔，黑暗的体温，黑暗在日常中成了另一种生存。唯一的弱点是写得太急切，太情绪强度了。

黑暗就是一座隐形的房子
我们居住在黑暗的房子中
何其深刻的反讽
何其深刻的日常生存
唯其如此，更加增添了黑暗的深度。

（刘恪，湖南华容人。毕业于北京师范大学文学院，文学硕士；国土资源部作家协会副主席、河南大学文学院教授；中国作家协会会员，文学创作一级；出版的主要作品有长篇小说《蓝色雨季》《城与市》《梦与诗》《寡妇船》，小说集《红帆船》《墙上鱼耳朵》《空裙子》《纸风景》，理论专著《词语诗学》《耳镜》《现代小说技巧讲堂》《先锋小说技巧讲》《现代小说语言美学》《中国现代小说语言史》等；曾多次获得各类文学奖；部分作品被译成俄、英、韩等文字。）

目　录

第一辑　骨髓深处的季节

锋利的预言

曾经有很长一段时间，赊刀人是牛角冲最热烈、最神秘的议题。他们就像神明一样，指引和拯救着牛角冲人濒临坍塌的生活。

那时牛角冲的人，总是暗暗地盼望着赊刀人出现，又暗暗地害怕他们到来。

牛角冲是一个偏僻且封闭的地方，它就像一个弯曲而狭长的牛角，尖利地插进连云山的腹地，两侧高山上茂盛的植株和绿色，铺天盖地地倾泻下来，生生地把它掩埋，而冲口一个庞大的水库，又活活地将它隔离，这里面的三百来户人家，仿佛被外面的世界遗忘了。在没有修通水泥公路之前，这里除了几只过往的鸟雀，顶多就山那边浏阳的几个牛贩子偶尔来活动一下，平时连个生人都很少见，至于操不同口音的外地人，一年都难得来一个。但是，赊刀人却知道这个地方，惦记这个地方，隔个三年五载，或是更久一些，他们就会背着一大包沉重的刀具，咣当咣当，仿佛像从天而降的神明一样，毫无征兆就出现在我们面前。他们对我们的熟悉以及我们对他们的茫然，让牛角冲的人确信：赊刀人即便自己不是神明，也一定是神明派来的使者。

与赊刀人一同到来的，除了锋利的刀具，还有同样锋利的预言。赊刀人把那些在人们看来匪夷所思荒诞无稽的预言，与刀具紧紧捆绑到一起，高价赊给牛角冲人——如果预言没实现，他们永远不来收钱，刀具白送！可是，若干年后他们的预言无不一一兑现。这种洞若观火的远见和判断，没法不让人惊奇，没法能阻止住牛角冲人对他们的信任和膜拜。封闭且贫穷的牛角冲，迫切需要这种来自神明的提示，去安抚和振作人们随时都可能破碎的生活，以及被生活压迫得变形的心灵。

没有人能说清赊刀人最早来牛角冲的确切时间，有人说是永远健康出事那年；有人说是新中国成立后两三年；有人说新中国成立前就来了，他见过，而那时的老辈人还见过更早的。这说明赊刀人这个职业或者说是存在，对牛角冲人来说，并不是一桩新鲜事。他们津津乐道的是赊刀人兑现的一个又一个预言，还有这些预言背后神奇的种种。

最让牛角冲人记忆深刻的一次预言，就是永远健康出事那年留下的。老班子描述起当年的情状，简直就像一个传说：几十年不见踪影的赊刀人，在秋收前的某个黄昏，突然坐着划子穿过波光粼粼的水库，在落日的余晖中，风尘仆仆地出现在牛角冲人面前。来的是一老一少两个人，帆布袋里装的全是禾镰。对，全是禾镰。他们能说出这里每个屋场及屋场新中国成立前户主的名字，但牛角冲人却谁也没见过他们。人们团团围着，好奇地看他们锋利的禾镰，当问到多少钱一把时，老者笑眯眯地说，不卖，只赊。而且还不赊给集体，只赊给个人。人们这才明白过来，原来他们就是老辈人讲得神乎其神的赊刀人！可是，当场并没有一个人赊他们的禾镰——田土和稻子都是大队的，私人要那么多禾镰干吗？老者说，现在是用不上，但今后家家都会要，田土不分到户我们不会来收钱的！这天晚上，赊刀人来了的消息，像夜雾一般，很快就弥漫到牛角冲的每一个角落。人们低声互相传递：赊刀人说要分田到户了！然后一个个悄悄地跑到赊刀人歇息的大队部屋檐下，在小本子上写上自己的名字和住址，赊走几把价格高得有些离谱的禾镰——当时牛角冲一天的工分才三毛，人们饭都吃不饱，但这些八毛一把的禾镰，他们毫不犹豫就赊下了。他们赊的是禾镰，赌的却是生活和命运。黑暗的夜色中，牛角冲人的眼睛，像锋利的禾镰一样闪闪发亮，他们在禾镰和预言的刀锋上，看到了希望与未来。

年少时我对赊刀人的这次到来和表现深信不疑，并像牛角冲人一样替他们广为传播，但年岁增长后，我一直对这个说法心存怀疑。以我的理解和判断，永远健康的时代，社会不可能有如此大的流动性，而且对于一伙来历不明的陌生人，所有的人特别是红卫兵会充满警惕与敌视，至于那些带有政策性和政治性倾向的预言，更是当时的大忌，稍一不慎，就可能有牢狱之灾甚至是性命之忧，谁敢冒如此大的风险呢？我觉得，如果把时间往后推上几年，也就是说，在红太阳陨落那年或更后一点，倒是有这种可能。但牛角冲人却坚决地一致认定，没错，就是永远健康出事那年！这无疑是一种有意识的集体式记忆出错。这种把事件生发时间前置的错误，除了能更加有力证明赊刀人的英明和神秘外，只能说明牛角冲人对这个预言具有强烈的期盼，在他们的心底，也许早就有了这样的想望，是赊刀人帮他们从芜杂的现实中打捞出来并发散开去。他们需要这种声音为自己代言，而代言者的正确性、准确性和超常性，在他们的潜意识里，必须自觉去设置和维护，所以原本就存在部分事实的赊刀人，慢慢被修正成了他们的神明？

不管时间的前后和事实的真相如何，总之，分田到户的预言大快人心，而它的兑现，则让赊刀人的权威变得毋庸置疑，他们的神性，更是让人不敢有丝毫的冒犯。数年之后，当两个赊刀人背着袋子拿着账本出现在牛角冲时，在自家责任田里劳作的人们，纷纷洗净手脚上岸，从家里拿出钞票毕恭毕敬交给他们。他们并不是先前放禾镰的那一老一少，但手上的账本千真万确。赊刀人并没有认真核对账目，更没有一家家去催讨，给了钱就收下，没有给的也不多问。正是这份随意和大度，让牛角冲人更加敬重和信任他们，最终没有一个人敢欠他们的钱。他们这次带来的是柴刀，上次的禾镰钢火特好，如今正在各家各户发挥着作用，估计再用上几年也毫无问题。而柴刀，正是牛角冲人眼下最需要的，因为满山的树木已分给了私人，正等着他们砍去卖钱，赊刀人真是太了解他们了。牛角冲人这次赊到了厚重的柴刀，也获悉了新的预言：猪肉十块一斤再来收账，一把柴刀十斤猪肉。这真是一个沉重的赌局，要知道，当时的猪肉才一块钱一斤，市面上的柴刀也就三五块钱一把。以这时的价格计算，赊刀人的柴刀差不多要整整一头猪！更加让牛角冲人不安的是那个琢磨不透的预言，不知到底是好还是坏——按现在的行情，猪肉不可能涨到这么高，价高钱多当然是好事，但如果是通货膨胀呢？没钱的牛角冲人岂不是日子更加难过？他们又如何吃得起这么贵的肉！这样的预言，就像手上的柴刀一样，既可以伐倒山上的树木，也可能砍伤牛角冲人自己。

类似的预言此后遍布牛角冲人的生活。比如说，种田不用交税，种粮还有补贴；家家有楼房，一半无人住；人吃粗粮狗吃肉；田里长草，屋顶长树；水比猪油贵，粮比鸡屎贱……这些都兑现了的预言现在看起来也许平淡无奇，但在它们兑现前的十年甚至更久，每一个都不啻石破天惊，让人听了既欢欣鼓舞又心惊肉跳。很多预言，即便是牛角冲最博学的老先生和最优秀的大学生，也破译不了它们的具体所指。每一个人都有着自己的理解和诠释。事实上，这样的预言确实存在着无数种可能，可以乐观地把它看作好事，也能悲观地视为灾难。很多年来，牛角冲人就是在赊刀人的预言指引下，信心满怀又小心翼翼地把悲悲喜喜的生活，演绎成一条波澜壮阔的长河。

我从小就在牛角冲听到赊刀人各种版本的预言，当时除了觉得奇怪和好玩外，并不认为他们和它们会对牛角冲有多大的作用。在我们少年的眼里，这些锋利的东西充满杀气，主凶，远不如货郎和他们的糖果亲切诱人。无知和无负重的我们，更喜欢直接和甜蜜。但多年以后，当我的人生和生活都需要信仰与信念来支撑时，才深深地感到赊刀人对牛角冲无可替代的意义——赊刀人的预言给牛角冲人的生活设置了悬念。没有悬念的生活一如一池死水，时间都是静止的，毫无生机和活力。而悬念，却给人期盼和想望，让原本平淡的日子，变得情趣盎然。劳苦的牛角冲人没事时经常聚到一起，猜谜一般谈论赊刀人的预言，各种稀奇古怪的说法让人脑洞大开，笑声不断，繁重的农活、清贫的生活，全都暂时搁置一边，眼里只有一幅幅不同的人描绘的美好画面。一些被生活压迫得走投无路的牛角冲人，就是在这些悬念和画面的鼓舞下，挺过了难关，迎来生命的春天。赊刀人的预言也给牛角冲人的生活指明了方向。物价、政策、社会问题、自然灾害，牛角冲人似乎都能从赊刀人的预言中窥出端倪，他们习惯于围绕预言，去展开他们的生产和生活。有几年牛角冲人家家户户大量喂猪，全都获得了较高的回报，就是得益于赊刀人肉价要大涨的提示。赊刀人的预言还给牛角冲人的行为作出了提醒。一些模棱两可或看似可怕的预言，让牛角冲人充满了敬畏，他们不敢放浪自己的行为，也不敢混乱自己的心思，担心预言兑现时，神灵会惩罚不听招呼的人。在牛角冲人的精神秩序里，除了现实的法律，每个人的心头，还供奉着一尊神明，它们都是不可亵渎的圣物，必须自觉地无条件地敬仰和遵守。而赊刀人的预言，牛角冲人把它等同了神的旨意。

正因为这样，所以很长一段时间里，牛角冲人都盼着赊刀人到来，又怕着他们到来。盼他们到来，也就是期盼预言或者说是自己的想望早日实现，当然也在期盼赊刀人带来新的预言，给他们新的指引；怕他们到来，是怕带来的新预言不是一个好消息，怕自己的生活又有大的动荡或者颠覆，当然，也怕预言兑现了要支付高价的刀具钱。

赊刀人是哪里人？现在在何处？什么时候再来牛角冲？对于这些问题，牛角冲人一概茫然无知。说实话，牛角冲人并非都是愚昧迷信者，也并不是一开始就把赊刀人视作神明。最初的时候，他们对赊刀人同样采取怀疑和观望的态度，赊个禾镰，纯属是赌个运气贪个便宜，即使是在预言兑现之后，仍有不少的人在暗暗观察和调查他们。有人曾怀疑他们是为某个盗窃团伙踩点的，但这么多年来，牛角冲并不曾因他们的到来而丢过一根针；有人曾认为他们不过就是一伙奸商，纯粹为了赚钱，可仔细算来，长达数年甚至十几年的赊账，加上路费和物价上涨等因素，其实也赚不了多少钱，何况，他们只赊刀具，禾镰、柴刀、菜刀、剪刀、锉刀……都在牛角冲赊过，而且每次来只带一种，如果为了赚钱，应当什么俏就销什么呀？有人曾认为他们就是一伙骗子，弄得神秘兮兮为的是让你上当高价买他的刀，可他们在牛角冲没有骗任何人的钱财，睡都只睡到屋檐下……当所有的指责和怀疑都显得苍白无力，而离奇和邪乎的预言却一个个成为现实时，最初的发难者反而成了赊刀人最坚贞的拥护者。是的，正是那一个个超出时代的锋利预言，让牛角冲人按照自己的见识和理解，把赊刀人一步步神化。

我从小听着牛角冲人讲述赊刀人，对赊刀人的故事了如指掌，可我却一次也没亲眼见过他们。他们在我的心中就是一个传说。我一直想破解他们神秘的身份，曾很多次向有关专家甚至是江湖人士请教，也经常到书籍、网络、论坛去寻找他们，但始终没有得到确切的答案。我惊讶地发现，赊刀人并不只是牛角冲特有的事体，他们飘忽的踪影几乎遍布全国各地的农村；他们的预言，也具有较大地域范围内（有的甚至是全国）的一致性。关于他们身份的猜测，除了牛角冲人能想到的种种外，比较集中的说法是认为他们是道教人士，是鬼谷子的传人，以赊刀（道的谐音）的名义，来给老百姓指点迷津，预测未来，根本不想从中谋利。他们赊的是刀，弘的是道，传的是爱。与此接近的说法，是认为他们来自与我们平行的另一个世界，穿过时间与玄奥之门来点化众生，拯救黎民。这两种说法，都像牛角冲人理解的那样，具有浓郁的宗教情怀和神秘色彩。我当然不太认同这样的判断，但也无法作出自己的结论。我唯一能肯定的，就是赊刀人不是坏人，而且是一群具有远见卓识的智者。他们不是预言家，而是信息的收拢者、研判者、提炼者和传播者。他们是我们这个时代流落民间的大数据分析师？或是善于创新商业模式的经济学家？

……

牛角冲人在赊刀人一个个预言的指引下，经过一个个路口，穿越一片片丛林，不知不觉就抵达了他们先前无法想象也根本不相信的境地。如今的牛角冲，随着水泥公路的深入和旅游开发的到来，早就不再偏僻和封闭，现代文明像潮水一样，从四面八方漫涌进这个古老的山村，人们争先恐后地享受着现代生活的种种便利和好处，日子过得高潮迭起，精彩纷呈：家家户户都是漂亮的楼房，一多半人家房前还停着一辆小车；很多人家已经不再种田，原先金贵的水田，现在要么长满野草，要么低价租给福建人栽花；菜地也荒芜了，山东和海南的大棚菜，一出世就能很快现身牛角冲的超市里，不种菜半点都不影响生活；而巴掌大一个山冲，现在居然有了很多家包子铺和饭店，懒得搞饭的人，一日三餐不开火也饿不着……牛角冲人对这种生活非常满意，每天打打麻将、玩玩手机，唱唱歌，时间很快就过去了，而第二天，又是毫无悬念的同样如此。没有悬念和负重的日子不需要提示和指引，牛角冲人就像坐在一个密封的船舱里，随着流水漫无目的地往前漂。他们已经不需要预言，也已经忘却了赊刀人。

赊刀人已很久没来牛角冲了。就算是来了，估计也没有人会理他们——如今的牛角冲人，不砍树、不喂猪、不栽禾、不种菜，除了杀人，哪里还用得上刀？

日子水一样地流。

流着流着，就没了方向。

安逸且富足的牛角冲人，越来越感到活着没味，心里空荡荡的。他们觉得整个世界和所有的别人都出了问题，除了他自己。他们对眼前曾经非常羡慕和满意的生活无比厌恶，对世道人心则简直是出离愤怒：人与人之间没有了信任感，互相搞名堂；所有的人都只知道搞钱，笑贫不笑娼；道德已经没有了底线，羞耻已经成了稀物……经过多年的浸淫和经历，他们已经不相信任何人了，包括代表神明跟他们沟通和对话的和尚与道士。他们知道，很多道貌岸然的货色，其实是骗人的把戏。他们对眼前的生活失望透顶，不知道还会不会变得更坏？也不知道什么时候才能够变好？他们的精神一片空虚与茫然，迫切需要指引和拯救，他们又想起了赊刀人。在他们的心中，只有赊刀人的预言，从来不骗人——现今的状态，就是赊刀人多年前的预言！

牛角冲人记起赊刀人最后一次来时的预言：男女老少互相欺，家家户户穿破衣。当时赊的是剪刀，一把一百元。但并没有几个人赊，一是大家都有了钱，不习惯赊东西了；二是剪刀到处有，几块钱一把，犯不着买这么贵的；三是人们根本就不信那个预言，都什么时代了，还家家户户穿破衣！就算以后不添置一件新衣，谁也用不着穿破衣。哪里知道，还真让赊刀人说中了，现在谁家没几件时尚的破洞衣裤呢？可惜的是，牛角冲人只关心预言的后半截，对前半截的提醒，当时所有的人都毫不在意，忽略过去。说到底，他们看重的还是物质层面的东西。现在预言兑现了，可是赊刀人为何还不来收款并带来新预言呢？牛角冲人想了很久，觉得并不是赊刀人嫌账少，而是他们早就看出来了，牛角冲的人心已经坏掉了，一个坏掉人心的地方，谁还会再来？谁还去拯救？牛角冲人，如今看问题也上升到了精神层面。

我以前以为牛角冲人赊刀是生活需要，现在看来，他们赊的其实是刀具背后的那个预言。很多年来，他们内心和精神一直是焦虑的，对未来的生活缺乏安全感和确定性。特别是眼下，他们急需在牛角冲重新建立秩序，更需要在自己的内心和精神上重构信仰。而赊刀人的预言，就像一把锋利的砍刀，能剔去生活身上包绕的污垢，劈开重重的障碍，直达最真实的内核；也像一把轻巧的手术刀，能快速割去内心的沉疴；还像一把尖锐的匕首，能穿透业已麻木的肌体，扎中灵魂的要害和痛点。

牛角冲人盼望着赊刀人到来，但赊刀人再也没有出现。倒是赊刀人在外村留下的新预言，源源不断地传进来，比如说：三个人分吃一个糠饼、一斤猪肉换一斤麦子、一栋房子换一袋米、人和狗抢馒头吃……从字面上理解，这些大同小异的预言都指向闹饥荒，提醒人们要重视粮食生产。牛角冲人觉得赊刀人说得太对了，在赞不绝口的同时，也暗暗为赊刀人不来牛角冲而羞愧。有精明的牛角冲人跑到外村去打听，外村人说，赊刀人已很久没来我们村了，但到了外村，在他们那里留下了预言；精明人再到外村的外村，说法还是一模一样——原来没有一个人见过赊刀人，所有传说中的预言，都是他们自己说的！难道，外面的世界也像牛角冲一样，需要借助赊刀人锋利的预言，来剔除内心的隐忧和暗疾吗？精明人茅塞顿开，也编了几则看似耸人听闻实则劝人修德向善之类的预言，伪托成是赊刀人在外村的外村说的，结果牛角冲人大加赞赏，广为传播，并以此作为道德规范和行为准则。受此鼓舞和启发，从此，一条条赊刀人的预言，就像长了翅膀的鸟一样，从牛角冲起飞，越过高山与人心，飞向四面八方。盼望着赊刀人到来的牛角冲人，最后自己默默地变成了赊刀人，不过他们只赊预言，从不赊刀。

我终于明白过来，牛角冲人其实一直都是自己在拯救自己，无论是生活，还是精神。

（《四川文学》2019 年 7 期）

骨髓深处的季节

（一）

很多年来，季节在我的面前只是一个模糊的背影，就像母亲的人生一样，我不能确定它每个阶段细微的变化，我只知道它经常变换模样和姿态出现在身边，悄无声息就来了，一不留神又去了，至于什么时候来的，什么时候走的，总是隐隐约约，恍恍惚惚。我忽略了它的存在，或者说缺乏对它的尊重与敬畏。事实上，季节于我的工作和生活，又有多大的关联呢？无非是加减衣服开关空调的简单逻辑而已，我确实不需关注它的一举一动，更不必掌握它潜藏的秘密。直到在天台上做起伪菜农，我才惊讶地发现，季节原来和每一个生命都紧密相连，你如果不熟悉它的脾气和秉性，轻视了它，违背了它，那它就毫不客气地糊弄你，惩罚你！在经历了一年的劳而无获后，我终于看清了自己的贫乏与浅薄。我知道，我与季节之间的隔膜和距离，单凭自己的理解与努力，短时期内根本无法打通。看着天台上荒芜已久的泥土，我突然想起了乡下的母亲。母亲是种菜的能手啊，她洞悉季节的玄机，一定能拯救我那悬在半空的理想，一定能让我的天台和心情，都变得郁郁葱葱。

可是，母亲她乐意又来这座看不清季节的城市吗?

父亲过世之后，我曾把母亲接到城里住过几年。她很不适应远离泥土的生活——茂盛的楼房和狭窄的天空，让她感到城里的每个日子都一模一样，扁平，单薄，而且缺乏颜色。我和妻子上班、孩子上学，她闷在家里度日如年，常常独自一人，撑着腰子，拐着左腿，在小区附近穿来穿去，走走停停的，东张西望的，好像在寻找某些她迫切需要的东西。起初我以为她是在捕捉乡音，结交老乡，以便让这些久违的亲切充盈她的虚空，后来发现不是的，她是在寻找裸露的土地和成片的绿植，寻找城市里隐藏起来了的季节。体育馆前面的街边公园，不久就成为她最向往和最踏实的地带。这块巴掌大的地方，有草地，有灌木，有花卉，有青松和香樟，各种各样的颜色，层次分明，轮廓清晰，变化多端。在布满钢筋和水泥的城里，这里成了季节一个小小的驿站和据点。母亲不再穿街走巷苦苦寻觅了，每天吃完饭，她就像赶赴约会看望老朋友一样，一瘸一拐急匆匆地径直来到这里，一待就是小半天。我上班的地方，在公园对面一栋高楼的九楼。我常站到窗前，悄悄地观察她。我发现母亲落寞地坐在石条凳上，痴痴地望着那些植物，长久地发呆。她的身边，不时有衣着光鲜的市民经过，但没有一个人理睬她。她偶尔也起身走一走，但只围着那些花草们转，街边的热闹与繁华，都不属于她。她是在跟它们进行无声的交谈，还是向它们倾诉内心的孤独？我的鼻子猛然一酸，眼睛一下就湿润了，我把她接到城里来，到底是让她享福，还是让她受难？她在城里没有一个熟人，是这些唯一亲近的植株和植株上跃动的季节，让她看到了岁月的流转，获得了情感的依托，使她每天的时间，不再那么空洞和漫长。我常想，假如没寻到这片绿地，她的内心是否会更加荒芜？假如看不到季节在植株身上的行走，她是否会觉得生活更加了无意义——岁月静止了，人生终止了？

因此，在母亲提了多次要回乡下独自生活后，我终于顶着不孝的恶名同意了。我知道，对于一个受惯了苦难的农村老太婆来说，物质生活对她并没有多大的吸引，关键是要有一个适合她的环境。近七十年的日月，早就让乡村的风雨和节令，深入到了她的身体内部，形成一个自成体系的世界。只有在这个她无比熟悉的世界里，她才能活得滋润和舒展。城里简单而模糊的四季，哪能跟她体内的季节合拍啊！与其别别扭扭地“享福”，倒不如让她痛痛快快地“受苦”去。母亲非常高兴，走时把她所有的东西都放进了包里，显然她是不想再来城里了。现在，我又要接她来这个她厌弃的地方，她会同意吗？

母亲却爽快地答应了。在听我描述了新居天台上的菜地后，她眼睛晶亮，闪烁着惊喜的光芒；得知我劳累一年，只收获了三条黄瓜几把青菜后，她哈哈大笑，笑声中充满了对我的揶揄和怜惜。她把一包包种子装进衣箱，信心十足地表示以后我再也不用买小菜了。我在天台开辟菜地的目的，当然不是为了省菜金，除了想寻找劳动的乐趣，追赶城市的潮流外，更多的是对工作失意的一种逃避和隐遁。这些年，我总感觉做什么事情都不顺，所以有些消极地埋首菜地中间，谁知就连自以为简单的种菜，也惨遭失败。但这块寄托了我某种理想和情怀的小小菜地，最终却成为我和母亲的共同期盼，成为她进城与我们共享天伦的最直接理由，倒是我没有想到的。我的内心一片温暖，感到无比欣慰。看到车后座的母亲神情轻松又迫切，全然没有以往进城时的压抑和沉重，我暗暗感激薄待过我的土地和四季。它们曾让母亲离我而去，如今又让我们母子的心，紧紧地联结到了一块。它们，像一双隐形的大手，神秘地主宰着这个世界的一切。

（二）

母亲没有看到我的菜地。

她跛行的左脚和损伤的腰椎，无法穿越重重障碍。

我的菜地在楼顶，要先从阳台16级的旋转木楼梯爬上阁楼，进入一个低矮的小厅，再进入三面墙壁都摆满了书的逼窄书房，然后左折，经过一条狭长的通道，再左折，低头钻出一个不高的门洞，才能到达主卧上方的天台。天台大约有40来平方米，我把其中的8平方米用作菜园，其余的都装修成了精美的休闲场地。我常常慵懒地坐在遮阳伞下的藤椅上，喝茶，看书，吹风，听植株开花结果的声音。要是母亲能上来，看到这么整洁和高级的菜地，她不知有多开心！在这样的菜地上劳动，她一定会像轻风一样畅快！可惜的是，她无缘看到我精心的设计，无法亲近她热爱的事物。那天一进家门，她就要我带她看菜地。才登了三四级旋转楼梯，她就按着腰子停下了。我蹲到她前面，要背她上去，她摇着头说："算啦，我已经闻到泥土的气味了。"我说那怎么行，你不上去怎么种得好菜？她笑笑说："你听我安排就是了。"她满脸的欢喜与自信，让我心底的遗憾和失望慢慢消退。

母亲确实是掌握了季节的奥秘，她对我发出的各种种菜的指令，总是准确而有效，完全不同于小区那些伪菜农们想当然的猜测。我先前看到菜不长、不开花、不结果等种种问题，总是以为土薄了，肥少了，水不够，经过一年的失败教训，才悟到对作物生长影响最大的是季节，或者说是节令——从种子落地的那一刻起，所处的节令，就决定了它一生的基本命运，强壮或者羸弱，丰满或者秕薄，都不是自身或人力所能改变的（这似乎有点像唯心论的"八字"）。我知道，每一个物种，都与季节有着一个神秘的约定，只有在约定的日期里，才能绽放出它完整而盛大的生命。这个约定坚不可摧，早几天不行，迟几天也不行。但具体是哪一天，我却糊里糊涂，完全不明白。母亲却能破译它们的密码，预测到它们的未来。她的这门本事，让我感到神奇。

我总是急于求成，做什么事情都不甘落于人后，只想奔跑到别人的前头，但往往又事倍功半，这让我活得疲惫、匆忙，而且失意。从失败的工作与事业中抽身出来后，我又把这种急切的性子，带到了天台。立春不久，天气晴朗，气温一天天升高，有几天还热得像是初夏，很多人都脱去了棉服，我生怕错过了好天气，拿一包种子准备去种豆角。母亲喊住我，还早着呢，慌啥。我说，这么高的温度，肯定两天就能发芽。母亲一笑，地里的虫子都没出来，发鬼芽！我不信，几锄下去，果然不见一只虫子，板结的泥土中，连蚯蚓都看不到。我不知下豆角种子跟虫子出洞有什么关联，但铁的事实，让我不敢造次。接下来天气就变了，雨水纷纷扬扬，一连下了好些日子，气温又降回了原点，我庆幸有母亲提醒，否则又是白干一场。惊蛰到后，我又提出要种豆角，因为我知道，这个时候虫子都苏醒了，母亲却说，种不得，土都没热。土怎么会热？夏天都晒不热呢！母亲说，春分的土是热的。春分时雨倒是停了，太阳却不大，只有成天的风，在四处乱窜，它们吹乱头发，吹掉旧年的树叶，钻进门窗，钻进裤管，难道也带着热量钻进了泥土？我扒开菜地一看，被雨水浸泡爬虫钻动的松软泥土中，竟然真有丝丝缕缕的热气若有若无地冒出，用手一摸，暖暖的。这时小区的菜友们都种下豆角了，我问母亲是否也种，母亲看看天，捶着自己的腰肢说，再等几天，清明过后下种，这天还要变啊。我说人家的豆角都几寸高了呢。母亲说，放心，误不了你的事，他们的都会冻死。清明那天，一直晴朗的天气突然下起瓢泼大雨，到晚上气温降到只有几度，菜友们的豆角秧子，全被暴雨打得东倒西歪，冻得蔫蔫的，几天后太阳一出，全部晒死了。而我家清明第二天种的豆角，却一路高歌猛进，茁壮生长，在真正属于它自己的季节里，迎来生命的春天。

从种豆角这件事上，我真切地领教了母亲对季节的熟悉和遵从，也更深地看到了季节的坚硬与凌厉。母亲提醒我说，你呀，做事就是性急，时候未到，急也白急，干也白干啊。她这种乡村哲学家式的话语，此后多次出现在我们种菜的交流中，她不但解决了我农事上的诸多疑难，也点化了我人生中的种种困惑，让我的生活和心境一天天地明朗起来。我只是觉得奇怪，一个近乎文盲的乡村老太，难道只因掌握了季节的秘密，就能洞察人生的种种吗？季节与人生之间，到底又存在什么幽微的关联？

在母亲的指导下，天台的菜园日益丰茂起来。空心菜碧翠，苋菜紫红，苦瓜苗嫩黄，丝瓜叶墨绿，它们全都按照自己的本色，踩着季节的节拍欢畅前行，全然不像我往年种的那样，该绿的不绿，该红的不红，开花时下雨，抽薹时烈日，行走得磕磕绊绊，歪歪扭扭。母亲告诉我，什么东西都只能顺着季节来，早不得，也晚不得。季节很霸道，其实又很公平，它给每个物种都分配了兴旺的时段，比如春分日桃花会开，五天后花谢，李花开；李花开五日，接着杏花开……所以该谁出场时，就得赶紧上，千万不能错过，错过了一时，就会荒废一生。我第一次知道季节有这么多微妙的门道，可我又哪里知道作物们出场的次序呢？好在母亲心里有一本完整的谱牒。每天下班一回家，她就沉着地指挥我，今天该给黄瓜施肥，明天该给辣椒浇水，后天该给豆角松土……她的每一项指令，都紧贴着节候细微的变化，也对应着作物不同形态下的特征与需求，丝毫不可乱套。这些复杂的知识，我有意把它记到本子上，研究了好久，还是没太弄懂其中的规律，母亲把它们摸索出来，该花了多少的功夫啊！母亲却只淡淡一笑：种久了自然就会知道。我想是的，经历一多，就会自动生成为本领；本领一强，就能自然默化为本能了，就像母亲这样，她根本不必翻看日历，不必知道温度与风向，就能随随便便从从容容应对强大的季节。

可是母亲看不到菜园的盛况，我为此深深遗憾。我和妻子多次要背她上去，她总是不肯，她怕弄伤腰腿，给我们增添更大的麻烦。她的身体确实不如以往了，在一年年地老去，我住在旧房子时，她还能天天去体育馆前看风景，现在除了偶尔跟邻家老太到院子里散散步，在花坛边挖几蔸野生的紫苏、薄荷让我移栽到天台外，大部分的日子，她就安静地待在家里。我坐在办公室时，常常想到孤独的她。她一个人守着空房子，真是跟坐牢没有区别啊。她原本是冲着菜地来的，可薄薄一层楼板，却又把她隔离在季节之外了。她是那样一个离不开泥土和作物的人，现在它们近在头顶，却远在天边，这不是更让她难受和感伤吗？我下班回家时，常常看到她要么落寞地坐在房间里，不声不响；要么徘徊在主卧室里，仰着头盯着天花板看；要么扒到卧室的窗户上，伸长脖子朝天台张望。她在想着那些她天天操心的菜啊，可她什么都看不到，顶多只有几根爬出天台的瓜藤，慰藉一下她孤寂的心灵。我想，她闷在家里，肯定天天都是靠想象和虚拟的菜园，来打发漫长的时光。我的心隐隐生痛，要是她能看到菜园真实的场景，该多好啊！

但母亲却清楚地知道菜园的情形，这让我万分惊奇。每当我要上天台，她就会提醒我：把豆角摘下来吧，再不吃就老了；今天不要摘丝瓜，再让它长两天；红辣椒可以摘一批了，不摘不长新的……我从天台下来，她也要问我几句：冬瓜开花了吧？苦瓜是不是籽都裂出来了？茄子又结了一批吧……她总是能猜个八九不离十。我明白过来了，她每天在家里的行动，其实都是在捕捉蔬菜的信息，她看不到它们的身影，但能闻到它们开花和结果的气息，听到它们成长和成熟的声音，所有作物的根系，从来都是生长在她的内心，她不需要看见它们，它们一直葱茏在她生命的最深处。

母亲的说法却不是这样，她淡淡一笑，这有什么玄乎的，什么节气吃什么瓜菜，一种瓜菜隔几天能收一批，都是有定数的，我活了快七十年还不清楚？很简单的道理呀。

读中学的儿子对母亲的话充满了兴趣，他正被地理中的黄道赤道弄得一头雾水。他敬佩地问，奶奶，您怎么把季节搞得那么明白啊？

母亲说：因为季节已经钻进奶奶的骨子了。

我的脊背一麻，仿佛真有一把无形的利器，飞快地扎进了自己的腰椎！看到眼前佝偻的母亲，我无比痛惜起来。

（三）

母亲一直腰腿痛，痛了好多年了。最初的时候，只是偶尔痛一下，休息一两天，慢慢就好了，后来发作的频率越来越高，程度也越来越厉害，到如今，只要有细微的天气变化，她就痛得起不了床，翻不了身，要等到气候完全稳定下来，痛楚才能慢慢消减。她对气温的变化和节令的变更真是敏感到了不可思议的地步，刮风，下雨，降温，打雷……所有非常态的天气现象，都能提前数日引发她强烈的反应和莫名的惊慌。疼痛，成了她晚年生活的常态，成为她与季节保持紧密联系的唯一通道，也成为她向自然妥协与致敬的证据。

母亲的腰腿病异常复杂，有腰椎间盘突出、骨质增生、骨质疏松、坐骨神经痛，更严重的是，她还有两节脊椎、三根肋骨陈旧性骨折。这些病痛，像一个个恶魔，躲藏在她身体的内部，不时出来兴风作浪，把她折磨得死去活来。特别是每年的秋冬换季，时空深处，仿佛总有一匹凶猛的恶兽，牢牢地把守着季节的大门，不肯让她轻易通过。一见到她，就咆哮着追赶过来，残暴地撕扯，不把她咬得遍体鳞伤摔得粉身碎骨决不罢休。在这段短则十天半月，长则两三个月的时间里，母亲深陷在痛苦的泥淖中，连想死的心思都有。她感到自己的体内北风呼啸，寒潮奔涌，每一根骨头仿佛都像结了冰一样，冷得彻骨，痛得钻心，即便是一动不动地躺在硬板床上，巨大的刺痛仍让她无法忍受；如果不小心翻动了一下身子，或是迫不得已在家人七手八脚的帮扶下上了个厕所，她全身的骨头马上就像冰棍那样碎落一地，整个肉身痛得无所支撑；或是感觉有一支尖锐的钢枪狠狠刺进了腰椎的髓腔，在不停地猛扎，乱搅，狂扯……痛得她像小孩一样号啕大哭，眼泪纷飞。一个年近七十岁的老人，在经历了丧父、丧母、丧夫等诸多沉重的打击后，还有什么样的苦痛能让她不顾形象与尊严？还有什么样的难题能让她如此无助与绝望？想起母亲体内疼痛的烈度，我常常心痛得阵阵战栗。

但我们毫无办法，医生也束手无策。很多年来，我们一直在为母亲求医问药，牵引、针灸、按摩、电疗、封闭、中药、西药、草药、藏药、苗药……凡是传说有效的方法，差不多都用尽了。母亲一次次在各地的名医面前，充满希望地详细讲述自己的病症，仙风道骨或者文质彬彬的名医，慈眉善目地望着她，信心十足地表示能够妙手回春药到病除。但无一例外地，在花费掉一定的钱财，承受了新的治疗苦痛后，医生们都摇着头，不再言语。顶多，在她实在受不了时，用粗大的针管，对着脊椎打一针激素，或是在肛门塞上一颗手术用的镇痛药。尽管如此，母亲还是丝毫不怀疑医生的技术和人品，只怪自己的病太复杂了，太特殊了，太顽固了。事实也确实如此，每到秋冬换季，我们全家就如临大敌，早早做好各种准备，给她开暖气，睡电热毯，不准她做任何家务，不准外出吹风，不准乱吃发物……但半点作用都没有，好好的她一夜之间就起不了床，腰部、背部、胸部的骨头，嘎嘎嘎，突然就开始翻江倒海剧烈疼痛起来。这些来历不明看不见摸不着躲不开逃不掉的诡异东西，让她无比恐惧、慌张、悲观，她不肯再进医院，而是一次次面向神灵祈祷、忏悔，希望得到他们的提示和指引，并最终获得答案与原谅，可是，这个世界始终没给她任何和好的机会。

我一直后悔早些年没果断给她做手术，以至拖到现在已无手术的可能。一个给她治疗多年的熟医生宽慰我说，那些与季节紧密相关的莫名其妙的全身性疼痛，不是现代医学所能解决的，即使冒着瘫痪的风险做了手术，也只能解决骨刺压迫神经的问题，陈旧性骨折和风湿在变天与换季时的疼痛并不能消除，这种神经性的敏感反应，会一直陪伴到她终老的那一天。他的话不能减轻我的罪责和愧疚，反倒增加了我的疑惑：

为什么会这样呢？

医生用专业的术语和高深的理论，费了很大的劲跟我作了解释，大意就是天气的变化造成气压变化，气压变化影响组织间液体的进出量，正常组织能应变自如，而受损组织功能弱化，要慢一拍，就造成组织内外不平衡，所以引起胀和痛。听起来，似乎也很有道理，但母亲并不认同。她固执地认为，是过度的劳作，累坏了身子，让季节乘虚而入，钻进了她的骨子，好多年了还赖着不肯出来，在身体的最内部变幻风云——人家是用皮肤感受气温，而她是用骨髓承接寒热，怎能不痛？

母亲的说法在医学上当然荒唐至极，但仔细想来，她这一生，还真的是通过农事这种方式，与匆忙行走的季节走得太近了，贴得太紧了，爱得太深了！

年轻时的母亲身强力壮，一米七的身高让她在村庄里鹤立鸡群，也让她成了集体和家庭的主劳力。她和汉子们一样，种田，挖土，伐木，像一面鲜艳的旗帜，高高飘扬在人们的仰视中。她迈着修长的腿，挑着装有近200斤谷子的箩担，在窄窄的田埂上健步如飞，把叫嚣着与她比赛的男劳力们远远抛在后面，引来女伴们扬眉吐气的高声喝彩；她赤着双脚，在冰冷的水田或是淤泥中劳作，寒气与湿气顺着她的毛孔，穿过她的皮肤，透过她的肌肉，一点一点侵入她的骨髓，而她麻木的双脚浑然不觉，只知道机械地前进或者后退，顽强地慢慢逼近急需完成的活计；她弯着腰，有时背上还驮着一个睡着了的孩子，长时间保持一种固定的姿势亲近土地和作物，任由时光之刀，将躯体一步步雕琢成弓；她还爬上高高的大山，迫不及待地采摘成熟的茶籽（迟了会裂开掉落），有时树枝折断，有时一脚踏空，她连同背篓一起，从悬崖峭壁上翻滚而下，将受伤的茶籽与疼痛的眼泪，摔得七零八落……母亲长年累月这样拼命劳动，并不是不知道爱惜自己，更不是逞强好胜，实在是迫不得已！在我的印象中，父亲一直是个游手好闲的人，这个小小的农村干部，肥嫩的双手总是捧着报纸或文件（洗脚时都不忘看看人民日报的社论），很少拿锄头与镰刀，他习惯用嘴巴指挥和批评别人。因此无论是搞集体还是分田到户，母亲都只能委屈和辛苦自己，多替他出一份力，以维护他工作所需的面子和威信。如今，这个闲散了一辈子的男人，早已在十年前他刚满 61 岁时就过早地离开了我们，而忙碌劳累的母亲，仍在人世间忍受着疼痛。我常想，假如父亲能够专心致志地干农活，母亲肯定不会受这么多的苦痛。她对农事和季节的贴近，其实是对父亲与家庭的深爱。在无数次的检查和诊断中，母亲按压着身上不同的痛点，一次次恍然大悟：那些深不可测的疼痛，原来来自时间深处的某次骨折或受伤！而当时的医疗条件和紧张的生产劳动，让她忽略了它们，遗忘了它们。是现代仪器的还原和专科医生的提示，让她回想起了当初的场景，她常摸着自己的痛处后悔不已：为啥要那么舍死拼命啊，真傻！但前思后想一番后，她又收回了自己的评判和对生活的抱怨，觉得这些伤害都是正常的，正义的，甚至是正确的，因为，它们都是在追赶季节时留下的印记，人虽然受伤了，但季节没有错过，作物的种子和她后代的生命，都在深沉的爱与疼中得以延续，在一个以生存为第一要务的时代，谁又能说不值呢？

是的，母亲一直在追赶着季节。她从 12 岁起，就在娘家参加队里的农事活动，此后的几十年里，她始终奔跑着前行，生怕被永不停歇的季节甩落，碾压，抛弃。最初的时候，她跌跌撞撞，踉踉跄跄，因为分不出真假，看不清方向，常常被呼啸而过的季节刮倒，摔得鼻青眼肿；后来，她像雷达一样打开全身所有的感觉器官，触觉，嗅觉，视觉，听觉，味觉，全天候全方位地搜索它们，跟踪它们，捕捉它们，慢慢地，她就跟它们越跑越近，越贴越紧，最后终于合二为一，融为一体。因为追求，因为热爱，所有的季节和所有的记忆，都在她的内部脉络分明。

看到母亲无可理喻无可医治的疼痛，我后来也越来越相信她的说法。我常想，在追赶季节的过程中，她的肌体肯定处于一种警醒的状态，时间一久，那些外在的感官慢慢就会疲惫、松弛，乃至麻木，而她的内心却不容许它们失误、犯错，这项神圣的职责，自然只能由更深层的组织来承担。于是，人体最内部的骨髓，最终退无可退地成为了最前沿的哨兵。就像她冬天浸泡在冷水中，最后只有骨头才有痛感一样。每当季节像个幽灵一样悄无声息地潜来，所有的人和所有的雷达都没有觉察时，她骨髓深处敏感而丰富的神经，很快就捕捉到了它们细微的信息，并迅速而准确地把这个秘密传递给了大脑。于是，她提前与它们一起寒冷，一起炎热，一起收缩，一起膨胀……而疼痛，则是它们最直接的宣告和最真实的呈现，所以，她总是比别人更早一步感受到了季节的存在与急切。

母亲的说法与医生的解释恰恰相反。一个是从外到内，一个是由内发外。也许，从科学上来说是同一个意思，但我始终相信，生命中藏得最深的那些秘密，总是痛得最烈！

（四）

季节在母亲的骨髓深处隐秘地流转，天台上的蔬菜蓬蓬勃勃，生生不息，母亲痛并快乐着，眨眼之间，她又在这个单调的城市生活了两个春秋。她每天隔着楼板在倾听作物成长的时候，脑子里总是想象着另一块土地上的事情，那些遥远的牵挂，常搅得她心神不宁。她多次催促我送她回去，说我已掌握了所有的种植技能，她继续待在这里纯属多余。我知道不能再自私地霸占她了，因为，乡下还有着她自己的菜地和另外一个儿子。

母亲回乡下后，不断地给我们打电话，就像她住在城里时，老喜欢给我弟弟一家打电话一样。她不厌其烦地询问楼顶菜园的情况，大到换季下种、移栽搭架，小到每一株瓜菜的开花结果、干枯死亡，都能牵动她的神经，触发她的悲喜。这些植物的命运，不可思议地把我们紧紧地联结在了一起。当然，她电话里说得最多的，还是有关季节和天气的信息。她通过骨髓这个暗道，提前获知了比天气预报还要准确的机密，苍老的她已没有能力给我们贡献物质利益，这些独家的实用情报，便被她当成宝贝迫不及待地传递给我们。她指点我如何让蔬菜平安度过恶劣天气，提醒我们注意防寒保暖。当听到我咳嗽的声音，她总是担心不已："早就告诉了你要变天啊，为何还是着凉了？哎，四十几岁了还要我担惊受怕！"直到我不再咳嗽，她才高兴地说："听到你好了，我的腰都不痛了！"我心中一惊，蓦然觉得，我们一家和弟弟一家，都是生长在母亲心田上的作物，而土地上的庄稼，也全都是她可爱的孩子。她熟悉我们的习性和脾气，牵挂我们的快乐与忧伤，感应我们的寒热和痛痒，而我们，却在摧残着她的身体，折磨着她的心灵。在漫长的人生四季里，我们，都是她疼痛的病因，又是她幸福的源泉。

母亲走后，我独自承担起种菜的任务。在母亲隔着楼板指挥我行动的这两年里，我与各种各样的瓜菜，面对面地进行着真诚而深入的互动，除草，松土，浇水，施肥，打桩，搭架……它们没有欺骗和辜负我，全部按照母亲的规划与设计，在不同的季节里呈现出了各自最美丽的形象：春韭碧绿，西红柿通红，南瓜金黄，萝卜雪白，豆角子修长，冬瓜圆滚，玉米长出胡须，苦瓜笑掉黑牙……我真是爱极了它们！但我并不十分清楚它们与季节的关联，那些细微的神秘的朦胧的种种，过去我完全依赖于母亲的经验，现在，她回乡下了，她不在我身边了，我只能学着她的样子，自己慢慢去探索与感悟。每天早晨六点多钟，我就起床跑上了楼顶，晚上半夜三更，还打着手电去巡查。我在楼顶一待就是老半天，安静地与每一种植物对视，就像看着自己的孩子，常常忘记时间的深浅，忘记生活的烦恼。我真正体会到了劳动的快乐，也理解了母亲对大地和作物的挚爱，更重要的是，我慢慢就从植物们了无痕迹的变化中，看到了季节行走的身影，发现了它们之间约定的秘密协议！我越来越感觉到，季节藏在每一株植物的体内，藏在每一个动物的体内，日月星辰，风霜雨雪，都在我们的内心照耀与生成。楼顶这块小小的菜园以及菜园内部潜伏的季节，让我看到了生命的生发、成长、成熟、衰老，以至死亡，看到了繁华和孤寂，看到了宿命与抗争，看到了轮回和传承……所有的这些，都让我变得敬畏而又豁达。

现在，母亲在乡下种着菜，我在楼顶种着菜，而我的儿子，则到另一个城市读书去了。母亲的年纪越来越大，腰越来越弯，曾经高大健壮的身躯，如今矮瘦得像个孩子；而我，也在摇摇晃晃的时光中，慢慢变老，最近的一次体检显示，我的腰椎竟然也开始出现骨刺了。看到我惊慌失措的样子，医生说，年纪到了，任何的机体都会不同程度出现衰退，这是自然现象，也是生命规律。每到变天时，母亲总是打电话给我，而我，则会打电话给儿子。我们都在关注天气，关注季节，关心自己的儿女。我知道，总有一天，季节也会慢慢地深入我的骨髓，到那时，我也会像母亲一样，开始无法回避的无端疼痛！

（《湖南文学》2019 年 4 期）

时光里的坛坛罐罐

岩洞中的筋坛

深秋的黄昏，我第一次看到了筋坛。从看到它的那一刻起，我的魂灵就被震慑住了，此后的若干年，它一直盘踞在我的脑中，让我万分畏惧。

那是一个阴寂的黄昏，母亲带我到远离村庄的山谷中去挖红薯。我家的口粮，就卧躺在谷中的黑土地里。谷地不大，弯曲而狭长，一边是高耸的石山，光秃冷峻；一边是苍莽的林地，阴森逼人。这地方，我从没来过，才走到山谷的入口，我的心中便莫名地寒凉起来。我真弄不明白，母亲为什么要带我来这里，又要选在这个没有阳光的黄昏带我来这里。现在想来，这可能根本就是一种无意，但这种无意却隐藏了天地间神秘的律令，要不，我也就不会对这里刻骨铭心了。

抓紧母亲的衣摆，我怯怯地来到自家的薯地，母亲放下肩头荷着的工具，摆开姿势开始了劳作。这时，我抬眼看到地边的石山脚下，有一个凹进去的岩洞，洞中摆放着一个水桶大小的瓦坛，它身上惨淡的瓦黄，与粗黑的岩壁形成强烈的反差，像锥子一样一下就扎进了我的心中，让我像电击般地一颤。这是什么？是土地爷的家还是野兽子的窝？坛子里面装的又是什么？是稀世的珍宝还是狰狞的恶魔？我怔怔地看着，惊恐地想着。我隐隐地感觉到，荒野中的这个瓦坛，一定内藏着与我相关的不祥信息。尽管心中慌乱，但好奇的天性仍旧使我一步步地朝它迈近。我想近前审视它，我想揭开它的秘密！就在我的小手快要伸到坛盖时，山谷上空老鸦的一声突然哀啼，惊吓得我差点跌倒。随之，我便听到母亲惊恐的锐叫：快回来！那是筋坛，装的死人骨头！啊，死人！啊，骨头！幼小的我想象不出这是何等的恐怖，但本能让我瞬间清醒：我不要，我真的不要！我连滚带爬哭叫着扑进了母亲的怀抱。这时，天地一片昏暗，只有老鸦还在天边哀哀地啼。

这真是一幕神玄的场景。多少年后，我还一直在寻思当中的奥秘。老鸦的那一声不早不迟的惊啼，总让我想起冥冥中某种诡秘的力量。这种力量，是天地的提醒？还是灵魂的叫唤？这种来历不明的东西，直到现今还不时震颤我的人生。

我再也不敢到山谷中去了。但我总在想着山洞中的筋坛。牛高马大的一个人，怎么一个小小的瓦坛就装完了？他身上的血肉呢？还有，怎么要把他放到荒野的山洞中呢？他不寂寞吗？年轮的增长，终于让我找到了答案。原来，这是湘东山区特有的一个习俗。人死下葬后，过个八年十年，后人就要把坟墓揭开，请捡坟匠把死者的骨殖一根根清捡出来，装进瓦坛中，用糯米饭把坛盖密封，然后再择美穴佳地重新归葬。由于岩洞能避风雨，里面又干燥，有利骨殖的保存，因此不少人便把先人的筋坛安放到里面。了解到这些背景后，我虽然仍对筋坛充满畏惧，但不再觉得它们恐怖。我甚至还偷偷地跑去看人捡坟——捡坟匠把从泥土中挖出的骨头用棉布擦拭得黄黄亮亮，先放到竹筛里，捡完后，再一根根装进筋坛中，206 块骨头，居然真的装得一根不剩。

以后，我就常在村庄周侧的岩洞中看到筋坛。我知道，他们都与我有着千丝万缕的联系，他们是我的祖先，他们也像我一样曾在村庄里悲悲喜喜地生活，但现在，他们全被密封在一个个瓦坛中了。无论他生前活得多么顶天立地，无论他做过多少丰功伟绩。他们是我的前生？也是我的后世？我们都只是村庄的一个过客？宇宙的一个过客？

30 年后的一个深秋，我在远离村庄的书房品读美籍荷兰学者房龙的《人类的家园》，在书中，我读到一个让我无限感伤的假设：全人类只需一个半立方英里的箱子就全部装完了。起初我以为这荒诞不稽，但稍一计算，便发现这是一个精确无误的数字。房龙写这本书时，地球上只有 20 亿人，现在翻了几倍，但一个一立方公里的箱子，照样便可把我们全部容纳。这又让我想起了岩洞中的筋坛。箱子和筋坛，都让我感到强大的人类的渺小。

岩洞中的筋坛至今仍让我畏惧，我不是畏惧萦绕在它们周遭的孤魂野鬼，而是对自然的畏惧，生命的畏惧。

土灶边的水甏

水甏安静地坐在灶台的旁侧，一如曾祖母安静地坐在灶膛的前面，她们都不说话，脸上都有大块浅黑的斑，年纪都老得让人无法不敬重。唯一不同的，是水甏怀里围拥着柔弱的水，曾祖母怀里紧抱着稚弱的我。

水甏其实就是水缸。但湘东山区的人都不这么叫，我先前曾以为这是一个野俗的称谓，就像曾祖母的名字，但后来我体会到了，这称谓与曾祖母的名字一样，都充盈了古气和文气。曾祖母叫杨林香。杨林香，水甏；水甏，杨林香。真的有一丝淡淡的雅韵呢。

原谅我总是提曾祖母。还是来说水甏吧。水甏是一个大肚大口的瓦器，它的前世，当是北山窑场粘糯的细泥。窑工的揉捏，窑火的煅烧，成就了它坚厚硬实的筋骨，注定了它与水为伴的宿命。每天清晨和午后，父亲都要挑着木桶，把从半里之遥挑回的井水倒进它的体里。水从桶中倒进水甏里时，先是闪耀着银亮的白光，然后唱起沉缓的歌谣，接着就翻涌起灿烂的水花，继而又跳起欢快的舞蹈。整个过程极其短暂，但我却莫名地感到动人和美妙，总是站在旁边期盼再来一次，直到父亲把水挑满，才遗憾地走开。水甏的外形一点也不精致，如果不是盛装了这些甘洁的井水和玄妙的吸引，我只怕一辈子都不会理睬它。这有点像我后来的交友和恋爱，首先看着不顺眼的人，因了他（她）内心的洁净，抑或是某一点不经意的灵动，慢慢就融入了我心田的深处。

我不知小时候为什么这么喜欢水。也许是山区没有大江大河的缘故罢，也许这原本就是人类的天性，比如我四岁的儿子，现在就在水龙头上玩得正欢，他的姿势和眼神，是多么的亲切和熟稔，看着就让我欣慰，自豪，我感到我的生命在水流声中骄傲地延续。小时候，我总是趁大人们不注意时，站到小板凳上，用木勺或是茶缸把水从水甏中舀起又倒下，看它银亮的颜色，听它叮当的歌吟，有时，我还挽起袖子把小手伸进水里，想触摸那仿佛就在眼前的甏底，触摸那若有若无似是而非的幻象，结果什么也没摸到，反而把袖子和心情打得透湿。我全然没有想到，这些水，要用来滋养我们全家的生命。

水甏不是一件古器，但它是我家的一件圣器。当阳光洞穿土灶上方的瓦隙，明亮的光柱射进水甏的身体时，我就看到了它的圣洁和纯净。空中的光柱里有万千尘埃在翻飞，水中的光柱却只有一片明亮，安安静静的，清清晰晰的，看了就让人珍爱。让我们全家珍爱。家里人做饭烧茶洗澡擦脸用水时，总是拿专用的木勺小心翼翼地从水甏中舀水，生怕惊扰了它，玷污了它。这是对甏的敬重，还是对水的敬畏？

我又要提起曾祖母了。想起水甏，我总是绕不过她。她安静地坐在灶膛的前面，不太说话，一说话，常常就是提醒家人要去挑水了。她说：总不能穷得水都没有吧。又说，做人要干净些，没有水，怎么洗去肮脏？她说这些话的时候，表情很平静，但态度很坚定，现在想来，还真有一些浅浅的训斥和责怪。她老人家有没有洁癖，我记不起来了，她说这话时有没有深意，我不得而知，但她的这两句话却像水甏中的水一样，不经意地了无痕迹地滋润和营养着我们全家。在村庄，我们干干净净地活着，堂堂正正地活着。曾祖母去世时，全村的人都来送她上山，都说她会升入圣洁的天堂……

水甏和曾祖母，是我家敬畏的两件圣器，我们用水甏的水清洁身体，用曾祖母的话洗涤灵魂，直到30年后的今天，我仍把她们供奉在心灵的正中，不敢打碎。

窗台前的瓷罐

洁白的瓷罐温情地摆放在窗棂前的桌台上，让我童年的碎片，至今仍闪烁出幸福的光芒。可是母亲呢？母亲的眼角为何总有晶莹的泪水？

瓷罐有两个，它的外形和大小，都有些像矮胖的冬瓜。冬瓜坛。母亲这样喊它。冬瓜坛。村庄的女人们也这样喊它。女人们喊它的时候，母亲就灿灿地笑了，是笑它可爱的样子？还是笑它滑稽的名字？每天清晨，母亲都要坐到窗台前梳理乌黑的长发，她圆润的脸庞，在桌子的台镜里光洁如瓷。看看镜中的自己，母亲又看看镜子两旁的瓷罐；整理好自己的妆容，母亲又清洁起瓷罐的身子……

我和弟弟最喜欢瓷罐。我们总是希望它给我们带来欣喜和快乐。每天每天，我们都要揭开它精巧的盖子，用目光探视它，用小手搜摸它。尽管失望多于惊喜，但隔三差五的意外，常能将我们深深陶醉——瓷罐里有咧开嘴傻笑的熟蚕豆，有油亮着脸的炒芝麻，有喷香的爆米花，有黄橙的炸薯片，运气好时，还有花花绿绿的糖果，四四方方的饼干……我和弟弟快活地咀嚼它们，一如咀嚼一个鲜美的童话，感到天空格外明丽，太阳特别温暖，空气中，淌满了我们洒下的香甜和幸福。我们抱了瓷罐，对着母亲笑。母亲望着瓷罐，朝我们笑。我们都希望，时间能像瓷罐一样，从此凝固在我家的窗台前。但有一段时间，当我和弟弟分享瓷罐包容的快乐时，母亲却不笑，而是老望着它木木地发呆。她目光中的忧郁和感伤，让我觉得她的心也像瓷罐一样冰凉。吃吧，母亲，蚕豆很香。吃吧，母亲，糖果很甜。母亲不吃。母亲说，你们外公死了。外公都死去半年了，我们不是都去送他上山了吗？怎么还老是念叨？而且是一看到瓷罐就念叨？我真弄不明白，一个人的生命，会和一个器皿有着怎样的牵连。

更让我弄不明白的事情后来又接连发生。在一个秋雨敲窗的夜晚，我和弟弟因抢夺薯片，不小心把一个瓷罐打碎了。看到一地的碎片，母亲吼叫着把我们一顿痛打。这是我记忆中母亲下手最重的一次，我打碎过家里很多饭碗和茶杯，母亲没打我；我烧坏过母亲才穿一次的棉衫，母亲没打我；我把尿撒在父亲的酒缸里，母亲也没打我。为什么，为什么打碎一个并不贵重的瓷罐，母亲就要狠心地抽我呢？

母亲哭了。在第二个也是最后一个瓷罐又被我们兄弟打碎时。她号啕大哭，伤心至极，蹲在地上望着满地碎片不知所措，一如自己的心被摔得七零八落。我和弟弟惊恐地躲藏，生怕母亲粗糙的巴掌，又要光临我们娇嫩的屁股。但母亲没打我们，她的眼里只有瓷片，只有泪水，只有伤痛。这种神情，我只在外公死时从母亲身上看到过。瓷罐又不是外公，干嘛要这么伤心？难道，瓷罐是母亲心中的一件圣物，是她心灵深处的一种慰藉？它的身上，真的潜藏了我翻译不透的密码？

后来，我终于明白，这对瓷罐并不值钱，但它是母亲唯一的嫁妆，是她从娘家带来的唯一纪念，是她在村庄的女人间唯一聊以自慰的资本。现在，瓷罐就像外公一样，成了她记忆中的伤痛，更重要的是，作为一个女人，她少女时代的直接信息，已随着瓷罐的破碎而永远终结，她娘家和夫家的联结，再没了具象的焊点，她对娘家的情感，在夫家再也找不到依托的载体……瓷罐，不是一件普通的器皿，它是母亲情感和精神深处的寄托。嫁妆，是所有女人心中的圣器。

想起瓷罐，母亲总是默默地流泪。可是，母亲，您从娘家带来的嫁妆虽说破碎了，但您的生命，却在夫家茁壮地延续。我们兄弟，永远也不会让您的心灵破碎！

（《青岛文学》2015年8期）

守水（外四篇）

一进七月，芦溪河便瘦得筋骨凸显了，粗粗的河石，裸露在炎炎的烈日下，发出刺眼的亮光，石头上，还隐约升腾起一股袅娜的热烟。石隙间，有一脉细细的流水，被太阳烧得温热温热，像撒在地上的一泡尿，艰涩地向前爬着。父亲站在河畔的田塍上，抬眼望望吐火的天，又低头看看恹恹的禾苗，长叹一声说，这狗日的天气——又要守水了！

村庄里有百十亩水田，全靠了芦溪河的那脉细流浇灌；村庄里有百十口生齿，全指望着这百十亩水田度日。在这干旱的季节，水，自然便成了村人无可相让的财富，尽管，他们平日称兄道弟，和睦相处。

父亲费尽了周折，终于将河水导引到了自家的田里。那脉细细的宝物，缓缓地，走走停停地滋润着我们干涸的田地。父亲蹲在进水闸前，静静地看，看河水一步一步地往前爬。看着看着，他一派肃穆的脸庞，终于像河水滋润过的禾苗一样，慢慢就浮起了一丝淡淡的生气。水真是个好东西哦。父亲自言自语地说。

我赤着双脚，在滚烫的芦溪河中找龙虾，找到太阳落山了，还是没逮着几个。我的心不由兀自烦躁起来。我央父亲，回去吧，娘只怕在等我们吃晚饭呢。父亲看都没看我，望着他的禾苗说，你去吃吧，吃了给我送点来。告诉你娘，今夜我要守水。

当我提着一竹篮粗茶淡饭赶到田头时，满天的星子已开始朝我挤眉弄眼了。父亲接过碗筷，三五下就把饭剿灭个精光。借着星子的微光，我发现父亲的手上还有黝黑的泥巴。

我自告奋勇要留下来守水。父亲起初不允，后来就同意了。他说，也罢，你守上半夜，我守下半夜。记住，任何人要水都不要肯，你想睡了就叫醒我。说着他就在田埂边的草地里躺了下来，惊得几只青蛙呱呱死叫。

我端坐到父亲坐过的水闸前，心里竟有了一丝神圣的感觉。我长大啦，我能替父亲担当如此重大的使命啦。夜风热热的，我心里也热热的。我像一个放哨的边防战士，睁大眼睛，守护着我们全家人的希望和命脉。

田野上一片静寂，青蛙也懒得叫，远处有几只萤火虫，在高高低低地飞，像鬼火在跳舞。我不由害怕了，忙轻轻地唤父亲。父亲没应，父亲睡着了？我突然记起奶奶的教诲，夜鬼怕人尿。于是扯开裤裆，掏出那东西就对着田埂上的一只萤火虫射。尿水射在草丛上，沙沙地响。我正感到快意，父亲突然骂道，死鬼，尿为何不撒到田里？明年不想吃饭了啊！父亲原来没睡着。我一惊，意识到自己确是浪费了一份宝贵的财物，忙掉转方向，想射向田里，然而尿却没了。

慢慢地，我的眼皮就涩了起来，不知不觉便倒在水闸旁睡着了。迷迷糊糊中，我听到有人在吵架。睁开眼，原来是父亲和六叔，还有一个人，是房家屯的，面熟，不知叫什么。六叔说，再怎么样，你也得分一半给我，好歹我们是堂兄弟。房家屯的说，你都灌大半夜了，轮都轮到我们下面的了。父亲坚决地说：不成，水这么小，你看我才灌了多少？再说，先上后下是自古的道理，你都不懂？房家屯的说，等你灌满，我们下游的只怕都干死了，你想叫我明年呷西北风？看到他们愈吵愈凶，我担心打起来父亲会吃亏，忙跳进水渠坐到闸栏上。六叔他们于是没办法了，只好骂骂咧咧地离去。父亲叫我继续睡，并把他的衬衣盖到我的身上，我第一次感到，父亲的动作很温存。

太阳辣辣地晒到我的屁股上时，我终于醒了。一骨碌爬起，只见父亲蹲在田埂上，神情沮丧，再看看我们的田地，只剩一片干干的湿泥，没有一滴水。水呢？父亲说，八成是房家屯那狗日的昨晚趁我睡着时偷去了。我的血脉便偾张起来，因为那水里不单含有父亲的心血，也有我一夜的苦守。我决定去报复。父亲喝住我，说，算了，大家都是为了弄口饭吃。我说，那我们的禾田怎么办？今晚继续守，父亲淡淡地说。

打柴

半晌里，有人叫，打柴去。于是打柴去。

打柴不必远行，村庄的四合都是山，青葱青葱的。往左走两步，是坟场岭，山平，多茶树，但坟多，我们怕，不去。往右过芦溪，是河背岭，林深，据说有野猪，自然也是不去的。至于对面的牛形岭，我们更不去。那山太陡，尽是崖壁，摔死了不值。我们打柴的好去处，是村庄的后山。

后山不高，也不大，林木却茂。马尾松、苦栎、香樟、臭椿、水杉、梧桐……挨挨挤挤簇满了山头。林间的地上，覆满了枯黄的针叶，很适合我们打滚子。而林子里跃动着的鸟雀，更是能激起我们无穷的乐趣。

沿着屋后熟稔的小径，我们很快就爬上了山顶。山顶是一块十丈见方的平地，三棵粗粗的百年古松，扭了腰，成品字形雄雄地矗着。古松下，板实的黄土很干净，不长茅草，许是松枝遮天蔽日太霸道的缘故吧。我们每次上山打柴，总要先来朝见古松，看它有没有落下松枝——古松太大了，我们爬不上去，只能指望它自个赐赠我们一枝半丫。

说是打柴，其实并不砍伐活着的树木，只不过是把那些干枯了的枝丫砍下来。山里人家，家家有柴，谁还指望我们这些小伙计呢？我们打柴，与其说是为家里帮工，还不如说是为自个找乐。

我们从山顶钻进了林中。林子间弥散着一股落叶腐朽的淡淡气息，很好闻。我举着一双锐锐的眼睛，沿着粗大的树干往上搜寻。哈，看到了，那里有一根枯枝。于是褪去鞋袜，把砍刀往背后一插，吐一口唾沫到手心，搓两下，嗖嗖嗖几下就窜上了树顶。到了树顶，却并不急着去砍那根逃跑不了的枝丫，而是找一个牢实的树枝坐定，甚至还舒适地躺下，看鸟雀在头顶叽喳，听松涛在耳边哗响。看得听得差不多了，才从背后摸出砍刀，把那枝丫灭了。不过有时一刀砍下，却发现是活的，于是赶紧住手。活的木柴湿气重，不好烧；砍了伙计们也会举报，到时凶恶的朴伯又要骂人了，告诉你们多次了，后山是村庄的龙脉，砍了活木会坏风水的，记性被狗叼去啦？

忽然就有人叫，快来啊，一窝鸟蛋。还未等赶到，那边又有人唤：这里有一树野梨呢。野梨自然比鸟蛋实在，于是大家狼奔而去，连那掏鸟蛋的家伙，也急急地从树上滑下。果然是一树好梨。大家争先恐后地拥上去，手忙脚乱地抢，也全然不顾那苦命的梨树的负荷。有嘴馋的先试了一个，哇地吐了出来，大叫，吃不得啦，不要抢啦。大家一试，果然苦，涩。于是纷纷把兜中摘来的扔到地上，心中好一阵懊恼……

透过树隙，我们看到村庄的炊烟已袅娜升起。而林子里，也横七竖八地躺满了我们打下的干柴。这时，娘就站到屋前的禾场上，朝了山上唤，伢崽，吃饭哦。我捏着鼻子应，伢崽没在哟，你们吃吧。娘就笑了，然后顺了后山的小径，一步一步爬上来，帮我把砍下的枝丫打成捆，又找来一根杂木，颤悠颤悠地挑下山去。

娘把我打来的柴整齐地码放到柴房，一直不烧。码着码着，没想到就有了一大堆。我说，娘，我打来的柴您烧吧。娘说，烧，要烧，过中秋就烧。过中秋了，娘没烧。我又说，娘，你烧吧。娘说，烧，要烧，过年我就烧。过年了，娘还是没烧。不过有人来了我家，娘总要指着那柴说，这是我伢崽打的呢。

挖笋

那是冬天，太阳慵慵地照耀着村庄，地上没有一丝风，天上染着几片云，几位老人，坐在廊檐下，絮絮叨叨地扯家常。我们用手反枕着头，仰躺在禾场的稻草堆上，看空气中五彩的霞光，闻稻草里涩涩的香。老人说，久雨天晴，真是一个好天气，园里的冬笋只怕又壮了。我们不由恍然记起，真的该挖冬笋了。于是一骨碌爬起，扛起锄头便往竹园奔。

竹园就在紧挨村庄的山坳里，一根一根的楠竹，直指云天，挨挨挤挤密密匝匝地排满了山坡。走进林中，只觉得一片幽暗。抬眼望天，有几抹鲜亮的阳光，从竹叶的缝隙间漏下，打得我们的脸，斑斑地花。竹林的地上，铺满了残败的落叶，赭黑赭黑。我们蜂拥而入，生怕同伙抢了地下那宝物的先机，纷纷扬起锄头便挖。但挖来挖去，不见任何的收获，满腔的热情，不由慢慢地淡散下去。

有年长的轻轻一声咳，说，莫慌，挖冬笋是要讲究些章程的。这个，我懂。我去年就跟爷爷挖过一大篓呢。说着，他便装模作样地抬头看看竹丫，又低头用脚尖细细地踩。看着看着，踩着踩着，他便胸有成竹地唤，拿锄头来，这里有一只。我们赶紧虔诚地送上锄头，用崇敬的眼光望了他。他不急不慢地拨开竹叶，然后小心地挖下去，挖啊，挖啊，就是不见那望眼欲穿的笋子冒出个尖尖来。我们便一声哄笑，四下散开，再也懒得理他了。

我独自一人躲到山脚边挖，挖了很久，也只挖起几根竹鞭。正想打道回府，眼光突然扫到了一小堆松松的湿泥。那泥土微微地隆起，当中还裂了一条细细的缝。我不假思索一锄挖去，一个嫩黄的笋尖便冒了出来。我兴奋得大叫，快来看啦，我挖到一只大笋了。伙伴们拖着锄头几下就蹦了过来，团团地围着。我很快就把笋子挖起来了，提在手中，似乎觉得甸甸的沉。伙伴们都无限羡慕地望着我，纷纷打问我的发现经过，我不厌其烦地讲述，又讲述。

我的成功无疑给了大家极大的鼓舞，也多多少少地指明了行动的方向，没多久，就陆陆续续地有人挖起了几只。但我总觉得他们挖的瘦小，不及我的壮硕。

后来我又挖到了四只，再后来，大家就什么也挖不到了。有心急的就烦躁起来，用锄头一寸寸地翻，俨然在开荒。但挖了一阵，气力就不济了，于是丢掉锄头，用石头一下一下地往竹子上敲。竹林里立马就响起了梆梆梆的声音，如怨鬼在泣。有人就学样，也捡起石头敲，且愈敲愈急。梆梆梆的声音便急急切切地、嘈嘈杂杂地响遍了竹林，那声音被两边的山谷反弹回来，低低渺渺地回旋在耳边，经久不绝。细听，像哭，又像笑，还像由远而近的脚步声。此时太阳已斜斜地转到山那边了，林子间更加阴寂起来，有人终于忍受不住这份恐怖，大叫一声：吊颈鬼来啦！便扛起锄头抱头鼠窜。我也跟着大家跑，但不小心摔倒了，几只冬笋也摔出老远，那个年长的家伙顺势捡起抱在怀中，啸叫着冲出了竹林……

我独自一人坐在地上哭，只感到那吊颈鬼真的快追上我了。正在惊魂不定时，父亲寻我来了。我委屈地抱住父亲哭，说我挖了好多冬笋，全被人抢去了。父亲安慰我说，伢崽，莫哭，爸爸给你挖。说着父亲便拿起锄头，踮踮踩踩的，一会就丢了十来只壮实的冬笋到我脚边。我抱着它们，一脸欢喜地跟着父亲回家了。

娘把我们挖来的冬笋用油清炒了，我夹起一块，嫩，涩，麻，全吐了出来。娘就叹气说，要是有钱加半斤肉炒了，那味道就大不一样。

开春了，竹园里一夜之间冒出了数都数不清的春笋。我随父亲来到竹园，看到那些笋子全是从我们没挖到的地方长出，不禁痴痴地想，要是早知道它们长在哪里，该多好啊。

拾穗

打谷机一响，我们就该拾稻穗去了。

背上娘早已备好的背篓，约上几个小伙计，我们便雀跃着跑进了田野。我们当然是在父母和老师的安排下亲近农事，但我们更是到泥土上去寻找自己的乐趣。

赤脚走进田地，我的心便舒畅地爽起来。那些从脚趾缝中冒出的滑溜滑溜的黑泥，常让我想起一条一直没有捉住的泥鳅。湿泥搔得我的脚底痒痒的，我的心于是也就痒痒的了。我大声朝伙伴们通报：我踩到一条泥鳅了！伙伴们闻讯呼地围了上来，也不辨真假，便你一捧泥我一捧泥地挖起来，挖着挖着，果真就挖出一条，白白的肚皮，长长的身子，嵌在湿泥里一动不动。伙伴们为我没撒谎而高兴，我却有些失望，因为我想象中的那条，是活泼灵动的，是谁也捉不到的。

田野上还有许多跃动的青蛙和蚱蜢，一跳，一跳，又一跳，总想牵住我们的目光。但我们并不理睬它们，一来是太多了，见惯了，不稀奇；二来是它们的个头都不大，长得寡瘦，看了就让人心怜。当然如果碰上了个肥硕的，我们还是要好好地追赶一番的，有时追来追去，那家伙却跳进了还未割倒的禾田中，害得我们白落一身臭汗。

就在我们挖泥鳅捉青蛙或是蚱蜢的时候，父兄们已把打谷机踩得像牛叫，金灿灿的稻粒，在飞转的滚筒中沙沙地打落到谷箱里。隔一会儿，他们便将打谷机往前拖移一段，没多久，我们便远远地落在他们的身后了。泥鳅也捉到了，青蛙也逃跑了，那么，我们就开始拾稻穗吧。

甸甸的稻子被女人们割倒后，一小堆一小堆地放置在地上，远远望去，如古诗般工整。男人们在拢起它们时，总有那么一根两根的从指缝间滑落；而在脱粒的过程中，也总有那么一根两根的命硬，逃脱了打谷机的追打。于是这些金贵的粮食，便东一根西一根地遗落在田野上了，我们的使命，便是把它们找到并拾进背篓，好让父兄们的汗珠，不至于被泥土湮灭。我常想，田野上拾穗的我们，与劳作着的父兄们同样伟大。

我们一字排开，微微地躬着腰，用一双锐锐的眼睛，细细地把田地打量。看见了一线饱满的稻穗，便赶紧拾起，小心地把它掐到背篓中。有时我们也到父兄们丢弃的稻草中去寻找，一拨拉，居然也能找到几根。其实伙伴们拾穗并不专心，拾着拾着，就有人高叫：快来看啊，一条水蛇。又有人喊，这里死了一只乌龟。于是一字排开的队伍瞬间又拢成了一个圈。到太阳落山时，我们的背篓还不甚饱满，但父母望着那些不多的稻粒，脸上却灿灿地笑。

我把拾来的稻穗交给娘，要她倒进家里的谷堆中。娘说不，你捡来的谷子单独装着，到时煮了给你吃。我说，装到一起不一样是煮了吃吗？娘说，自己拾来的谷子吃着香。我不懂。

隆隆的打谷机声终于在田野上安静下来，我们拾穗的行动也就告一段落了。我把背篓交给娘，娘把嵌在篓中的每一颗谷粒都细心地挑出，然后收起说，明年再给你用。隔些天，娘用我拾来的新米煮了一锅饭，我盛一碗，香，吃一口，甜。娘望着我笑，好吃吗？我说，好吃。那些米，我们一家吃了三天。我想，要是不捉青蛙和泥鳅，只怕还能多吃两天。

网鱼

忽然就是夏天了。仿佛一夜之间，芦溪河就褪去了它春日的丰腴，袒露出阔阔的河床。河床里，卧满了一颗颗嫩南瓜大小的卵石，一层薄薄的水衣，紧紧地贴着它们的身子骨，有气无力地往前淌。淌着淌着，就到了一个地势低洼的潭，那河水便一点一点地积聚起来，成就一方波光粼粼的水域。芦溪河总算又有了些河流的生气。

正午时分，太阳烈烈地烧烤着大地，村庄里一片静谧，仿佛睡着了一般。我和弟弟是不睡的，正兀自无聊，抬眼却望到了挂在墙上闲了一个春秋的渔网，于是提起它，赤了脚，裸了上身，一路小跑着奔向芦溪河。

我们沿着河堤，一会就熟稔地来到了水潭边。水潭里泛着细细的波光，一排排的刁子和花肚定定地浮在水皮上，清闲得一动不动；透过清澈的潭水，我们还看到一大群黑压压的河鲫，贴着河底，在缓缓地游。我不由欣喜起来——今晚可有鲜鱼吃啦。

弟弟看看鱼，又看看我，我没有反应，我的心已随着鱼儿在水中游啦。弟弟怯怯地问，哥，动手吗？我惊醒，果断地命令说，动手。弟弟于是急不可待地蹦入水中，那一声沉闷的水响，立马就把鱼儿惊得无影无踪，全躲进潭边的石隙里了。我一边咒他一边把渔网一折一折地打开，令弟弟牵着一头，我牵着一头，小心地把它没入水中，将那挨着河堤的石隙团团围了，然后再用河底的卵石把网底压牢。我们的渔网还没有布好，就有性急的刁子撞上来，卡在网眼中一下一下地拼命挣扎，我不去理它，只想把网布牢后再去收拾，但弟弟却丢下了手中的活计，冲了上去捉住那鱼，讨好地说，哥，是只大刁子呢。我没好气地训斥，你这是捡了芝麻丢了西瓜，你看，那群花肚都从你那头溜跑了。弟弟于是一脸委屈地赶紧回去布网，眼睛却始终盯住那拉着渔网一冲一冲的鱼。

我们终于布好渔网了。站在齐腰深的河水中，弟弟又用眼定定地望我。他是在等我下一步的指示呢。我真有些弄不明白，弟弟那时节为何这么怕我，其实我也只比他大两岁啊。我剜了他一眼，说，干站着干嘛，还不快去找根棍子来把鱼捅出。弟弟得令，很快就从河边上折了一枝细长的水竹来，我一把夺过，弓着腰子一下一下地往河堤脚下的石隙里捅。捅着捅着，鱼儿便突然像一彪军马，从斜刺里冲杀出来。瞬间，渔网上便白花花地一片银亮。

我要弟弟把撞到网上的鱼儿先掐死，然后再慢慢取出。我一条一条地掐着，清清的水潭里很快就荡起一圈圈猩红的血花。弟弟学着我的样，也一条条地掐。掐了几条，他却停了下来，似乎有些幽怨地问我，哥，这么活跳的鱼儿你为何要弄死它们啊？我呵斥他说，不弄死不就跑了！弟弟没有作声。我正在收拾已掐死的鱼儿时，弟弟突然一声惊叫，只见一条半尺长的河鲫从他手中弹起，在阳光下划过一道银弧，然后落到潭水中游跑了。弟弟惊骇地望着我，作出一副随时都准备逃跑的模样。我真想冲上去抽他两记耳光，但看到他那副可怜相，终究又忍住了。

我们把取下的鱼儿用柳条穿了，提在手中甸甸的沉。望着那丰硕的收获，我灿灿地笑了。弟弟望着我，脸色却一片郁郁的阴。

我突然就记起了弟弟弄跑的那条河鲫和那群红肚，于是又埋怨起他来，并决定把这群漏网之鱼也一并收来。但任我们怎么追打，那鱼儿就是不撞网了，追得久了，竟然连鱼的影子也不见了。

我们只好收网上岸，但刚刚上岸，那群鱼儿却畅快地在潭中游起来。弟弟不禁又跃跃欲试，我叹口气说，哎，让它们游去吧。

那群鱼游啊，游啊，一直游到今天，还在我的脑海中钻来钻去，始终是那么鲜活，那么灵动，那么快乐。我不知道，如今弟弟的脑海中是不是也有一群鱼，是不是也那么鲜活，那么灵动，那么快乐。

（《散文》2003 年 1 期）

乡村毒物

村庄里遍布各种各样的毒物，它们似乎是鬼神派驻在人间的接头者、指引者和催促者，常常妖媚地偷窥着别人的生活，随时准备篡改他们的人生与命运。死亡的阴影，就像每天黄昏从山林里弥漫开来的夜雾一般，长年累月地笼罩在牛角冲人的心头。

牛角冲是一个僻静的处所，这里有山岭、岩洞、河流、池塘、森林、草地、田野、菜园，美得让人眩晕，但几乎每一个地方，都潜伏和隐藏了致命的凶手。这些狠毒的货色，有的是能跑动的活物，它们趁人不备，从暗处钻出来疯狂地发动攻击，闪电般咬上一口蜇上一针或是射出一线尿打出一个屁，很快就逃之夭夭了，受害者还没反应过来是怎么一回事，剧痛或麻木就已汹涌地把自己淹没，随之而来的就是对即将失去生命的恐慌与哀嚎；有的是不能活动的静物，它们或是一棵树，或是一株草，或是一朵花，或是一粒野果，或是一蔸菌子，长得平平常常，普普通通，有的甚至还更加艳丽，它们混杂在所处的队伍里，根本看不出有一颗恶毒的心，只有误食误碰接近和接触了它们，导致全身溃烂，肝肠寸断，才知道它们原是一个伪装的恶魔；还有的既不是动物，也不是植物，是天地化合的某种矿物，只需要一丁点儿，就能夺人性命；甚至还有一种看不见摸不着的邪恶气味，一旦进入人的呼吸，哪怕只有一口，也会病个半死……随处可见的陷阱与危险，让牛角冲人对生活缺乏应有的激情，他们充满忧虑，小心翼翼地行走在尘世的边缘，不敢豪放和深入。

我在村庄里生活了十八年，离开之后又经常回去，亲眼目睹了牛角冲人和毒物的各种纠缠与纠结——他们有时憎恨毒物，很想把它们赶尽杀绝，有时又敬畏毒物，把它们奉若神明；大多数时候，他们对毒物敬而远之，退避三舍，可有的时候，又四处寻找它们，渴望得到它们；毒物有时伤害了他们，有时也拯救了他们。我常常想，牛角冲人与毒物的斗争史和关系史，其实就是一个村庄的发展史。毒物，神秘地暗中记录着村庄的前尘与旧梦。

蛇是村庄里最常见的毒物。关于蛇的故事，牛角冲人谁都可以讲上个把时辰，道听途说的、添油加醋的、亲身经历的，林林总总，不一而足。在他们亢奋而又畏惧的讲述中，总是十分注意强调蛇的灵性和神性，而忽略或是淡化它们的毒性。事实也确是如此，在牛角冲，蛇是所有毒物里面最受人敬畏的灵物，很多地方的蛇，具有至高无上的地位和特权，比如庙宇、祠堂、大树、坟墓、岩洞、水井、窑场、地窖、桥头、堰坝附近的蛇，还有进屋的蛇，不但不能打，如果拦路不走，还要焚香烧纸跪拜。这些特殊场所的蛇，在牛角冲人眼里，有时是神，有时是妖，有时是鬼，唯独不是单纯的一条蛇。在它们长长的身体里，寄托着另一个物种或亡灵的魂魄。它们代表神灵鬼怪来与这个世界对话，因此它们现身的方位、路线、时段、速度等信息，都蕴含了丰富而且深刻的寓意——这样一个承担着重要任务的使者，难道不应当得到牛角冲人的尊重？

可蛇毕竟是一种毒物，人们更多的是害怕和厌恶它们。回想起来，我在村庄里见到过的蛇大约有十来种，除了身长体壮又无毒的菜花王和乌梢蛇外，其余的几乎都有毒，不少还是剧毒，比如眼镜蛇、扇扁风、棋盘蛇、蝮蛇、竹叶青、银环蛇。这些毒蛇，像一个个隐藏起来的怨鬼或幽灵，随时随地威胁着牛角冲人脆弱的生命——

竹叶青这种毒物真的异常妖惑，它不长，也就两三尺的样子，全身碧绿，俨然是一个穿着绿色长裙的美少女，样子一点也不凶，好看极了。但它的眼睛是红色的，尾巴也有一点焦红，媚得很，当它扭着绿色的腰肢，眨着通红的双眼望了人，一股妖气就迎面扑来。它不但妖，而且还很毒，据说是国内排名第十的毒蛇。它常常用尾巴缠吊在竹枝或树桠上，俏皮地玩耍，一双又妖又媚的眸子，打量着四面八方，随时准备攻击，若有人从树林底下经过，受伤的部位总是头颈。人被竹叶青咬伤后，伤口会剧烈灼痛，并很快出现血性水泡，肿胀发展迅速，如不及时处理，将危及生命。竹叶青其实是分雄雌的，但不知为什么，我一直把它们全部视作雌性。看到竹叶青，我常常想起一些妖魅的女子，她们的内心，会不会也很毒呢？蝮蛇是牛角冲最多最常见的毒蛇。它的学名严格地说应叫短尾蝮，但村庄里的人都叫它土皮蛇，明显带有轻视和嘲笑的味道。事实上，它们的样子真的不好看，身子不长，尾巴又短，头部还是个三角形，全身披着泥巴一样的颜色，又土又丑地蜷伏在阴暗的角落里，动都懒得动一下。但当人们在田间劳动、伸手摘菜、上山砍柴、搬动砖石接近它身旁的时候，它就突然像饿鬼般弹出，狠狠地咬上几口，直到被人打死。被土皮蛇咬伤刚开始是没什么感觉的，也不肿胀，但慢慢就会眼花，患处高度肿大，如不医治，一周左右可致人死亡。村庄里把那些平时不爱说话看起来老实巴交实际上内心毒辣的人叫土闷子，说的就是他们像土皮蛇，爆发力和报复性都极强。对于土皮蛇或是土闷子，除了小心和绕开，实在没什么好办法。棋盘蛇是牛角冲最神秘的毒蛇。我从小就听到老人讲，如果被棋盘蛇咬了，会出血不止，必死无疑，最高明的蛇医也完全没有办法。据说棋盘蛇又粗又长，盘踞在大山深处，平时不吃不喝不动，静静地等候猎物，如果十天半月还没得手，它散开盘蜷的身子换位置时，会狠狠地咬一口旁边的树，不久树就死了；有时没有树，就咬一个石子，这块石子要是被人赤脚踩到，整个脚掌都会烂到见骨头。很多年后，我才借助网络弄清棋盘蛇的学名叫尖吻蝮，它的另一个鼎鼎大名就是五步蛇。五步蛇无疑是剧毒蛇，但它在毒蛇排行榜中的位置并不靠前，仅比竹叶青靠前一个名次。牛角冲人可能夸大了这种难得一见的蛇的毒性，但在我心中，它依然是最神秘的毒物。眼镜蛇和扇扁风是牛角冲公认的最毒蛇类，也是全世界公认的剧毒蛇类。棋盘蛇虽毒，但它少见，且不追人，远没有眼镜蛇和扇扁风嚣张。眼镜蛇大家知道，扇扁风可能没听说过，但它的学名眼镜王蛇可能就如雷贯耳了。眼镜蛇和眼镜王蛇名字像，长得也像，但它们并不是同一种蛇，眼镜王蛇要更大更凶一些。眼镜蛇和扇扁风都有固定的地盘，寿命又长，且在白天活动，因此牛角冲人包括小孩子都知道它们的藏身之处。它们扁着一个脑壳，立起半个身子，一副假眼镜随着颈脖左右摇动，嘴里信子狂吐，发出“呼呼呼”的声响，俨然就像一个披着黑袍子的巫师或催命鬼在乱舞着夺命毒剑，吓死个人。牛角冲人从小就知道，遇见了这俩货，要赶紧跑“之”字甩掉，否则受到攻击只有死路一条。说来也怪，它们这么厉害，却从没在牛角冲人面前得过手，小孩子都没伤到过。原因是牛角冲人早就知道了它们的底细，时刻防着呢。寸花蛇是我小时候见得最多的进屋蛇，它们又细又长，头部也不是三角形，是椭圆的，全身披着黑白相间的花纹（所以又叫百节蛇），就像一个俊俏的小哥哥，穿了件漂亮的海军衫。寸花蛇性情非常温顺，懒洋洋的，慢吞吞的，从来没见到它咬过人，牛角冲人一点也不怕它，基本把它们视为无毒或低毒蛇。我也一直这么认为，直到前两年才偶然得知，寸花蛇竟然就是全中国最毒的银环蛇！有资料显示，一条成年银环蛇的一毫克毒素，可以致十几人死亡。天啊，这么狠毒的角色，牛角冲人却至今没有识破它们。有一年我母亲去洗澡时，还在暗处踩到一条寸花蛇，万幸的是，那家伙并没有对她下狠手。如今想来，真是后怕得脊背发凉。我疑心，银环蛇是毒蛇里面的一个忏悔者和背叛者，来到人间后，也不知是受了什么触动，它拒绝执行死神派遣给它的任务，与人为善，和睦共处。正因如此，我就像所有的牛角冲人一样，对寸花蛇始终没有半丝半毫的仇恨，在我的心中，它依然是一个穿着海军衫的俊俏小哥哥。

这么多的毒蛇在牛角冲出没，人们被蛇咬到也就在所难免，但似乎并不是很常见。夏天的村庄里，如果听到说谁谁谁被溜老倌伤着了，那一定是个很重大的事件。溜老倌是牛角冲人对蛇的一种代指。牛角冲人有时直呼蛇名，更多的时候是用隐语。每当有人被蛇咬伤后，村庄里就弥漫着恐惧与慌乱的气息，人们压低声音，像接头一样，用暗语交流着蛇的消息，俨然咬人的那条蛇是神明或者妖孽，它以及它的同伙随时会出现在不敬者的面前，发动攻击，进行惩罚。我一直不明白，牛角冲人为什么总是要把受到伤害的人，与他平时的行状和道德联系起来，好像他的倒霉与苦难，全是冥冥中的某种报复或报应。说来也真是奇怪，我在村庄里看到过的每一个被蛇咬伤的人，几乎都有些迷迷糊糊，神神经经。他们胡言乱语，喊着先人的名字，像中了邪一般，老说别人的背后还藏着一个一模一样的人。他看到你的魂魄啦！若干年后，我才知道这种现象是神经性蛇毒引起的谵妄和复视，但在当时，我和所有的牛角冲人一样，觉得无比诡异，吓得心惊肉跳。被蛇咬伤的人躺在床上，痛苦呻吟一阵后，便陷入了昏迷，伤口渗着血水，身子在慢慢肿大，如果蛇医没有及时赶到，他的生命与灵魂很快都会进入到另一个世界，也许来生就变成了一条蛇。围观的牛角冲人亲眼目睹一个同类的幻灭，悲伤极了，害怕极了。他们看到的是别人的遭遇，想到的却是自己的命运，一个个默默地在内心反省和忏悔，所有对神灵、他人、自然的侵犯、伤害甚至是阴谋，都成为他们恐惧和担忧的缘由。他们祈求神灵原谅自己，也警告自己再不可乱来。村庄里的每一次毒蛇伤人，其实都是一次人心的净化和灵魂的洗礼。

我从小就怕极了蛇。母亲担心我被蛇伤到，总是反复交代不准去蛇多的地方，万一遇到了蛇，要灵活运用技巧躲避，切记不可碰它打它。怕我不重视她的话，还经常用生动的案例来警醒——山背一小孩，放学回家时看到门锁上缠了一根花带子，以为是家人系的，准备解开进门，细看是条小花蛇，就想捉了来玩，结果被蛇咬中虎口，当夜就死了；田北一后生，在一水井旁看到一条黑蛇，手贱用竹枝抽了一下蛇的脖子，蛇没打死，溜了。没多久的一个晚上，蛇找到了后生的家，看到后生睡在床上，蚊帐压得紧紧的，无法进去报仇，就用尾巴把帐顶上的一个小破洞撑开，然后准备钻进去咬他。可它上次受伤的脖子长了一大圈肉环，卡在帐洞里进不去，它就把头对准后生张开的嘴，一次次地喷毒，结果后生死了，蛇也死了。这些真真假假的故事，让我对蛇更加畏惧。想起牛角冲到处都是蛇，而我又朝蛇丢过几次石块，年幼的我总是无比忧伤，觉得自己肯定有一天会被某条毒蛇咬死。但每当发现野果、山鸡、鱼、笋子等我们感兴趣的事物时，又全然忘记了危险，会奋不顾身地冲杀过去。我曾经在山上抢野果时，赤脚踩中一条大蛇的背，它藏在落叶里面，我能感觉到蛇在我的脚板底下缓缓滑动，冰凉的。我当时吓傻了，定在那一动不动。我还在河边的石缝里摸鱼时，摸到过一条水蛇，它粗糙的皮肤在我的手心里快速扭动。我如此近距离地接触死神，却皮毛都不曾损伤半点，想来真是不可思议。我不知是自己心存敬畏，从来没想到过要伤害别人带来的福祉，还是母亲长年默默为我祈祷的结果。如今我人到中年，回想起自己半生中遇到的致命危险，简直是一桩又一桩，可每次都有惊无险，逢凶化吉——能活下来，真的不容易啊。

在牛角冲，不怕蛇的只有两个人，一个是蛇医马正，一个是捕蛇人相安。村庄里原本没有蛇医，人被蛇咬了，只能用简单的验方碰运气，然后静静地等待奇迹出现，或是慢慢地等死。马正的到来，填补了这个空白，从此再也没有人被蛇咬死。他高超的医术，赢得了牛角冲人的欢迎和尊重。马正是一个神秘的人，没人知道他来自何方，即使是当年密集的外调，也没有弄清他的底细。有人说他是国军掉队的军医，有人说他是逃跑的右派，也有人说他是潜伏的特务。但他慈眉善目，从不害人，一嘴温和低调的四川口音，让人感到他内心的谦恭与从容。村庄里的人冒着风险，接纳和保护了这个来历不明的外乡人。蛇医马正，用一技之长拯救了牛角冲人的生命，也拯救了自己无处可依的人生。相安是牛角冲土生土长的一个单身汉，在三十岁之前，他是一个上进的青年，只因爱情受骗，财产受损，从此自暴自弃。他在江湖上打了几年流，回来后就干起了为牛角冲人不齿的营生，比如养脚猪（公猪）、捡骨头（帮人改坟）、做阴阳，更奇怪的是，他开始到处捉蛇。相安是牛角冲的第一个捕蛇人，在他之前，所有的人对蛇都奉若神明，畏之如虎。相安一点也不怕蛇，无论是庙宇祠堂旁边的神蛇，还是眼镜蛇扇扁风棋盘蛇这样的毒蛇，他都毫无惧色地徒手擒来。那时蛇还不能卖钱，相安捉了蛇，就大张旗鼓地在地坪里架起一口铁锅（他说不能在屋里煮，怕蜈蚣来放毒），用大火把它烧开再小火炖烂，香气飘满了整个村庄。他热情地招呼大家来共享他的成果，但除了我们一伙小孩子，没有人敢试半口汤。我畏畏缩缩吃了一次蛇汤后，就爱极了这种比鸡汤还鲜的美食，但家人根本不信我的报告。相安捕蛇，是对蛇有仇吗？或是纯粹就为了吃吗？我想都不是的。那是为啥呢？若干年后，我才明白过来，他当时所有的荒诞行为，其实只是为了引人注目，以证明自己惊人的能耐和卑微的存在。

蛇医马正和捕蛇人相安，打破了牛角冲毒蛇的传奇，但神话并没有因他们而终结。

蜈蚣是牛角冲的另一种爬行类毒物。这家伙样子十分丑陋，红头，黑背，长着很多很多的体节和脚，头上还有一对黄红色的触须。它们躲藏在阴暗潮湿的角落里，浑身散发出一种腐败和酸臭的气息。看到蜈蚣，我总是莫名其妙地想起肮脏、恶心、病态、邪恶、阴谋等不洁且缺乏阳光的词语。

在牛角冲，蜈蚣根本不算毒物里的厉害角色，人们一点都不怕它，看到了，往往都要用鞋底把它踩死。在时还要唤来一只公鸡，对它戏弄一番。也不知是什么原因，蜈蚣非常害怕公鸡，只要听到公鸡的叫声，它就赶紧往墙缝里钻，如果来不及逃跑了，就趴在地上装死，一动也不动。公鸡见了蜈蚣，并不急于将它吃掉，而是不时用嘴啄它一下，看到它爬动想跑，又啄回来，不动了，又啄一下，直到玩够了，才仰头像吞面条一般把它消灭。蜈蚣遇到公鸡，也是前世欠下的孽债，无论它内心如何崩溃，都不能改变现实，只好默默地认命。正如凶恶的毒蛇见了蜈蚣，总是吓得浑身发抖，有的还主动张开嘴巴，乖乖地让蜈蚣爬进去享用自己的内脏。一物降一物，是大自然神奇的律令，谁也没办法更改和僭越。奇怪的是，公鸡自从吃了蜈蚣以后，就会变凶，吃得越多变得越凶，常常追着人啄。少年时的我疑心，是蜈蚣的冤魂附着在了公鸡的体内，要它前来报仇雪恨，或是对这个由人类主宰的薄待它的世界，发泄内心的愤恨。

村庄里不时有人被蜈蚣咬伤，但并不会引起别人过多的关心和关注，根本不可与被毒蛇咬伤的待遇同日而语。原因非常简单，蜈蚣之毒，不足以致人死亡。在牛角冲，只要不死人，就不是什么大不了的事情。至于三两天的疼痛，比起漫长的生活煎熬，实在算不了什么。人来到世间，原本就是来到一个苦海，蜈蚣咬伤的这点苦楚，简直是大海中的一滴水，谁也不会放到心上。但娥眉的遭遇，改变了人们对蜈蚣的轻视，以及对人生的理解。娥眉是村庄里的一个勤快女子，温和，谦恭，还很害羞。那一年村庄里一大拨男女集体到菜园坡出工，有人发现细媳妇娥眉突然停住手中的活计，定定地站着，一脸的惊恐不已和烦躁不安。大家问她怎么了，她哆嗦着说，一条大蜈蚣钻进了她的裤管，正沿着脚杆往上爬。有人要她赶快脱掉裤子，她因家穷没穿内裤，羞红着脸迟迟不肯。男人们来劲了，哄笑着要她快脱，不然钻进洞里就麻烦了，说不定还会生一窝小蜈蚣出来呢。娥眉一声大叫，捂着裤裆就往家里跑，她身后响起的，是一阵放浪的笑声。菜园坡离村庄有两里地，娥眉跑回家脱下裤子时，那条大蜈蚣还死死地咬住她的阴部不放。娥眉先是痛得呼天抢地，然后开始胡言乱语，最后陷入昏迷之中。村医看后说，人可能不行了，快去喊马正来。马正要娥眉的丈夫用嘴对着她的阴部，将毒液一口又一口地吮吸出来，然后用治蛇伤的方法，治疗了整整七天，才给娥眉捡回一条命。娥眉用她的半条生命，捍卫了自己的人格和尊严，村庄里的男人们一个个无比愧疚，从此他们明白了两个道理：一是蜈蚣也可夺人性命；二是对女人来说，还有比性命更重要的东西。

蜂子是牛角冲带翅膀的毒物。它们的种类很多，有蜜蜂、壁蜂、马蜂、竹蜂、牛角蜂、虎头蜂、地雷蜂、吊脚黄蜂，等等等等。别看它们个头很小，毒性却极大，除了蜜蜂和壁蜂外，其余的几乎都能蜇死人。蜜蜂是家蜂，也蜇人，但除了有点痛，并没什么毒。蜜蜂蜇人后，自己很快会死掉，我常常摸着手臂上被蜇的小红包，为它暗暗伤心，它的一生真是太短暂了，太不值了。当然，人的一生也短暂，而且更不值。壁蜂算半个家蜂，似乎不蜇人，它们成天围着老旧房子的土墙嗡嗡嗡，一门心思在墙上钻洞，这个洞进，那个洞出，忙得一塌糊涂。我们常用空瓶子对准洞口，用小枝条把它们赶进去捉了玩。看见亲切的壁蜂，我就常常想起久远的童年，想起今生再也不可能有的毫无负重的心灵。

我得另起一段，专门讲讲牛角冲的毒蜂。牛角冲最臭名昭著的毒蜂是马蜂。马蜂又叫黄蜂，它们身子细长，颜色金黄，飞行起来非常迅速，攻击力特强，人如果靠近了蜂窝，它们往往会群起而攻之。马蜂的窝一般建在树上，有时也建到屋檐下，都很大，小的像个篮球，大的俨然就是一个鸡笼，里面隐藏着几万几十万的毒蜂。据专家研究，五只马蜂所携带的蜂毒就可置人于死地。如果一窝蜂倾巢而出，那是何等恐怖之事！所以捅马蜂窝是一件十分危险的事情。但牛角冲人似乎并不畏惧，如果哪里发现了一只马蜂窝，不管是群山之巅，还是万丈深渊，都会有人提头，邀上一帮伙计哦嗬喧天地把它灭了。他们快乐得就像在玩一场盛大的游戏。牛角冲人为何钟情于干这种高风险的事情呢？因为他们都有一颗为民除害和寻找刺激的心。吊脚黄蜂长得跟马蜂有些像，但个头要稍大，它们的巢不大，像个倒挂的莲蓬，一般只有几十只蜂。有资料说吊脚黄蜂没马蜂毒，可牛角冲人却认为吊脚黄蜂更狠毒。好在吊脚黄蜂一般是单兵作战，蜇一两下也死不了人，所以它们简陋的窝巢反而没人惦记。竹蜂是蜂类中的庞然大物，它身子粗壮，全身漆黑，样子有点像只巨型苍蝇。它们飞行时发出的嗡嗡声非常响亮，简直像是安装了一个小型马达。竹蜂生活在竹林里，它们从竹子的身上打洞，躲在内面，随时飞进飞出，如被它蜇到，比马蜂蜇了要痛得多，蜇的地方很快就肿得像座小山，好了后会留一大块的黑色蜇印，半年都不得消。牛角蜂、虎头蜂、地雷蜂一般在大山深处，是最毒的几种蜂子，人如被蜇，据说活下来的可能性微乎其微。比如地雷蜂，人被它叮咬一口，创口会像被地雷炸伤一样血肉模糊，几分钟之内，人会感到眼睛发黑，口鼻麻木，之后剧烈疼痛七八个小时痛苦死去。好在它们都像一个传说，谁也没碰到过。

村庄里经常有人被蜂子蜇得鼻青眼肿，但很少有人被蜇死。最严重的一次，非常不幸降落到我母亲身上。她进山捡茶籽，不小心碰到了一只吊脚黄蜂窝，十几只毒蜂从巢中冲出，朝她发起攻击。她的脸上、手上、身上，瞬间布满密密麻麻的红点，全身像火烧火燎一般。她忍着剧痛，背起沉重的一篓茶籽，一个人硬撑着走了好几里山路，才摸爬到家中。一进家门，她就倒在地上，而全身已肿得变了形。她昏迷了一天一夜，是赤脚医生用大剂量的肾上腺激素（这也为她晚年全身疼痛埋下了祸根），救回了她一条命。此后她在床上躺了好些天，每天不停地吊水，才慢慢好起来。我那年刚好十岁，第一次如此近距离看到死神的背影，心中无比恐惧。我每天守着母亲，生怕她一不小心就离我而去，心情忧郁到了极点。现在想来，这是我一生中对母亲最为体恤的一次，如果不是她受到这么严重的伤害，估计连这一次都没有。我不知道自己是该仇恨毒蜂，还是该感激毒蜂？我自己也曾被马蜂蜇过一次。是一个夏天的正午，村庄里的小伙伴们相约着到山里找野梨，我们分工合作，很快就小有成果。正在高高兴兴时，一只巨大的马蜂在我的头皮上蜇了一下，我像被电打了一般，痛得又蹦又跳又喊又叫。小伙伴们全都围了过来，用各自的见识为我出主意止痛，但没有一个靠谱和有效。最后一个小伙伴说，听家里人讲蜂子蜇了涂点奶水就马上不痛。这还不容易，我小婶婶正好怀孕几个月了，奶子大得很！小伙伴们拥簇着我，浩浩荡荡去找我小婶婶要奶水。小婶婶羞红着脸说，孩子还没生，没得奶水呢。我们谁也不信，这么大的奶子会没奶水？哄鬼！正在她尴尬万分时，我奶奶来了，她用一个奇怪的方法（好像是打死一只什么虫子，敷到伤口上），慢慢让我变得平静，而那种疼痛的感觉，却一直记到了今天。

现在，我人到中年，母亲、奶奶、小婶婶都不在了，她们带着人世间无穷无尽的痛苦，去了另一个也许依旧艰难的世界；村庄里曾经朝夕相处的小伙伴，如今也天各一方，并且从不联系，更不用说齐心合力去干一件事情。我孤独地活在人间，想来还不如一只蜂子，因为它们至少始终在一起。

牛角冲能够跑动的毒物还有很多，比如蜘蛛、蝎子、癞蛤蟆、洋辣子、山毛蜱、铁丝蚂蟥、蛇蚁子、大毛虫，等等等等，但我不能像上面那样一一细述了，文章如果这么写下去，估计几年都讲不完。我要按一下快进键，直接跳过去，接着说说植物类的几种毒物。

牛角冲最令人畏惧的剧毒植物是黄藤。黄藤的学名叫钩吻，它的另一个鼎鼎大名叫断肠草，另外，胡蔓藤、朝阳草、大茶藤、荷班药、猪人参也是它的别名。但这些稀奇古怪的名字牛角冲人都不知道，也不认识，他们就叫它黄藤。在牛角冲，黄藤差不多是毒药的代称，至于日常话语中的“吃黄藤”，语义中则包含了天大的委屈和无比的艰难。

黄藤是一种木本藤状植物，最明显的特点，是开着像金银花一样的黄花，非常的艳丽与妖媚（很多毒物和坏人都具有这样的欺骗性），估计这也就是它名字的由来。它们勾肩搭背牵牵扯扯地生长在道路边、山脚下，无比接近和深入人们的生活。村庄里以前经常听说谁谁谁又吃黄藤了，然后大家就一声长长的叹息，无比悲哀。因为黄藤之毒，牛角冲人都心知肚明，如果是少量误食，那还或许有救；如果是有心寻死，那神仙也无力回天——据说七片黄藤的嫩芽，就能置人于死地。食者往往会痛得肝肠寸断，然后呼吸衰竭，陷入昏迷，慢慢死去。哎，要不是太伤心太难熬，谁又愿受这么大的罪去解脱呢？在甲胺磷没有进入牛角冲之前，黄藤俨然就是鬼神派驻在人间的最大接头者，迷惑和勾引了很多脆弱的生命。我一直暗暗地怀疑，这种植物的毒性，可能远远不及它隐藏的妖性和巫性。

我小时候并不认识黄藤。村庄里的小伙伴们也都不认识黄藤。牛角冲的大人们从来不教小孩子认黄藤，原因是怕他们不懂事害人或害己。等到大了后知道路边的那些藤蔓就是传说中死神的帮凶时，我一时惊出一身冷汗，因为小时候我最喜欢把植物的嫩芽放到嘴里，想以此将平淡和焦苦的生活慢慢嚼出一点甜味来。万幸的是，我竟然从来没吃过黄藤的嫩芽，甚至想都没想过，正眼都没瞧过。村庄里的小伙伴们也全都是如此，我们都平平安安地长大成人了。现在想来，除了大人们再三叮嘱我们不认识的植物和野果不要乱吃外，冥冥之中，肯定还有神明和祖先在头顶上暗中保佑着我们。

村庄里最能对付和利用黄藤的人是和贵。和贵是一个草药师傅，如果有人吃了黄藤，他一般用鲜羊血趁热灌进患者嘴里，有时也用白鸭、白鹅血灌，然后再用一副草药煎水灌服。他的药方非常奇怪，除了一堆别人不认识的草药，里面必含黄芩、黄连和黄柏三味中药。难道他是想用“三黄”来打败“一黄”吗？和贵的解药尽管玄乎，效果却明显，只要吃的黄藤不太多，他一般都能把人救活。他还会用黄藤治病，皮肤湿疹、体癣、脚癣，跌打损伤、骨折，痔疮、疔疮、麻风，据说都有效。他还敢用黄藤拌在饲料里喂猪和喂鸡。吃了黄藤的猪长膘很快（怪不得黄藤又叫猪人参），鸡则生蛋更多。有人也学他的样，结果因不懂用量和配料，猪死了，鸡也死了。和贵用自己的智慧和技术，打败了妖媚的毒物，并从它的身上，赚取了不少的利益。但是，很多年以后，一直被他牢牢控制住的黄藤，却像魔鬼一样窜出来，狠狠地对他进行报复，让他受到无比沉痛的伤害。

半夏子和天南星是牛角冲最常见的毒物。我之所以把它们摆到一起来讲述，是因为这两位的外貌和毒性都比较相像。半夏在夏至日后成熟，此时夏天刚好过半，因而得了这个在我看来充满诗意的名字。它是多年生草本植物，一杆光溜溜的碧绿的茎，顶端长着三五片同样碧绿的叶子，显得英姿勃发。但它不高，一般就五六寸，最高也不过尺许。半夏子是半夏长在地下的根块，大约手指头大小，椭圆形，下面长着密集的根须。天南星的外貌跟半夏差不太多，区别在于它更高大，大约有一米以上，另外，它茎端的叶子有十片左右，比半夏的多，但没有半夏的宽。它的根块也比半夏要大，大的像个土豆，小的也有大蒜般粗壮。半夏子和天南星都是中药，没有炮制的生鲜根块都有大毒——两者最厉害的共同毒性，是食后很快哑喉，说不出话，继而则咽部水肿，呼吸困难，若不赶快救治，会有窒息身亡的可能。就算是经过七天水漂并加明矾等制成中药，饮片依旧有毒，放一小片到口中，舌头很快就麻了。

村庄里几乎每一个人都认识这两种毒物，包括小孩子。真的很奇怪，牛角冲人从不教小孩认黄藤，但都很认真地教他们认毒性小些的半夏和天南星。为什么会这样呢？现在想来，很可能跟经济利益相关——半夏可以卖钱。贫穷的牛角冲人，在能够挣钱与可能中毒面前，毫不犹豫地选择了前者而不顾后者。很多时候，贫穷，才是一种更可怕的毒物。

半夏差不多遍布牛角冲的每一寸土地，房前屋后、道路两旁、田头地角、山坡河谷，到处是它们碧绿的身影。每当夏至过后，村庄里的大人小孩，就会背起竹篓、拿着锄头去挖半夏子。自从上个世纪八十年代，乡卫生院在此设过一次收购点后，牛角冲就形成了挖半夏子的传统。半夏子挖出后，要用指甲掐去根须，每个人的手指上因此都沾满了毒液，如果没洗手吃了东西，那必定中毒无疑。可事实上却从来没人因此中过毒，包括最馋嘴的小孩子，也知道挖了半夏后必须洗手才能进食。他们了解了毒物的毒性，心中自然就有了敬畏。人只要有了敬畏，什么时候都不会犯错，尤其是致命的错。

挖半夏子其实挣不了几个钱，它的价格一点也不高，最初的时候才几毛钱一斤，而且很不容易挖到手，一个大人一天也就挖个三五斤。如果当中混杂了天南星，收购者还不要（天南星容易出重量些，但不知为何都不收，这可能也是牛角冲人要教小孩认它们的原因吧）。可是，村庄里的很多人家，却指望它来改善经济甚至是改变命运。牛角冲很多的大学生，就是靠爹娘和自己挖半夏苦读出来的。我也从小就挖半夏，非常清楚这片土地的产出，哪里的数量多，哪里的质量好，眯着眼睛都能找到。如今回到村庄看见它们，依然感到无比亲切。在我的心中，半夏也好，天南星也好，都不是毒物，而是我艰苦童年里一抹最纯净最生动最诗意的绿。

蓖麻是一种常见的经济作物，在很多地方都有栽培，没有谁把它看作是毒物。牛角冲人最初也是这么认为的，直到有一天，一个小孩误食了蓖麻子，差一点点失去生命后，大家才看清这东西的恶毒，从此种植的人越来越少，即使有人少量种了，也会提心吊胆地严加看管。

蓖麻全身都有毒，但剧毒在其子。蓖麻子长在像苍耳一样的毛球里，剥开就能看到一粒椭圆形或卵形的种子。蓖麻子长得特别诡异，它的表面光滑，有灰白色与黑褐色或黄棕色与红棕色相间的花斑纹，看上去像极了一只只鬼眼，还有点像吃饱了人血的山毛蜱（这是牛角冲的一种很麻烦的毒虫）。要我说，这玩意看上去就不像个好货，充满了阴险和邪恶的气息，不知道为什么一些小孩子老喜欢拿着玩，大概是它们光溜溜的身子摸着手感舒服吧。哎，光滑和舒服的东西一定要谨慎对待，说不定里面暗藏了阴谋与灾祸，比如女人的肌肤。我查过资料，四至七岁小儿服了蓖麻子两到七粒即可引起中毒、死亡；成人二十粒也可致死。这应当说是毒性很大了。村庄里的那个小孩一次吞下了五粒，昏迷了一两天还能救活，真的是个奇迹，怪不得牛角冲人想起都后怕。

贫穷的牛角冲人曾经普遍靠卖蓖麻子换点油盐钱，但自从不断有小孩误食后，大家都不种了。这个态度，跟对待半夏截然不同。之所以不同，是因为半夏之毒，不足以致命。其实，在牛角冲人的生活规则或者说是生存意识里，如果危险真的可能让人失去生命，那么他们会毫不犹豫地放弃一切挣钱的机会，但是，只要不要命，并且还能正经获得收益，那么无论多大的苦与痛，他们都会积极去争取并默默地承担。村庄里的最后几株蓖麻，生长在我堂伯的屋角。这是他亲手栽的，而且一连栽了两三年——他患了喉癌，听人说蓖麻子炮制后可治这病，所以充满希望地坚持种植。可是看到小孩子常常在那里穿来穿去，他终究放心不下，最后将自己生的希望与蓖麻一同连根拔起。从此，牛角冲再也没有了蓖麻这种毒物；从此，牛角冲人对生命的诠释，又有了更高的境界。

漆树在牛角冲根本不算一个狠角色，人们甚至都不把它视作毒物。

有资料说漆树是高大乔木，但在牛角冲，最粗壮的漆树也不过碗口粗，且不太高。它们混杂在茅柴或灌木丛中，像个家境贫寒营养不良的瘦高少年。牛角冲人不炼生漆，漆树的材质又脆，做不了家具，所以除了当柴烧外，实在没什么卵用。这大概是漆树在牛角冲长不大的原因吧。

可是，漆树始终在牛角冲顽强地活着。无论是高山之巅，还是河谷之底，都可看到它们茂盛的家族和瘦削的身子——漆树砍掉老树后，很快又会长出新枝，而且越发越多，越长越密。难道它们也像牛角冲人一样，从来不怕生活的打击和他人的伤害，而且还愈战愈勇愈挫愈强？漆树在牛角冲的知名度非常高，很小的孩子都认识它们。因为，牛角冲人认定，没被漆树“咬过”的小孩成不了大器。

漆树之毒，就在于它“咬人”（有时也说“活人”）。“咬人”是牛角冲的方言，翻译过来大致意思是指对皮肤有强烈刺激。漆树的枝叶上长满细毛，可以沾到或刺入人体皮肤引起过敏；另外，漆树的树干内含有生漆，把树皮割开，乳白色的生漆汁液就会流出来，如果沾到这些有毒成分，皮肤也会很快过敏和中毒。漆树过敏，又痛又痒，所以常常被人误认为是“咬人”。被漆树“咬了”，患处红肿，越挠越痒，如不治疗，会溃烂流黄水，十几天甚至两三个月都不好。但是，牛角冲人自有办法对付它们。他们常常用一种叫“八树”的叶，捣碎敷在患处，一般一两天就好了。而且被漆树“咬了”用“八树”敷过的人，从此对漆树无惧，再也不会对它过敏。所以牛角冲人并不认为漆树是毒物，只要过了最初这一关，从此就相安无事了。反倒是那些没被“咬过”的人，一辈子都在它面前畏畏缩缩，伸展不开自己壮丽的人生。这真的很神奇。如今我城里的朋友搞野营，有时被漆树“咬了”，大医院的教授们用尽了方法，效果都不理想。哎，要是在牛角冲，这样的医术是会被大家笑话的。为什么“八树”能制伏漆树呢？牛角冲人说，因为八比七要大啊！真是笑死人。简单的牛角冲人，把复杂的问题想当然地简单化了。但是，我后来用软件识别“八树”，才知道这个别名又叫算盘子的植物，学名居然叫漆大伯。对，没错，就叫漆大伯！资料上说，它和另一种叫漆娘舅的植物，都是老百姓治疗漆树过敏的特效验方。妈呀，都是人家的大伯和娘舅了，肯定厉害啦。我这才明白过来，在牛角冲和比它更广阔的民间，自认为读过几年书的我，其实是多么的浅薄与无知。我才是最应该被他们笑话的人。

牛角冲不能跑动的毒物还有很多，比如曼陀罗、夹竹桃、乌头、冬青、毒蘑菇，等等等等，这篇文章的容量，已不允许我再这样啰唆下去了。我就此打住，不再一一细说它们的前世与今生。但它们的形状与毒性，以及与之相关的故事，却永远鲜活在我记忆的深处。只要看到它们，或是想起它们，很多的往事就会奔涌而来。它们可能毒害过我的生活与肌体，但从来没有杀死过我对村庄的怀念与爱。

村庄被这么多毒物所包围，人们不得不如履薄冰地行走在生活的边缘。牛角冲的每一个成年人甚至是小孩子，都对毒物的分布情况了如指掌。他们知道哪里有阴谋，哪里有陷阱，哪里有危险，常常采取回避和绕开的方式，来保证自己的安全。对这些能夺去生命的毒物，他们充满了敬畏，从来不去招惹它们。他们对毒物的敬畏，其实是对生命的敬畏，对自然的尊重，对自身的珍爱。

正因为牛角冲人心中有敬畏，所以被毒物误伤误害的人并不多，因此送命的就更少。比如毒蛇咬伤，在没有蛇医之前，村庄里一年也发生不了几起。自从马正来了后，牛角冲尽管再也没人被蛇咬死，但被咬伤的人反而增多了。其实并不是毒蛇变嚣张了，而是人们变大意了，因为他们心中有了依靠，有了蛇医作底。神秘的马正在牛角冲生活了近三十年，八十多岁高龄时，被四川当官的侄子费尽周折找到并接了回去。他用自己的低调和谨慎，换来了一生的平安。马正的医术与传奇，并没有因他的离去而消散，反而在牛角冲愈传愈开——他走时公开了治疗蛇伤的所有秘密，差不多每一个牛角冲人，都学会了寻一两种解蛇毒的草药。马正走后，作为他最正宗的传人，相安接过了治疗蛇伤的衣钵。相安的技术，据说比师父还要高明，因为他除了得到马正的真传外，早年打流时，还跟人学会了“呼蛇”“定蛇”等妖术。但他的结局，却与马正截然不同。相安在他三十岁之后，基本上只做了两件事：前面十几年专门捉蛇吃，后面十来年一心捉蛇卖。曾经有一段时间，相安是村庄里手头最活泛的人，他捉一布袋子棋盘蛇或扇扁风送到长沙城里，换来的钱财远超人家喂一头猪的收入。他除了捉蛇，也捉蜈蚣和癞蛤蟆，还捉乌龟与王八，反正能卖钱的都捉，所以经常有钱喝酒和找相好，连欺骗了他爱情的那个妹子都后悔不已。不过好景不长，在他五十多岁时，得了皮肤癌，身体瘙痒，一层一层地脱皮，就像蛇蜕壳一般。村庄里的人说，他之所以得这种怪病，是因为吃毒蛇太多了；也有人说，是他捉蛇卖钱过多，蛇的冤魂特意来报复的。相安卖蛇的钱，远远不够治他的病，没多久就死了。相安的死因，其实是对毒物缺乏应有的尊重。

牛角冲非正常死亡的人里面，更多的是自杀。以前除了上吊、跳河这两种最常见的手段外，吃黄藤似乎是唯一一种利用毒物解脱的方式。当然也有人用砒霜和老鼠药，但在封闭且贫穷的牛角冲，这两种毒药当时都不容易搞到手。自从农药甲胺磷出现后，吃黄藤自杀就被人遗弃了。甲胺磷几乎成了自杀案件中最常见的夺命凶手。毒物黄藤，仿佛一夜之间从良向善，不再执行死神委托的任务，安安静静地还原为一种普通植物。它慵懒地蔓延在山脚路边，长着绿叶，开着黄花，温柔而且从容地笑看人间的是是非非、恩恩怨怨和悲悲喜喜，一切都与它毫无关系。而甲胺磷，却顶着恶名接替了它以前的职能。毒物黄藤，在充当了无数年的帮凶后，自己也终于解脱了。我常常想，黄藤也好，砒霜和老鼠药也好，甲胺磷也好，都不是真正的凶手，毒害自杀者的，更多的可能是病痛的折磨、生活的沉重、社会的不公和气量的狭小。在牛角冲，想死实在太容易了，而活着却更加艰难，但自杀者终究只是极少数。死去的人，让我们同情和惋惜；活着的人，更值得我们尊重和敬佩。

比毒物更歹毒的是谋杀。利用毒物进行谋杀的案件，牛角冲曾发生过两起。一起是一个无知又无良的恶妇，为报复与她因小事对骂了几句的邻居，把一大包剧毒农药呋喃丹撒到整个村庄共用的水井里。幸亏一名细心的老者挑水时发现了井边残留的红色药末，否则后果不堪设想。一起是和贵的大媳妇，用黄藤嫩叶煮蛋，骗妯娌的一对双胞胎小男孩吃下，活活把他们毒死了。前面说了，和贵利用黄藤治病、喂猪、养鸡，赚了不少钱，日子过得火红。他有两个崽，大媳妇生的是两个女儿，细媳妇第一胎生的也是一个女孩，第二胎才生了一对双胞胎男孩。在双胞胎男孩出世之前，和贵尽管因担心绝后而闷闷不乐，但一家人还是非常和睦。双胞胎男孩的降生，让这个家庭出现了矛盾，并最终导致大媳妇因嫉妒而痛下毒手。两个孙子中毒时，和贵正好在家，但他做梦都不会想到是黄藤引起的。当手忙脚乱的他最终看出是黄藤中毒症状时，这个牛角冲最能制伏黄藤的人也束手无策了，因为村庄里已多年无人吃黄藤，以前常备的解毒药现在一点也没有，一时又配制不出来，加上孩子太小了，只能眼睁睁地看着他们很快死去。捉蛇的人死于蛇毒，解毒的人没法解家人中的毒，相安与和贵的结局，到底是偶然还是必然？抑或是冥冥中还有一种神秘的力量，在左右和校正着人生的方向？牛角冲人议论纷纷，谁也说不清楚。这两起谋杀案件的凶手，都是妇女，看来比毒物更毒的，真的是妇人心。这两个女人，后来都没有重判。原因是前者故意把毒药撒了些在井边，以提醒人注意，后者舍甲胺磷而用黄藤，则是以为善医的公公能把人救活，主观上都并不愿置人于死地，只是想撒一把泼。哎，最毒的人，内心深处也还是残存了一丝人性，这大概是这两起谋杀案中，牛角冲人能看到的仅有的一线微光。

毒物给牛角冲带来了重重的阴影，但同时也带来生的希望与活的梦想。很多毒物，本身很毒，可夺人性命，但同时，又是另一种毒物的解药，能救人生命。而且，每一种毒物，几乎都是一味良药，能治很多的顽疾甚至是癌症。比如，蓖麻能治破伤风，半夏和乌头能治胃癌和肝癌、蜈蚣能治风湿、蛇毒能抗肿瘤。这些疾病，大多是现代医学无比头痛的问题，牛角冲的毒物，有时却轻轻松松简简单单就帮患者解决了。毒物不单能拯救牛角冲人的生命，还能拯救他们的生活——很多种毒物，都具有不菲的经济价值，能够换到钱财，让贫穷的牛角冲人，有了更多活着的勇气与乐趣。毒蛇、蜈蚣、蝎子、癞蛤蟆、蓖麻、半夏，都曾经为改善牛角冲人破败的生活，做出过不可磨灭的贡献。如今尽管一些野生的毒物越来越少，但人工种养的却越来越多了。毒蛇、蜈蚣、蝎子，都有专业的场馆饲养，而且据说经济收益还特别丰厚，不少以前生活艰难的人，因此发家致富，成了牛逼的款爷。在牛角冲，毒物比任何时候都更接近和深入人们的生活。我常常想，作为一个物种，毒物本身是没有错的，关键看如何利用和使用它们。用对了，那它们就不再有害，而且能够造福。

一晃很多年过去了，现在的牛角冲已发生了翻天覆地的变化，无论是生活，还是人心。人们普遍变得有钱起来，住着别墅，开着小车，打点麻将，日子过得富足但又无聊透顶，心中常常感到空荡荡的。那些曾经遍布村庄的各种毒物，如今已很少能引起他们的关注，更多新生的事物，才是他们竞相追逐的目标。在现代文明的侵袭下，一些毒物消失了，一些毒物变异了，一些毒物隐藏了。小孩子们的眼中，牛角冲的自然界不存在致命的毒物，比如蛇，不过是养殖场的一种商品和湘菜馆的一种美食，至于黄藤、半夏之类，听都没听说过，更不用说认识。它们都像一个个被遗忘的传说，沉落到了生活的海底。而另一些毒物——K 粉、摇头丸、大麻、海洛因，却从遥远的地方漂洋过海，慢慢在牛角冲浮出水面。近些年来，牛角冲沾毒的人越来越多，有发了财的老板，有时髦的后生，还有读过大学的漂亮姑娘。他们有的败光了家产，有的搞垮了身体，有的甚至失去了性命。这些毒品，远比牛角冲本土的毒物要凶残和狡诈。它们妖媚地偷窥着别人的生活，紧盯着别人的钱包，随时准备篡改他们的人生与命运。牛角冲之所以屡屡有人中招，说到底还是因为他们缺乏了对生活的真诚和对生命的敬畏。让他们堕落和丧命的，其实并不是毒物，而是虚荣、贪婪和欲望，有时甚至是爱。

牛角冲毒物的前世与今生，让我看清了一个村庄隐藏的秘密。我越来越觉得，毒物更有可能是鬼神撒播在人间的一种试剂。它检测的是良心与道德。

（《鹿鸣》2020 年第 9 期）

故地旧风景

古镇

雨落个不停的时候，我就想起了连云古镇。

连云古镇其实是连云山中的一个破旧村寨。几条青石板巷廊，一个烟砖古庙改成的学堂，两家杂货店，一家草药行，还有数十间盖着鱼鳞瓦的低矮平房，一起安详地隐现在四月的烟雨中。若干年前，我就生息在镇上的那座学堂中，教书，练字，下棋，自己生火煮清汤挂面。

那时节天也老下着雨。雨下得不稠，极细，不急不慢地飘。我端坐在讲台上，眼睛看着窗外的雨，嘴里有气无力地念："春天来了——"孩子们眼睛盯着屋顶上漏下的雨，也跟着有气无力地念："春天来了——"念了几遍后，大家就累了，我的肚子也呱呱地叫唤起来，是该生火做点吃食了。于是，尽管天色尚早，我还是果断地宣布放学。孩子们为我的英明决策而欢呼，一个个光着头啸叫着冲进雨幕中，一会便没入到弯弯曲曲的巷廊里。村寨瞬时变得寡淡和萧瑟。

我用火柴点燃稻草，让学堂上空升起一缕生气，然后就在沸水中放一把面条，捞起后先滴两滴清油，再放一大匙辣椒，呼啦呼啦一下就剿灭得干干净净，吃完竟不知是什么味道。打着饱嗝走出黑暗的厨房，抬头望天，天还没有暗下来，雨还在天边无际地下。我不禁莫名地愁起来。

打一把破旧的洋伞，我站到了青石板路上，一时竟不知走往何方。正在岩石般呆立，街边的木门吱呀一声叫，草药行的老板探出了半个头：哎哟，是先生，快进来坐。坐到店堂的条凳上，老板问："吃了？"我答："吃了。"然后彼此无话。半天，老板又说："哎，这雨——"我也说："哎，这雨——"雨还在下，我们两人都听到了雨的脚音。

我起身去了杂货店。店里有人在下棋，极安静地下棋。我站在旁边看了十来步，下棋的两位山民才发现我，都站起身说："先生来了，快请快请。"我忙摆摆手："你们下你们下，我随便看看。"两位于是又专注地下起来。这时，天色渐渐昏暗起来，整个村寨浸染在夜色与烟雨中，只有雨滴细细地打在店前的芭蕉上，棋子清脆地落在栗木的棋盘上，这种错落有致的声响，于郁闷中显出一份灵动，于烦躁中生出一份平和。我听着听着，心竟慢慢地静了下来。

我决定约草药行的老板晚上下棋。老板欣然应诺。回到清寂的古庙，我忙生起炭火，烧好热茶，摆好棋子，静候棋友的到来。但左等右等，就是不见有人啄响我透风的木门。屋后池塘的青蛙喋喋不休地噪叫着，让我很自然地想起赵师秀的那首好诗：黄梅时节家家雨，青草池塘处处蛙。有约不来过夜半，闲敲棋子落灯花。呵呵，闲敲棋子落灯花。

正当我敲着棋子听着夜雨时，老板来了，手中还提了一壶烧酒，一包花生米。他不好意思地笑笑："来早了怕耽搁先生备课。"我的脸一下就红了，因为我从不备课。我真是枉做了他们的先生。

我们就下棋，喝酒。炭火幽幽地旺，烧酒淡淡地香，屋外的雨，慢慢就连同我的闲愁飘到六根之外了。我感到我这夜夜打坐的“禅房”，从来没有这么温暖过；我更感到我的内心，从来没有如此惬意过。

后来，草药行的老板便陪我下了整整一个雨季的棋，输输赢赢赢赢输输间，我十八岁的人生在这个清寂的古镇里变得充实、睿智和平和。

多少年后，江南的梅雨季节又光临我居住的繁华都市，雨在一天一天地下着，我躲在开着暖气的房间里，心中却有丝丝的凉意。没有人与我不设防地喝酒，没有人跟我至情至性地下棋，只有无尽的冷雨不停地敲打着我孤独的心，我禁不住又愁了起来。

试问闲愁都几许？一川烟草，满城风絮，梅子黄时雨。

祖屋

芦溪河那边才是老屋场。老屋场黑牯般横卧在牛形岭下，百十间瓦屋，翘楚隆耸，密密匝匝，重重叠叠。老屋场是连云山丘氏一脉的祖屋，有祠堂，很气派，每年的清明和春节，总有一拨拨的丘氏后代，铳炮喧天来这里祭祀祖宗。山里人问了姓氏，会说，哦，老屋场丘家祠堂的哦。

远远地，就能看到屋场大坪前的那一耸墨翠。参天的墨翠。是三棵老松，只怕几百年了吧。树是老了，皮子皲裂成一条条深沟，还长了苔，腰杆却硬朗，根也深，不怕风雨。秋冬落些叶子，黄黄铺了一地，任顽童打滚，但依旧遮天蔽日——松是常绿树。春夏还发新叶，枯枝上都长，且嫩且葱。屋场的老人，好傍了古松，用拐杖敲指裸根，教诲子孙：丘家发越无疆，全靠了牛形岭厚土上这三根好松呢，不能砍的。屋场出去的人，随你做好大的官，在看得到这树的地方，骑马的就要下马，坐车的就要下车，只能步行入村。老规矩，没话讲的。

老松下，爬了一条进村的路，巴掌大的河石嵌铺的。老屋人管那石块叫黄皮石，山外人不懂，只喜欢用了皮鞋在上面走来走去，听那格格格的响声。老屋人笑眯眯地盯着，很自豪。

顺了石块路，往西一拐，便凸出一条土埂，朝白虎嘴延伸。逶迤了一些路程，土埂就尽了，蹲着一方井。井周铺了青石板，上面还刻有字，是取了墓碑做的。井深，浮几只蛤蟆，总跳不出来。水倒好，冬热夏凉，老屋人夏天做了豆腐，用一竹篮子盛了，吊没到井水中，三五天不馊，也没人提去。

屋场里，人多。西屋的娃子，五六岁了，还叫不出东屋大人的名号。娃子们却都熟，古松下有大坪，好交朋友。

老屋人耕读传家。耕是本。几分薄田，总要比上下屋场的人多收三五斗。耕余读书，多为古书，老屋人都能识文断字，讲些典故的。也有只读不耕的，由族里的老先生专门指教。据说先前能读书的，主家不要费柴米，由族里供养。

女子喂些猪。猪栏里都写了一句话：姜太公到此。石灰写的，白白的扎眼。姜太公是丘氏的远祖，他的婆娘，投胎变了瘟猪鬼，太公能克。女子们讲。许是太公的庇护，老屋人喂的猪，都壮。腊月里，猪们被尖刀一捅，叫得一片火红。

屋场也流传些风流韵事。东屋的熬蛮子，偷了西屋的莲女子，西屋的牛屎郎，爬了东屋红妹子的窗户……有鼻子，有眼睛，不得不信。女人便骂，骂了便哭，哭了就寻死。男人恼火，扯起狠敲几下，甩到床上。女人蒙了被子，死睡，不吃饭，不做事，过两天，起来了，又去扯猪菜。

常有唢呐声在深夜响起，断断续续，如鬼叫，是单身汉二狗在吹。二狗三十岁，童子身。女人睏不着，低声谓男人：那死鬼，有空带他去看看我表姐。表姐丧了夫，守寡。

夜，慢慢静了，二狗也钻进了被窝。月亮倚了老松，祥和着眉眼，看老屋场。高松上，不时叽喳几句，是老鸦，在安抚孩子。几条狗，望了树顶，汪汪，凶叫……

老仓

老仓就在石嘴坪。出祖厅大门，看得到。顺了石块路，走过去，也就百十步。

仓是木板做的，牵牵扯扯，大大小小，几十间。抓趴在坪上，风吹雨打，倒还安稳。

那木板，厚实，敲几下，咚咚咚，如鼓响。据说费了族上一山好树，柞树。人活一世，幼时种下的柞树，还做不得寿器的。除了木材好，这仓也就没什么特色了。硬说有，就算仓脚了。仓脚是石头做的，麻石，水牯脚高矮，两端粗大，中间略略凹一些，稳稳架住木板的铺陈。行家说，可隔潮，也防鼠。想想也是，中间凹一家伙，鼠们就爬不上去了，仓肚皮就不怕鼠们去钻山打洞。细一看，库底下却漏一摊谷子，都秕了，猛地还窜出一匹鼠，肥硕如山兔，只怕这东西在鼠国该是个厅局级的。防鼠这事，难说。

屋场的人，却是蛮乐意去道说老仓的。老阿公对后生们讲，这是我等祖上的荣耀。祖上哪像我等，是做大官的。收粮了，牛角冲一冲的谷物，要缴十之三四到这仓上来，供祖上受用呢。后生们眼睛就发亮，遥想当年辉煌，豪豪地问，祖上都吃白米饭，不拌茴丝？！老阿公说，都吃白米饭，不拌茴丝，餐餐还有鱼肉。后生们的口水，就止不住地往外涌。

然而屋场的人，谁也没见老仓饱满过。老阿公讲实话，说最满也还有十格仓空着。是集中搞食堂的第一年。一冲的仓房都拆了，就留着老仓，粮食全搬来，把守很严密，除了老鼠，只怕谁也没办法。又笑笑，我是没饿着的，夜里钻爬到仓底下，木钻一摇，就能装上一袋子好谷的。老阿公是木匠，钻木打孔了得。

老仓最热闹的时候，除了当官的祖上威风地收粮外，当数搞集体那些日月。月初和月半，发粮，一担担箩箩，排满了一地坪。保管员站在仓门口，吆喝着一个个土里土气的名字，土里土气的名字就抓了箩箩挤过去，急不可待，盛了却只半担，挑得轻松。

后来古仓瓜分给了村民，家家户户都落了一仓半格的。谁家要去碾米，就挑一担箩，家里最大的，赳赳跑到坪上，取了钥匙打开仓门，雄雄地喊，这谷子还这么多，二小子，再加一斗！二小子声音也不小，再加，扁担都会断的。抬头看看屋场，有人朝这边望呢，就笑笑，好得意。

家家有了仓，家底也就好看了。收粮后，汉子们喜欢到坪上去，围着古仓转悠，伸手敲敲这家的仓房，又敲敲那家的，听听声音，心里就有了底，咚咚如鼓响，是空家伙，嘴就不干净了，冲出几句粗话，骂这小子懒。扑扑如土委地，嘴也不闲，也是粗话，只是意义不同，是赞许。

也不知什么时候起，古仓缺了一角，拆的，木板被仓主卖了好价钱。过一晌，又缺一只角，接下来，就只剩下老阿公一间了，孤零零的。汉子们碰到了，互相打听的是木板的价钱。家家做了楼房，有配套的谷仓，何况，现在连田地都没人种了，菜都开车到镇上去买，还要这木仓干啥？老阿公围了仅存硕果，久久不离开，暗暗臭骂那些不争气的败家子孙，祖上的东西，怎能说拆就拆？

去年夏天，一把火，把老阿公的木仓也烧了。汉子说，是天火，谁叫老东西不合潮流，死板。也有人讲，是娃子玩火，不小心点燃的。

古仓全没了，屋场的人照样活，虽然五谷不丰登，仓廪不厚实。只是偶尔谈起古仓，总有一种情怀，使人琢磨不透。夕阳中，常有一个身影，佝偻着踩在仓址上，停停走走，走走停停，娃子们叫一声，老阿公！那影子，半晌才哦——

死塘

芭蕉垅没芭蕉，树却多，阴阴遮了野鸡路。路倒顽强，扭曲，又扭曲，往了山里钻。转个弯，又一个弯，嘀，好腥，原是一波水，拍到山路上，险些湿了衣裤。是一口塘。塘水咬住路脚，才松口退回去，又扑过来凶凶咬紧。水黑，看不穿，路旁水边，苦竹却疯狂，蓬蓬一片，窸窸窣窣，如藏鬼兽，细听，没有，提步，又响。这塘，唤作死塘。

死塘是就了地势的，若干年前，一场山洪，塌下半边山，乱石成就塘坝，蓄了半垅水。鬼斧神工，也粗心，没留出水口，水跳跳跃跃，却逃不出去。山里习俗，这塘，水是死水，该叫死塘。

塘不宽，却长。山不安分，尽做动作，水也就跟着弯来曲去。站到坝上，看不见水尾。水尾在寒婆坳。寒婆坳终了芭蕉垅，翻过去，是芦溪河。

水有多深，人是搞不清的，几条老水牯，可能懂深浅，却讲不出，只晓得游得痛快，哞哞唤几声。有汉子就去探试，一猛子扎进去，没见出来，打捞一气，尸影都不见。汉子芦溪河里泡大，谁想到会归宿此处？几个放牛娃，耐不了暑气，脱得精光，蹦蹦跳跳，入了水，前头的喊，有鬼扯脚！后面的就快上岸，回头，前头的竟真扯去了。大人蹲在塘边，呜呜地哭，塘水，也呜呜地拍打塘坝和山脚，夹着血气，夹着腥气。

村人畏了死塘。娃子不准到此处牧牛，大人无事，也不常来，来了，匆匆就走。一塘死水，荡过来，又荡过去。

某日，有人讲，死塘浮了一匹怪兽，比牛大。人问，啥样子？答，吓都吓死了，谁还敢看！又有人讲，死塘夜里有鬼喊冤，那声音，好凄惨！人问，莫不是蛤蟆叫？答，蛤蟆叫也听不出？村人，不怀疑。

死塘死死地踞在芭蕉垅，落寞地伴了星子和月亮。黑水反了月波，愈生几分凄寒。一些蛙，跳进去，爬上来，又跳进去，咚咚咚。村人围坐在院落地坪里，讲死塘。怪兽，冤鬼，越讲越具体。娃子的板凳，越搬越进，落到人围中间，还惶惶左右顾盼。村人打赌，谁能踩了月光去死塘一趟，给五十元钱，没人去。给一百元，还是没人去。

终有一天，几个后生，弄了包炸药，钻山打洞，引线点火，一家伙把塘坝给炸了。一股黑水，嚎叫着蹿出来，如疯狗，满垅乱冲，却顺势捎带了点火的后生。黑水凶凶地唤叫一天一夜，嗓子哑了，水才干。点火后生，鼓着一双眼，如金鱼，夹在老树间，脑壳洞开一块天地，苍蝇缝补正忙。老父老母，跪拜在侧，哭得昏黑。村人围了，颤颤摇头，报应啊报应，冤鬼找他做了替身哦。

此时，死塘瘫软在山沟里，只有一地淤泥，几行鳖迹。

（《鹿鸣》2018 年第 4 期）

第二辑　行走在城市的边缘

水边书

纤道

看到那条长河，我突然又想起了自己的人生。

这里是长江中游，云溪区陆城镇的郊野。深秋的黄昏，我淋着毛毛细雨，站在长满杂草的大江南岸，来看一川逝水，看一条道路的由来与延伸。

暮色中的江面，辽阔而苍茫，我看不清它的来处，也不能确定它的所终。它在混沌的天地之间，虚虚实实地穿行，仿佛刚刚从西边的云端淌出，很快又要没入东边的天际。它的虚幻与短暂，让我对未来和归宿，无端地怀疑，担忧，恐惧。在这条穿越时空的长河面前，我根本无法把握它的全部，只能紧盯着眼下这截片段，细细地打量。我面前的水域，看上去平平静静，仿佛睡着了一般，但我知道，它醒着，像时间一样，醒着。它在按照自己的节奏与方式，暗暗地流逝。天空的鸟音，岸边的牛哞，城镇的喧嚣，村庄的烟火，都不能挽留它的离去。水面上，漂浮着一些枯枝败叶，被河水柔软而牢固地挟持，缓缓移动，有的老老实实，漫无目的地随波逐流，自己也不明白到底要被带往何处；有的想改变一下方向，却被浪头拍上河滩，让一生的行程，瞬间终止；更多的则是翻滚，挣扎，然后沉落到混浊的江底，好像世间许许多多的事物一样，转眼就消失得无影无踪，一点痕迹都没留下。

这条悄无声息默默流淌的河流，莫名地让我焦虑与忧伤。最近两三年来，我变得越来越敏感，消极，惊慌。我害怕看到日历，看到钟表，看到一切流动和消亡的过程。是不可更改的年龄和不可预见的将来，让我挫败，无力，心事重重。42岁，真是一个尴尬的时段啊，生命之舟，已经进入了人生的中游，回溯，停顿，或者重新出发，似乎都显得有些身不由己，或是力不从心，而且，也并不能阻止越来越快的流速，浩浩荡荡地奔向终点。我曾经设想，就在现今这条危机四伏破败不堪的泥泞路上，继续跌跌撞撞摇摇晃晃地滑行算了，做点无聊也还轻松的勾当，混些不高也不算低的工资，将剩下的光阴平铺直叙地打发掉，也并不是一件十分困难和离谱的事情。身边的好多人，都是这样平淡地活着，然后平静地死去。但多年的经历和煎熬，证明这些都不是我内心所需要的。我还不是很老，以这样的方式终结和离场，心中实在不甘。也曾想过改变，转身，或者割裂，可是江湖的陌生和险恶，又让人望而生畏，不敢草率地投入与尝试。我已不再年轻，经受不起风浪和碰撞……站在长江南岸，我仿佛就像那些漂浮物一样，找不到自己的道路，也看不清生命的流向。

河水静默无语，缓缓流淌。我沿着堤岸，追逐着水流往东行走。一大片长满野草的滩涂地，像一块碧绿的地毯，承接了我的脚步。堤呢？岸呢？路呢？长江也像我一样，在中游地带迷失了自己吗？朋友指指不远处的山峦：“寡妇矶就在那里。”寡妇矶是陆城的一个景点，全国重点文物保护单位，那里埋伏了一条著名的纤道。我到陆城来，不是为了哀悼逝水流年，而是来追寻一条坚固的道路。

穿过青草地，我们来到山峦脚下。这座名叫马鞍山的小山，像一个筋骨粗粝的拳头，刚硬地打入江水之中。这里最早叫作大矶头，叫成寡妇矶，还只有百余年历史。我在长江中游的这座城市生息多年，城陵矶，寡妇矶，道仁矶，白马矶，到处都是带“矶”的地名，但直到现在，我才明白矶是指伸入江河的石山。它们阻挡了水流，也隔断了交通。就像上帝之手，猛然调拨了人生的航向。

朋友是当地人，他说先前的大矶头，简直就是一个鬼门关。由于矶石阻止了水流，马鞍山下形成一个深潭，上游船只都随着急流冲向石壁，一不小心就船毁人亡；而下游船只逆行至此，纤夫无路可行，只能攀爬在临江峭壁上，艰难而危险地拉纤，稍微不慎，便跌入江中，永远从人生的道路上消失。千百年来，这片凶险的水域，不知吞没了多少身强力壮的生命，摧毁了多少苦难脆弱的家庭。

我完全能够想象出当年的场景：一艘艘疲惫而又亢奋的航船，历经万苦千辛，终于从上游狭窄而曲折的河道中顺流而来，开阔舒缓的中游，让满船的货物变得真实、安稳、牢靠。船主、货东、水手、纤夫，都站到了船头。不远处的汉口，或者南京，很快就会承兑他们或厚或薄的希望，家中的老少，也就有了生的依靠和活的指望。他们的笑容，在阳光下灿烂。但是，只有一瞬，所有的美好和温馨，都被坚硬的矶石击碎，埋葬到冷酷的水底，只留下一些哀伤的碎片，等待亲人们千里迢迢前来打捞。而下游逆江而上的纤夫们，则弓着腰，背着绳，赤着双脚在嶙峋的峭壁上探行。他们每前进一步，脚掌就被划开一道血口，斑驳的暗红印记，成为矶石上一条模糊而疼痛的道路。船体在激流中战栗，乌鸦在山林里哀啼，一块岩石滚落了，一条道路中断了，一群生命不见了，更多人的生活与未来坍塌了……暮色苍茫中，我仿佛看到一大群的寡妇们，长跪在矶头上，与江涛一起呜咽。纸钱如雨，鞭炮如麻，破碎和断裂的声音，让我阵阵惊悸。

道路，还有流向，不单改变了一条江河的形态，更是颠覆了众生的命运啊！想起自己面临的种种，我不禁又一次悲愁起来。我朦胧而又清晰地看到，在我人生的某个年龄段，也潜藏着一个或者多个险绝的矶头，它们也许就在眼前，也许在望不到的下游，但可以肯定的是，它们的存在，会让我原本艰难的行程，突然中断，跌落，沉陷，最终走向虚无。

但现在，我面前的江水却安安静静，温温柔柔，一点也不凶残。朋友说，是一个寡妇，改造了矶头，修筑了道路，改变了水流的方向。原来寡妇矶的得名，是为了纪念一位女性的善良和坚强哦，我还以为是痛陈它的悲绝和险恶呢。朋友说，寡妇是清代一个大盐商的妻子，盐商在这里船毁人亡后，她变卖了全部家产，招募劳工，建起了一个通畅而安全的矶头，从此悲剧再也没有上演，百余年来，无数的生命获得拯救，无数的家庭得以圆满。那条壮观的纤道，至今依旧保存完整，它坚牢地垒砌在长江南岸，坚固地构筑在人心深处。

我第一次踏上这条久远的古道，眼前恢宏的场面和磅礴的气势，瞬间将我震撼。这个矶头，或者说是纤道，全部用粗大而规整的长条麻石铺陈，垒构，紧紧围绕着伸入江流的礁崖，形成一个优美而圆润的长弧。纤道共分三级，每级宽阔得可通行一辆小车，平坦地延伸向远方。朋友说，这些每块几吨重的花岗岩，都是用船从对岸的蒲圻运来，可万千年不被风化。站在临江一级的纤道上，我看到旁侧的江水深不可测，江涛轻轻拍打着道基，偶尔还有水花溅湿衣裤。但我的双脚和内心，却感到无比踏实，安稳。是坚硬牢固的路基，给了我安全和力量。我顺着江流缓缓前行，右侧的石墙，高大浑厚，也全是用麻石错缝构建，平整得没一丝沟隙。矶墙的条石上，隔几步就均匀地凿出篙窝、钩眼、坑槽，供水手撑篙、系缆，供纤夫抓手、施力。我把自己想象成水手或是纤夫的姿势，用手轻轻地抵触、抓拉这些沧桑的标识，它们陷落在时光深处，但瞬间却在我的内心复活，我的生命，似乎很快就有了强大的支撑和坚实的依靠。在二三级纤道的壁墙上，我还看到麻石上刻着几条粗长的蜈蚣，它们昂头摆尾，伸爪扬须，显露出一股凛然的霸气。朋友说，这是镇江宝物，水妖最怕蜈蚣，见到它们，再也不敢兴风作浪。我看看眼底的大江，确实犹如当年知县的题字一般：道广波平。但我心中明白，蜈蚣只是一种图腾，关键的作用，是那条圆润的长弧，它强硬地抵挡了浪头的冲击，又温柔地导引了水流的方向，让它们不再冲动，不再刁蛮，不再任性。

江水安静温存，我的内心，也慢慢地平静下来。一个弱小的女性，一个无名的寡妇，用她一个人的力量，在阻碍了万千年通行的峭壁上，开辟出一条宽广的道路，并彻底改变了滚滚长江的走向，这该是多大的气魄和决心！她耗费如此多的心智和资财，来修筑这条并不能给她带来直接好处的道路，到底是因了对亡夫的深爱，还是对苍生的博爱？在这个宏伟的工程面前，我心中的那点烦愁和负重，是多么的微不足道。这些年来，我常常被现实中一些微不足道的东西牵引，拴牢，无力摆脱，以至前方的道路越来越溃烂，模糊，最终陷入惊慌和绝望之中，兀自神伤。现在，我明白过来了，我缺乏的不是前行的脚力，而是内心的决断。只要有决心和勇气，性别，年龄，时间，都不是问题，无论是一条江，还是一个人，都能在改变与修正中，获得重生。

站在万千人曾经过往的古道上，我仿佛看到那个远方的女子，像一个向导一般，正在矶头给我指引。她的身后，有一列长长的队伍，他们是一大群不知名姓的善人和劳工，他们沿着江流慢慢行走，走着走着，就一个个匍匐下去，化成了一块块坚硬的麻石，永久地成就一条通达之路——我们通过了江河的险阻，而他们，通往了人生更高的境界。

暮色笼罩下来，天地很快变得昏暗，但奇怪的是，先前迷茫混沌的江流，这时在天光的映照下，反而显得一片银亮，我能清晰地看到它的流向。而建在矶头的长江 28 号太阳能灯塔，这时也自动开启，把三条古老的纤道，照得崭新。江风从水面吹来，我听到许多人的声音，在耳边回响。我的内心应和着他们：我会对生活的世界，作出高于现实的判断与构思。我才 42 岁，生命的旅程还很漫长，我将在一条全新的道路上行进，让人生的长河，流得更远，更深。

清溪

我到清溪去，是为了忘记一些东西，或是寻找一些东西。

清溪在云溪的山中，离城不太远，但我们之间，却似乎相隔着遥远的距离。在城里，我成天为生计、为名利忙碌，喧嚣的市声，淹埋了自己的记忆和内心的光亮，即使是夜半惊醒，也从没想过要逃离，或者转身。我已习惯了虚假的热闹和脂粉的风景。我的脚步，在急促和沉重中变得麻木，没有时间，也没有兴致，从自己修筑的城池中走出。很多最值得亲近的事物，我都无意地疏远了。因此近郊的清溪，离我很远很远。那天，当云溪的朋友谈起它的清幽与从容，我突然心中微微一颤，这个荒野中的古老村寨，真值得我抬起头来，认真去细细打量。那里面，一定潜藏了我遗落的珍宝和急需的养料。

去的时候，天空下起了小雨，纷纷扬扬，我的内心灰暗而潮湿。车子驰过街市，奔上国道，很快没入一条狭窄的乡村公路。回头打望，那座日夜匆忙的城市，已被我抛弃在烟雨之中，只剩下一个朦胧的背影，虚幻而且飘浮。这一天，是周四,一大堆的麻纱，堆积在办公室里，等待我去清理、安顿。现在，它们只能兀自纠结，我已抽身离去了。我突然有了一种私奔的快意和叛逃的惊慌!

清溪用它温柔的姿势，迎接了我们的进入。我后来才知道，清溪并不是一个单一的地点，而是一个复合的区域，它包括清溪水道、清溪水库、清溪峡谷，还有木岭古村。车子爬上水库大坝时，一泓碧清的水面，瞬间把我的心境打开，天光云影，随之在心海里轻轻荡漾，让人变得澄澈，明净，辽阔，所有的羁绊和烦闷，像微不足道的沙石，一粒粒沉落进了幽深的水底，无影无踪。清溪水库是娇羞的，它的水面，光洁，柔软，像美女的两条大腿，慵懒地伸进青山深处，优美而圆润。这诱人的景致，让人迷醉，我真愿化作一株睡莲，枕着她的肌肤，忘记来路与归程，就这样慢慢变老……

朋友却没有停车，从大坝拐上左侧的山道，沿着水库的“左腿”，弯弯曲曲，高高低低，顽强地往了绿里钻。山道不宽，两边的林木遮天蔽日，浓浓的绿影，酽得化不开来，我们像是在梦中穿行。转个弯，抹个角，那条清秀的美腿，便在我面前艳丽地惊鸿一瞥，很快又隐入绿色的裙裾，遮挡得严严实实。它的若隐若现，若即若离，让我想起某个曾经友好的女子，想起自己残缺而破败的生活。我突然想弃车步行，回归到现实的道路上，去看清被遮蔽的真实。朋友说，天雨路滑，到木岭还有七八里，如何使得？我呵呵两声，暗笑自己终归是个俗人。我到清溪来，原本就是为了看木岭的简单和散淡，为了远离和忘却市井的喧哗，怎么又记起这些无尽的纷繁？

木岭是以版画的形态出现在我眼前的。它仿佛静止在那里，凝固在那里。这个库尾的古老村寨，三面环山，一面临水，几十幢烟砖瓦屋，安详地卧在青山脚下；如丝如线的麻雨，不急不慢，轻轻地飘落到满山的翠绿上、满园的碧青上、重重叠叠的鱼鳞瓦上，悄无声息地滋润着心灵，洗涤着风尘；石板路、石拱桥像一段历史，连通着村寨的古今，但见不到一个行人；梦幻似的雾霭悬在半空，一动不动，入定般地连接了人间烟火……打开车门，我感到嘈杂的内心，瞬间变得清幽和静谧。

这真是一个古旧的村寨。所有的房舍，都是陈旧的，斑驳的，沧桑的。最早的听说已有百十年历史，最迟的，也经历了六十年风雨。除了一条新修的进村水泥路，从外表上看，没有半点现代文明侵袭的迹象。木岭，它好像还停滞在晚清，或者是民国。烟砖上层叠的苔痕，房梁上暗淡的图案，墙壁上久远的标语，都在默默地印证着它的时代。它好像被外面的世界遗忘了，又好像根本无视别人的热闹，只顾按照自己的时间与节奏，从从容容地活着。多少年来，山外的村镇和城市，都以一种领跑的姿势，筋疲力尽地追赶着多变的潮流，它们拆除了祖屋，推平了旧房，建起了红砖屋、楼房、小高层、电梯房……但它们的生命，其实早已在无数次的转换与变更中死亡。现在的它们，只不过是旧坟上的新坟，它们的历史和记忆，已深埋到地底，跟它们没半点牵连。而木岭，却还活着。它活成了一个长寿的老人，淡然地打望着别人的沧海桑田，安静地守护着自己的家园。在木岭，我们都没了故乡。

是的，木岭有着自己缓慢的时间，或者说是没有时间。没有时间，也就意味着没有边界，没有约束，会更加长久。我淋着麻雨，与朋友在村寨中穿行。石板路湿漉漉的，没有一个脚印；屋檐上的水珠，半天才滑下一滴；屋角一株矮柚树，结满金黄硕大的柚子，熟透的果实把两个树桠都压折了，低垂到泥土中，也不见人从季节中匆匆跑出，来忙乱地采摘，收拾，占有。我们就像行走在真空里，感到世界的虚无与旷远。想想平日明明暗暗的争抢与掠夺，真是让人羞愧啊。在时间的尺度里，我们都在急着追赶与获取；而没有了限制和比照，那会活得多么随意，从容！在一栋烟砖屋前，我们看到了一个老太婆。她坐在屋檐下，静静地看雨，喝茶，似乎什么都没做，什么都没想，纯粹就是坐着，享受自己的清闲与生活。她的脸坦然而满足。一只大黄狗，昂着头，细眯着眼，在她腿上蹭来蹭去，挠痒，撒娇，同样安逸而舒坦。这样的场景让我嫉妒和羡慕，我在城里牛马般地奔忙，费尽心思而不得的安宁，木岭这个没牙的老人和没名的土狗，轻轻松松简简单单就达成了。我问她高寿，她呵呵地笑："快九十吧，日子太稠，记不清。"她是从民国起，就一直这样坐着的吗？她连年龄都忽视了，肯定不会有星期四的概念，当然也就不会有急着清理的麻纱和内心的负重。她的房屋是破旧的，茶叶是粗老的，眼界是狭窄的，她对生活缺乏算计，但她幸福而长久地活着。我们在城里有车有房，但能说比她更加强大吗？时间始终在折磨我们，而她早已消灭了时间。

木岭是安静的。我们在村寨中穿行了好久，只听见自己的脚音。一些房屋紧锁着，一些房屋废弃了，而敞开的屋舍里，只有一只狗，或是一群鸡。鸡和狗也与世无争，慢腾腾地踱着步子，侧着脑袋看着我们，任由朋友拍个不停，一不跑，二不叫。它们也习惯了缓慢和沉默？村寨的前面，是一大片菜园，麻雨飘落到肥硕的菜叶上，没有一点声息，反倒是它们的茁壮，仿佛让我听到了生长的声音。在一块菜地里，一个老人在细细地扯草，动作迟缓而舒展。他告诉我们，木岭以前有300多人，现在只剩下30多个老人，年轻人大都搬走了。这里除了几声鸟叫，所有外部的声响和威胁，都被水库和青山牢牢遮挡。我突然想，要是我在木岭住上一晚，一定能很快酣然入梦。好多年来，我一直失眠，起初以为是日夜不息的噪声，但封闭阳台、装上双层隔音玻璃，还是无法入睡。我的内心和耳边，始终嘈杂一片。现在，我明白了，是城市密集的欲望与阴谋，在暗中发声，我得从这些细微和隐秘的动静中，作出自己灵敏而及时的判断，因此内心深处，永远不得安宁。而木岭，给我安全。它的安静，是真实的安静，人心的安静。

村寨的中央有一条小溪，弯弯曲曲，清清浅浅，大概就是清溪吧。傍溪是一条古老的官道，溪上横跨着几座石板桥。官道据说先前热闹，是通往临湘的必经之路，如今淹没在绿树丛中。石桥用整块粗大的麻石垒就，至今仍显出时光的厚重。我和朋友沿溪往山上走去，路变得越来越窄，但并不妨碍前进和通行。两边绿树的枝叶，一不小心就打落到我们面前，晶莹的小水珠，从叶片上滑落，很快渗入我们的衣服和肌体。两边的山岭高耸入云，左边叫小木岭，右边叫大木岭，是云溪的至高点，惊心动魄的绿海，无边无际，仿佛随时会从天上倾泻下来，把我们埋葬。

林子中飞出的鸟音，清亮，婉转，悠长，让绿色显得更加幽深。我燥热而驳杂的内心，很快也变得清凉和纯净。那些灰暗的，漆黑的，猩红的，粗粝的，肮脏的心思，通通退场了，逃散了。那个柔软的地方，只剩一种底色，绿得没半丝杂质。绿，是故乡的颜色，是生命的本色。它让我洁净，轻快，生气勃勃。我不能忘却。

从山上下来，我还想去看清溪峡谷。朋友说，下次吧，天色不早了。我一惊，这山中一日，怎么好似短短一瞬呢？这里的时间，到底是快还是慢啊？同事们也不断打我的手机，询问工作的长长短短，还说明天一早要开大会。我只得坐进汽车，与清溪作别。我恋恋不舍回头打望，烟雨迷茫中，青山一程，碧水一程，送了我一程又一程……

乙未年的深秋，我在清溪，在木岭。我忘记了时间与喧嚣，记起了简单和纯静。我匆匆忙忙地进入，又慌慌张张地离开。清溪，木岭，我还会再来，我们之间是有一些距离，但我终将慢慢抵达。

湿地

我是无意中进入这片湖洲湿地的。我没想到，我荒芜已久的内心，会在这片被人遗弃的野地里，遇见深埋的春天和久违的生机。

湿地在城郊的君山区。我真不知怎样来描述它的具体方位——它没有名字，更没有名气，普通得就像我一样，几乎可以被这个庞大的世界忽略不计。我只能说，它大致在洞庭湖大堤外侧的湖汊深处，隔着莽莽苍苍的杨柳，隔着透明的阳光和氤氲的水汽，与君山岛景区的盛大和热闹，寂寞地遥遥相对。它还是像我一样，沉默在尘世的边缘。

我与这块湿地的遭遇，其实并不完全是偶然，是相同的处境和不同的命运，让我在看到它的那一刻起，便不由自主地一步步靠近，深入。我们的交集，似乎是一个隐秘的约定，或者是必然的通达。

这些年来，我总是感到生活就像一块硬板，越来越没有痕迹。长年的夜班和机械的工作，让我在黑暗与昏睡中慢慢老去。我看不清季节的轮回和时间的流逝，也感觉不到外界的音信与响动，曾经生机勃发的内心，如今寸草不生，一片荒凉。在坚硬的现实面前，我已失却了对理想的追求和对生活的期盼，常常觉得天空灰蒙蒙的，有一种看不见但又真实存在的东西，遮蔽住了自己的激情。我就像一只受伤的鸟，成天龟缩在自己的窠巢里，昏昏沉沉，没精打采。

妻子想把我从沉沦中拯救出来。我们结婚多年，热度早已消散，她成了我没有血缘的亲人。每到周末，她就唠叨着把我赶向户外。但是，王家河、千亩湖、金鹗山、珍珠山、南湖广场、巴陵广场，城区所有的公园和景点，都没能医治我颓废的心灵。我觉得这些地方跟我日夜所见的街市一个模样，并没有本质的区别，它们虚假，窘迫，灰暗，阴沉，缺乏光亮与活力，让我厌弃，疏离。于是，我们漫无目的地把车开向了城外，开上了高高的洞庭湖大堤，湖滩中央这抹汪汪的绿，就像一个丢失多年而又记忆犹新的梦，猛然朝我的内心逼近。

我们弃车走下大堤，堤脚是一条狭长的湖汊，湖汊中间的浅水区，钓鱼人用石块混合湖泥，铺成一条简陋的通道。我们小心翼翼从这里踏上对岸的湖滩，然后迫不及待地奔向前方。我远远地望见，在湖洲的深处，湿地像一块温润的碧玉，安静地漂浮在湖水中央。它绿得透彻，而且透明，没有一丝杂质，让我感到这个糟糕的世界，依然存在纯粹的事物。

首先迎接我们的，是一大片绿得有些虚幻的杨柳——它们像极了一幅巨大的油画，朦胧而真切。突然置身于这样的美好之中，我一下变得手足无措起来。我很想大声呼喊，激情拥抱，但又生怕自己的冲动和粗暴，伤害了它们的纯洁与安静。我只能拉住妻子的手，傻傻地看着它们，就像看着云端之上一尘不染的梦想。这些杨柳，不同于城市人工培植的垂柳，没有款款低头的娇羞，也没有软弱无力的阴柔，更没有腰肢乱扭的轻佻。它们的枝条伸向天空，叶片对接阳光，给人一种强盛和奋发的力量。很多的杨柳，都只有一截粗矮的树桩，歪歪斜斜地站立在潮湿的湖泥上，有的甚至还躺倒到地上，裸露出大半边根系；它们粗老的干部，树皮脱裂，纹理扭曲，有的半边腐朽，有的几乎空心。我明白，是强劲的四季湖风，将它们拦腰折断，而汛期长达数月的浸泡，更是无情地把它们摧残。但是，无一例外地，它们都顽强地活着，精彩地活着。一到春天，密密麻麻的枝条，就从它们九死一生的躯体上生发出来，扩张开来，很快又葱茏成一片耀眼的风景。它们的沧桑与倔强，苦难和绚烂，都让我没有来由地敬重，仰望。我感到沉陷已久的内心，正从俗世的浊流中，一点一点地浮升上来。

我们在林子里盘桓了很久，低头看看这棵树的根，抬头望望那棵树的冠，轻轻摸摸这棵树的皮，小心碰碰那棵树的叶，俨然是在透视和把握生命的根本。苍老和娇嫩，粗粝与柔软，扭曲和挺直，深度与高度，这些生命的不同形态，在我眼里一目了然，而又一脉相承。它们自然而适时的转换，仿佛让我看到灵魂的强大与不灭。林子的地上，积满了枯枝败叶，也零星地长了一些青草，越往深处走，草就越发地茂盛起来，而杨柳，却渐渐地稀疏了，退场了，最后终于完全让位给了郁郁葱葱的野草。生命在这里又进行了一次悄无声息的流转。我们从林子里穿越出来，回头打望，只见一团浓酽的绿云，完美地呈现在阳光之下，而它千疮百孔的内部，已沉淀到了我的内心。

草地像一块巨大的绿毯，在我们眼前徐徐打开，一往无前地舒展进苍茫的水天相接处。它似乎在指向遥远的地方，又好像在指引我应当不断深入。野草长得非常密集，严实地覆盖了湖洲的每一寸土地；它们的品类也很繁杂，有瘦高的灯芯草，利剑似的菖蒲，低矮的苔草，水墨似的野芹，散乱的丝茅，柔软的野韭……更多的，是我叫不出名字的——杂草。它们用高大或弱小的身躯、俊俏或丑陋的形容、嚣张或低伏的姿态，共同编织成了这个庞乱而蓬勃的世界。而在汛期的时候，我只看到这里一片汪洋，混浊的湖水淹没掉了一切的绿色和向往。它们来自何方？又走向了何处？我只能想象，它们深扎的根系和卑微的种子，潜藏进了厚实的泥底，是永恒的希望和耐心的等待，让它们迎来了生命的另一个春天。

是的，我又看到了春天的景象。春天并不只是一个季节，更是内心深处的一种色彩和气韵。草地莽莽苍苍，无边无际，仿佛让我看见了青春的颜色。我紧紧拉着妻子的手，像初恋一样，狂奔进梦幻般的远方。空旷的天空和广阔的绿地，让我们的身影显得无比渺小，四周的绿海，汹涌着把我们淹埋、吞没、融化。我感到自己已然变成了湖洲上的一株青草，变成了它们当中普通的一员，与春天融为一体。

我躺到了草地上，俨然像沉睡在春天的怀抱。已经长出的草们的叶、茎和根系，全都清晰地呈现在我面前，它们肥嫩、洁净、饱满，明亮地与我对视，逼人的生机和活力，像电流一般，源源不断地输入我的内心，让我一颤，一颤，又一颤。更多的草们，才刚刚从泥土中生发出来，它们露出一点点的白芽或绿意，尖锐地向我表达各自的意愿。它们在地下沉陷很久了，但始终没有沉沦，现在，它们苏醒过来了，要重新进入这个薄待它们的世界。躺在湖洲上，我感到很多的事物都在觉醒，都在用自己的响动，认真地与世界对话。我听到了大地膨胀的声音，沉闷而雄浑，像雷声一样，从遥远的地方滚滚而来；我听到了种子搏杀的声音，沉着而顽强，它们用的是暗力，默默地抵制着泥土的压迫，从黑暗中爆裂出崭新的希望；我听到了很多昆虫奋斗的声音，微弱而高亢，它们来自地上，或者地下，尖利地割开缠绕在身上的束缚，用力地扑打遮挡视线的障碍；我还听到了植株生长的声音，细碎而连绵，它们的根系像一个个钻头，嗞嗞地扎穿一切的阻挡，茎秆啪啪地拔着节，像一根根指针，争先恐后地追赶着时间……这些四面八方的声音，嘈杂地回响在我耳边。它们是春天的声音，生命的声音，更是我内心的声音。我感到蓬松的湖泥和柔软的草丛，正用一种看不见的力量，慢慢地把我的躯体托举起来，举向一个新的高度。

躺在发酵的湖洲上，我还闻到了春天的气息。它们恍恍惚惚，若隐若现，有一些潮湿，有一些膻腥，有一些暧昧，有一些青涩，还有一些芬芳。这些独特的气味，混合在一起，直抵我的胸腔。它们来自于大地的深处，来自于草木的内部，来自于一切生命的场。它们从很深很远的地方生发出来，带着母体的温度和孕育的激情，让我的内心燥热，骚动。我感到体内沉寂已久的许多东西，正在剧烈地动荡，冲突，奔涌着寻找出口。我赶紧从草地上爬起，以站立的姿势，去迎接自己的春天。

妻子在不远处的沟渠边向我招手，她在忙着采摘黎蒿和芦笋。这两种野菜，清新而爽口，市场上多为人工栽培的货色，这个意外的收获，让她快乐得像一个纯情的少女。她天真而满足的神情，让我又一次想起久远的初恋，想起多年前那个万物生发的春天。

阳光静静地从高空倾泻下来，温煦地沐浴在我们身上，我突然感到浑身轻松，舒展，内心贮满了幸福。我发现天空没有一丝云彩，明净如洗，蔚蓝的底色简洁得让人不敢忧伤。远处的杨柳和身边的野草，青葱欲滴，散发出令人迷醉的耀眼光芒和蓬勃生机。而天空快速掠过的鸟音，清脆得像一把利器，切断了所有的沉闷和愁郁……

多好的湿地啊。多好的场景啊。多好的春天啊。一切都不曾老去，一切都不曾死去。所有的事物，都在这里向着太阳和未来，苏醒，并且生发。

我和妻子手拉着手，带着各自的收获，与湿地作别。站到洞庭湖大堤上，我感到新的生活，即将在我面前展开。因为，我荒芜的内心，已在不远的彼岸，变得澄澈、丰盈、郁郁青青。

（《山东文学》上半月刊 2018 年第 1 期）

悬空

（一）

在接近40岁的时候，我才真正对土地重视和热爱起来。我觉得一切的生命，当然也包括人，一生中最重要的支撑就是土地。如果失去土地，或者远离土地，悬浮在半空的生命，维持不了多长时间，就会渐渐衰败、萎蔫、干枯，并最终死亡。我非常希望能得到一块哪怕是很小很小的土地。而在此之前，我几十年来所做的努力，却只是为了抛弃、逃离我所深恶痛绝的土地。想想真够滑稽的！这个翻天覆地的变化和沉重伤痛的发现，来自我的天台，来自天台上的菜园和菜园里隐藏的秘密。

我的菜园在新居的楼顶。这栋楼房总共只有六层，我住顶楼，上面的阁楼和40来平方米的天台，就顺理成章变为了我的私家产业。我在30岁的时候，花很少的钱盘下它，之后很多年里，差不多把它忘记了——我有房住，且这里远离我的单位。但在我38岁那年，我那刚退休不久身体打得牛死的岳父记起了它。这两三年里，精力旺盛而又无所事事的他，不停地在装修房子，先后为自己、长子、小女完成了第二套房子的施工与监理。他强烈要求我把这房子也交给他去施展手脚，我没有想到，这个我生命中非常重要的男人，在他即将进入晚年的时候，又一次用他的理解和行动改变了我的生活，改变了我对世界的看法和对人生的态度。

装修完工时，从来没种过菜的岳父，居然交给同样没种过菜的我一个带菜园的天台！这让我哭笑不得。在我最初的设计与想象中，阁楼要装修成雅致的书房，三面墙壁整齐摆满藏书，最好还能摆点古董，而外面的天台，则应是一个清幽的空中花园，有小桥、流水、花木、鸟鸣，我偶尔坐到遮阳伞下的藤椅上，假装看看书，赏赏花，听听风……这才符合一个伪文人的做派与追求。现在，岳父坚持不听我的意见，而按自己的判断修正我的理想，我感到他似乎是用火眼金睛看穿了我的底细，毫不留情地撕去了我身上的伪装——在他的心中，我这个混迹城市文化圈的乡下人，原本就该是一个种菜玩泥巴的货色！我不知岳父是不是这样想的，但他对我的否定与指引，让我感到万分惭愧。

我排斥和拒绝种菜。菜园子寂寞地悬在半空中。但说句实话，修得倒还真不错：在天台靠近承重墙的一侧，岳父开辟了一块面积不小的长条形菜池，池子四周贴着洁白的瓷砖，显得干干净净；靠外墙的两边，安装了不锈钢护栏，非常便于搭瓜架；菜池中盛满的黄泥，几乎没有任何杂质，似乎丢一把种子马上就能长满瓜菜；科学的排水系统和方便的灌溉设施，更让它显得传神而现代……这么高级的菜地，其实更像一个娱乐性质的休闲场所，早就淡化了实用的功能，更多的是一种象征意义。尽管如此，我还是不愿接受它。我觉得自己历尽千辛万苦跑到城里，不是为了种菜，也不必怀念种菜，那些代表落后和蛮荒的泥土，不但不会带给我任何的快乐与荣耀，反而只会让我更加羞耻，更加自卑，更加沉重和伤痛。

但我后来却爱上了这块人造的土地，我就像一个受了诱惑在外流浪多年的孩子，醒悟过来后回到家里，一头扑进母亲的怀抱。这个时候，天台的菜园已经空置了一年左右；这个时候，曾在单位忙得焦头烂额的我，已在边缘地带闲散了好长时日。在经过努力、奋斗、抱怨、消极等种种尝试都无法改变状态后，我只得选择逃离与隐遁。每天轻松地应付完本职工作后，我将大把的时间和精力，倾情浇灌到了空中的菜园。植株的生长，发育，开花，结果，是那样的守时和真实，它们不懂欺骗和虚伪，只要你有所付出，就会获得应有的回报。这样的品质，正是我所欣赏和寻觅的，我感到和它们在一起，轻松而愉悦。它们让我看到了生活的美好，忘却了人世的烦恼。直到这个时候，我才明白岳父的苦心，他是想让我在失意之时，有一个归隐和寄情之处啊。这个曾经担任过镇长、厂长多年，在刀光剑影中沉浮了大半辈子的老男人，应当是看穿了生活的本质，他不单给我修了菜园，我的舅哥和姨妹的屋顶，也同样如此（我们都住顶层，不知是巧合，还是买房时都受了岳父的导引），而且，我那当政委的舅哥、当行长的姨夫，后来都先后加入了种菜的行列。我们都从悬在半空的虚幻的名利场中，安然沉降和回归到踏实的泥土之上，没有经过太多的痛苦与转折，就在另一种方式与另一处场所中，很快找到了生活的乐趣和人生的意义，想想，还真该感谢岳父英明的设计与精心的准备。

天台的菜地丰富着我的生活，充实着我的情感，也营养着我的精神，我越来越觉得所有的快乐与收获，都来自土地。要么是直接的，要么是间接的。全世界的文明，都是源于土地的积累与贡献，即使时代发展到今天，土地依然是整个人类的生存之本。这么神奇而伟大的资源，我先前怎么就不知道敬重和热爱？怎么还那么轻视和鄙薄它呢？我为自己的浅薄感到羞愧。

我弯下了腰，低下了头，用虔诚的姿势去亲近天台的泥土。很快我就发现，纯净的黄泥巴根本种不好菜，太容易板结了，稍稍晴几天，植物的根就扎不下去，长得像患了肝炎似的黄皮寡瘦。为了改善土壤，我先是从网上买了几百块椰砖，接着到乡下拖来几麻袋草木灰和稻谷壳，然后又到养鸡场运来几百斤鸡粪，把这些东西混在黄泥里后，菜地竟像发酵了似的膨胀起来，变得松软肥沃，种下的菜肥嫩碧青，像一个个可爱的孩子，在微风中朝我摆手，乐呵呵地笑……土地真是一个好东西啊，受此鼓舞，我决定扩大菜园的规模，用木板钉了很多箱子，又买来很多泡沫箱，准备用更多的绿色，来丰满自己日益苍白的人生。

可是，我不知到哪里去弄泥土。在小区的花坛才挖两锹，物业就来了；到街边绿化带去弄，城管立即制止；到公园的山包上挖，差点被扭送进派出派……最后只得求助开拖拉机的到郊外去拖，180元一车，黄泥巴，不上楼；要田泥或菜土泥得偷，另外加钱。我这才知道岳父为何外行地给我弄些最差的泥土，估计他为寻到这点货色，也费尽了周折。我蓦然感到，我人模狗样地生活在这个繁华的城市，其实是多么的可怜，我穷得连一抔属于自己的泥土都没有啊！拖拉机给我运来四车还算不错的泥巴，倒在楼下，我用蛇皮袋每袋装50斤左右，断断续续，像蚂蚁搬家一样，花了一个多月时间，把肩膀都磨烂了，才全部背上楼顶。那段日子，我患上了严重的搬土后遗症，不管是什么时候，一踏进楼梯间，内心就不由自主地开始数数：一级，二级，三级……九十八级，到了！我完全控制不住自己，我清晰地听见自己的声音和心跳，它们是那样的沉重，那样的迫切，而过程与时间，却总是那样的艰难和漫长。可喜的是，在我的汗水和力气的作用下，楼顶的菜园不知不觉就扩大了一倍多，布下的菜蔬很快就蓬勃一片。逆着阳光站在城市的半空，看到自己的背景一片青葱和辉煌，我突然幸福得像个丰收的农夫，不，简直是骄傲得像个殷实的地主！

是的，我终于成为一个拥有“土地”的人，狭窄的天台，是我广阔的疆域，我在悬空的地盘里，做着自己的帝王。每天早上六点，我就起床上来了，半夜三更，我还打着手电在照看它们，每一块土地，我都知道它们的形状和构成，每一抔泥土，我都清楚它们的前世与今生。我不允许野草肆虐它们，更害怕风雨糟蹋它们，每当暴风雨天气，看到流失出来的泥土被冲进下水道，我总是心痛得不行，赶紧蹲下身子，冒着大雨，毫不犹豫用双手把污脏的它们一点点捧起，小心翼翼地放回菜池。它们都是我一袋子一袋子，一级楼梯一级楼梯搬上来的，那里面不单有我的汗水和心血，更有我的理想和寄托，我舍不得失去它们，也不能失去它们。我就像个饱经风霜的老农民一样，深深地爱着自己侍弄惯了的泥土。也直到这个时候，我才真正地理解到，中国的农民与土地的感情，为什么是那样的深不可测，坚不可摧！

（二）

天台上的土地和土地上的作物，不断地深入我的生活，我也与它们越走越近，越贴越紧。我知道它们的喜好和需要，熟悉它们的脾气与秉性，我破译了它们一个又一个的密码，原本以为自己已完全理解了这块来之不易的土地，哪里知道，我与它们之间，还相隔着一层看不见摸不着但真实存在的障碍，这种障碍，让我感受到了土地的灵气和巫性——

这真是一件很奇怪的事情，不管我何等精心，菜园中的作物总是过不了最热的七月和最冷的元月。在这两个极端的月份里，几乎所有的作物都失去了自我，它们要么停止生长，甚至失去生命，要么就严重地变态，不开花，不结果，像是进了时间黑洞一样，瞬间变得丑陋和苍老。我从土层深度、浇水湿度、土壤肥度等方面，作过深入的分析和不断的改善，但根本无济于事。这种现象像一道魔咒，又像一道深渊，顽固地横亘在我面前，让我始终无法逾越和绕开。我对土地愈加地敬畏起来，我不知道自己在何处埋下了错误和不恭。

是没有地气吧！乡下的母亲最善种菜，与土地厮守了一辈子，她一针见血地指出了症结的所在。地气？地气是个什么东西呀？我怎么从来没有看见过？母亲说，她也讲不清地气是什么，但这东西真实存在，炎热的夏季，土地的内部是凉爽的；寒冷的冬天，土地的深处又温暖如春。母亲告诉我，所有生长在土地上的植物，枝叶享受阳光雨露，根系就靠地气滋润。地气不单包含温度，还包含营养和湿气。全世界的土地都是一个整体，所以全世界的地气都是连通的，强大的地气能让植物安然度过严寒酷暑，茁壮生长，而我的菜园悬在半空，隔断了地气，所以出现问题。真是这样吗？我后来特意挖开楼顶和地上的泥土对比，果然像母亲说的那样，地上的泥土是活的，软的，带着地球的体温，而天台上的泥土是死的，硬的，根本就不能自动调节。这种天渊之别，仅仅只是因为隔了几层楼板，悬空了！

看着天台上费尽气力和心血的菜园，我忽然恍惚起来，那些植株，那些箱子，那些泥土，似乎都充满了可疑。它们尽管看上去是那么的逼真和接近，但由于远离了地气，根本就不是真正的土地和菜园。它们，只不过是我一个虚幻的梦想！

那么，我的房子呢，是不是也只是一个幻影？而悬空生活在房子中的我们，是不是也已失去了地气，正在慢慢地走向萎蔫？

我感到万分惊恐与悲凉！

买第一套房子的时候，我才 24 岁，刚到城里不久，浑身散发出浓郁的乡土气息，在别人不断的嘲笑和鄙视下，我只想买套房子，好尽快把泥土的印记洗净，以证明自己就是这个城市的主人。我女朋友的父亲，也就是我现在的岳父，非常支持我的想法。这个 30 多岁才吃上国家粮的乡镇干部，最大的梦想就是进城，并在城里拥有一套完全属于自己的房子。我第一次拜见他时，他就非常直接地表明了自己的态度：没有房子，请我吃鱼翅燕窝都不来；买了房，餐餐萝卜白菜我也乐意去！在家人和亲友的帮助下，我很快实现了自己的梦想（但此后好多年，还在节衣缩食还债），当我把写有她女儿名字的房产证交给他验明正身时，他抑制不住内心的欣喜，高兴地对他女儿我老婆说："恭喜你啊，从此住上了高楼大厦，一辈子都不用住在泥巴屋里了！"他对楼房的向往和迷信，跟我堂伯父简直一模一样。堂伯地主出身，读了不少的书，但一辈子困守乡村，快六十岁时，他花尽一生积蓄，还欠了一身债，总算盖起了一栋像机关办公楼一样的三层楼房，搬家后他做的第一件事，就是在自己卧室的门楣上，醒目地刷上"301"三个数字，跟人打电话通报方位时，也是再三强调"301"。301，是他后半生的代号，也是他一生的追求。

我没有半点笑话岳父和堂伯的意思。直到很多年后的今天，我都能完全理解他们当初的言行，他们对楼房的热爱，其实是对城市的向往，更是对身份的渴求。任何人都有追求上进的权利，他们对生活提出更高的要求和更美的设想，理当得到我们尊重和支持。何况，从本质上来说，我和他们又有什么区别？我同样鄙薄乡土，爱慕虚荣、物质、财富以及一切能抬高自身地位的东西，只不过是比起他们所处的时代，如今相对的宽松、多元和快捷，让我高于现实的梦想更容易一些抵达罢了。

我的第二套房从头至尾就是一个意外。位于新城区的这套房子，面积不算小，正屋有160多平方米，如果加上阁楼和天台，总面积接近280平方米，比起我陷落在老城区贫民窟的第一套房，足足大了一倍多。这套单位的集资房，买的时候没想到这么便宜，几年之后，没想到升值那么多，而装修的时候，又没想到要那么多钱。我曾经作过统计，这两套房子，差不多花光了我半生的积蓄。有时候，站在楼下看着自己的房子像一个灰暗的格子一样搁在半空，心中不由有些淡淡的悲愁，把半生的努力和一生的命运都关在这么一个盒子里，真值吗？但这种念头只一瞬间就消逝了，我更多的是看到它们身上的光亮，并不去怀疑它们的合理性，只觉得它们是自己活在城市的底气与骄傲。但现在，当我再看到它们时，就会自然地想起天台上悬空的泥土，从而对自己的价值判断、行为方向及至整个人生，都产生严重的怀疑和深深的担忧。

我们真的是跟房子一起悬在空中。共用的土地，70年的产权，房屋的质量，电梯的故障，不停的开发，疯狂的拆迁……所有的这些，都太不确定了，太不稳固了，太让人缺乏安全感了。这些海市蜃楼般的空中楼阁，远望上去，似乎巍峨壮丽，熠熠生辉，但当我们逼近它时，才发现永远无法获得它的真相，更不用说把它牢牢掌握在自己手中。它们是飘浮的，虚幻的，破碎的，像梦一般轻薄和遥远。而我们长年累月地远离大地，生活在半空之中，缺乏地气的贯通与滋润，到底对身体和生命有无妨碍，也太让人不踏实了。世间的万事万物，总是神秘地联结在一起，一棵植物在悬空的泥土中，都会发生畸形与变异，靠五谷为生的人类，难道就丝毫不受影响吗？我堂伯在“301”住了几年后，患上了食道癌，到晚期吃不进任何东西时才恍然大悟：由于楼层阻隔了地气，在土地上劳动了一辈子的他，与土地爷失去了联系，人家以为他远走高飞，所以奏请阎王关闭了他的进食之门。他迅速地从三楼搬到一楼，睡在竹躺椅上，一直到离世，双脚再也没离开过土地。堂伯的说法当然不科学，但他最终对土地的敬畏和对自己的忏悔，总是让我震撼和敬重。

我天台的菜园位于主卧室的上方，每天晚上，我都正对着它进入睡眠。在梦中，我无数次看见自己飘浮在半空中，双脚无处着力，惊恐地四下触摸、踩踏、探寻，还是找不到任何的支撑，而头顶坍塌的楼板和倾泻而下的泥土，把我扎得头破血流，我被呼啸而下的各种砖头杂物挟裹，不停地坠落，坠落，坠落向一个苍茫的深渊，一个未知的葬身之地！

这样的梦境磅礴而悲怆，我不知是神灵对我严重的警告，还是善意的指引？

（三）

悬空的泥土使我的菜园只能季节性地耕种，尽管在绝大部分的时段，绝大多数的瓜菜，都能在天台上尽情地生长，但我依然觉得这样的土地，这样的作物，这样的生活，是残缺的、片面的、不完整的。我渴望能有一块真正的土地，让我享受劳动的乐趣，见证生命的连续，抚慰心灵的暗疾。

但我清楚地知道，在城里，这永远只能是一个美好的愿望和天真的构思。我又一次想起挖泥土的事情——我在城里连一抔土都没有，哪里还能有整块的地？何况，现在的城市连裸露的泥土都很难找到了，差不多都被水泥覆盖，被钢筋笼罩，被开发商圈围。现实如此坚硬，哪里还扎得下作物的根系？就算有，高昂的地价也不是我这样的局外人玩得起的。

是的，我是一个局外之人——从某个角度来理解，城市就是做局，很多人挖空心思绞尽脑汁起早贪黑尔虞我诈地大做特做，越做越庞大，越做越复杂，越做越繁华。但这么多年来，我一直都觉得自己被一堵无形的墙挡着，生生隔离在城门之外，根本没有融入进来。我从 19 岁来到城市，至今已 24 年矣，生肖都流转了两轮，可我似乎依然停留在最初的渡口。我还是那么的实诚、直接、善良、节俭、懦弱、胆小、怕事，不喜欢结交权贵与富商，不热衷追赶时尚和潮流，不习惯在人多的地方高谈阔论，不适应在灯红酒绿的场合山呼海啸，不爱好浓妆艳抹的女人，不接受有违道德的开放……我就像个傻乎乎的刚进城的乡下人，被满街的人潮推挤得跌跌撞撞，一脸的惊慌失措，一脸的无可奈何。我常常在晚上站到天台的菜园里，一个人静静地打量这个永不安宁的世界。我看见宽阔的大街车水马龙，流金溢彩，漫天都是虚幻的灯火辉煌和缥缈的歌舞升平，空气中飘荡的奢华、糜烂、欲望、物质、迷醉之类的气息，与菜地里散发出的泥土味道格格不入。这个时候，我总感觉自己很孤单，连真正兴趣相投的朋友都找不出几个，仿佛被这个喧嚣的世界抛弃了，遗忘了，所有的繁华与热闹，都是别人的，与我毫不相关——我对城市没有认同感，自然也就不会有归属感。我虽然生活在城市，但文化、心理和精神，都属于乡土，根本没有对接。我就像天台上的作物一样，悬在半空。

我疑心岳父也有这样的感觉。这个一辈子梦想进城的人，退休约两年之后，居然回乡下盖了一栋平房。对，是平房。他当初是何等向往城市和楼房啊，缘何奋斗几十年，最终又要回到原点？他也像堂伯那样，发现了地气的重要性吗？岳父说，退了休谁齿？待在城里没卵味，像个哈宝！原来是这样。他回归熟悉的乡村，其实也属于地气的另一种贯通。岳父又说，给你们都修了个菜园，今后退休了好有事做。啊，我还以为是给我们现在调整心情用的呢，没想到是为几十年后做的准备，他看得真远，真深。而这种远和深，是他用漫长的时间和沉重的代价换来的经验。他清楚地知道在农村长大的子女们精神深处的需要，作为父亲，他不愿发生在自己身上的疾病和疼痛，重复出现在孩子们身上，所以提前预备了止痛的药。不管处方是否准确疗效是否显著，他深沉的爱和心底的疼，都让我们感动。如今，70 岁的岳父生活在乡下，住在平房中，并且把户口也转了回去，还种了几亩田，我们吃着他送来的亲手种植的米，心中倍感愧疚和不安，但看到他因脚踏泥土而愈加健康的身体和快乐的心情，又无比踏实与欣慰。

岳父用直接而彻底的方式，从悬空的城市降落到了厚实的大地，我也能像他那样找到自己的归宿吗？

我觉得很难。这些年，我越来越喜欢回到乡下，回到故乡。如今的高速路网四通八达，在我感到郁闷或乡愁病复发的时候，只需一个多小时，就能迅速扑进故乡的怀抱。但我一次次发现，故乡已不是当年的故乡，我也不再是当年的我。

如果从居住条件和生活水平来看，农村已与城市无异，甚至还要更好一些。这也是我乐意经常回去的原因之一。可是只要住上三两天，我就感到很多具有农村特质的东西正在消失和改变。比如，情义已被金钱代替。我多次看到留守的老人请年轻人做点扛米、提水、买油之类的小事后，当场付工钱，付得理所当然，收得心安理得。这种举手之劳的事情，就是在城里也没人要报酬啊。至于巧立名目办红白喜事收受的礼金，标准甚至还高于城里。又如，勤劳已被享乐代替。田地基本荒芜早已是普遍现象，很多人家甚至菜都不种了，买了吃，青天白日下，一桌桌的麻将围满了男女老少，农家乐和集镇的餐馆、歌厅，生意比城里都好，消费者多是无所事事游手好闲的农村客。再如，道德已被混乱代替。曾经农村人把妇道和贞洁看得比生命都重，如今，早就是笑贫不笑娼，而留守妇女性关系的混乱和复杂，让人咋舌，但人们却见惯不怪……愿意生活在这样的人群和环境中吗？我经常叩问自己。答案无疑是否定的、决绝的、失望的。这些不是我所熟悉和怀念的，它们的陌生与荒诞，只能让我更加惊慌，悲哀，沉痛。

其实，我不愿回归故乡，故乡也同样接受不了我。在人们的眼里，我这个读过点书，转走了户口，坐在城里办公室吹空调拿工资很多年了的人，早已不是他们的同类。我的某些言行，可能备受他们的赞赏和景仰，而另外的一些习惯，可能会受到嘲笑和鄙视，还有一些主张，则可能被敌视和攻击……同样还是因为不同的价值取向和文化背景，让我们不断错过，越走越远，越分越开。

这真是一个无比尴尬的事实，我进入不了城市，也回归不了故乡。在城里，他们觉得我很乡土；在乡下，他们又觉得我是个假洋鬼子。我到底是一个城里人，还是一个乡下人？原来自己是两头牵挂却两头都不靠啊！我不但悬空在没有根基的城市，在故乡这块无比热爱的土地上，我也同样悬空！

跟我相似的人可能不少，我有好几位忘年交朋友，退休前都在乡下建好房屋，准备清清爽爽去安享晚年。但退休后回去没住上几个月，又全部搬回城里了。城里没住多久，又抱怨起来，搬至乡下……如此反反复复，没完没了，像个候鸟一样，始终飞在空中。

而越来越多的城里人，则像我一样在屋顶或阳台上做起都市农夫，以此来表达自己对土地的怀念和向往。在这方小小的悬空的土地上，我们种下深埋的梦想，以为拥有了整个世界和每个春天，其实只是虚张声势，自欺欺人。

（四）

我在天台的菜地劳作时，常常会想到自己的故乡和儿子。故乡是我的来处，儿子则是我的去处——我的生命在他身上得到延续和伸展，他是我人生中最重要的支撑和寄托，我和妻子这辈子所做的一切努力，几乎都是为了改变或改善他的命运，安妥和净化他的灵魂。我们让他降生在城市，从小接受良好的教育，不许他受到委屈和欺凌，不让他感到自卑与压抑，目的就是想让他远离泥土，成为真正的城里人，成为一个能完全把握住自己人生的人，不再像他的父母那样，始终游离着，飘荡着，悬空着。

儿子在一天天地长大，我们的心思没有白费，他的行为方式和生活理念，跟我们大为不同，形象、气质和思维，都是城市的、现代的。他从小就与城市没有任何隔阂感，完全地融为一体了，看到他满脸的阳光与自信，我倍感欣慰。

如今儿子在另一个城市读书，每个学期才回来一次。让我感到奇怪的是，每次回来，他总是宅在家里上网，很少出去。我劝他说，离开这么久了，也不想去街上转转？儿子毫无兴趣地说，哪个城市的街道都差不多，有什么好转的。我说，到你以前的同学家玩玩也好啊。儿子说，好多同学搬家了，联系不上。看到儿子对这座城市一脸的淡漠，我心中突然一惊：这不应当是一个人对待故乡的态度啊，儿子的故乡在哪里？这座城市能算他的故乡吗？

儿子跟我们在第一套房子里住到11岁才搬到现在的小区，那个叫夏万街的社区，是他的出生和成长之地，他的幼儿园和小学同学，大多住在这一带。他对这片房屋密布街巷纵横的杂乱城区，曾经充满了感情，就像我对老家的村庄一样。我想，这应当就是他的故乡吧，尽管细想起来把个社区当作故乡有点别扭。刚搬家的那两年，儿子常常一个人偷偷跑回去玩，玩得满头大汗开心不已，我捉了他回新家时，他还有点恋恋不舍和淡淡哀愁。后来，他到另一个城市读高中去了，放假回家仍要到这里来转转，但再往后就越来越少直至不来了。为什么呢？因为这个地方发生了翻天覆地的变化：社区东边那个巨大的游乐场，曾是他童年的乐土，我带他在里面不知玩过多少回，摩天飞轮、海盗船、蹦蹦床、碰碰车，洒下了他最真实最纯净最明亮的欢笑，但如今早就卖给了开发商，建成的一片高层住宅，像一块块庞大的墓碑立在那里；北面正对着的金鹗山，曾经苍翠欲滴，他从五六岁起，就喜欢钻进这片原始而安宁的林地里，爬树，摘野果，上小学后，放学时经常从山上的小路回家，和同学们你追我赶，有一次还扛回了两只硕大的竹笋，但如今这片林地全没了，被建成一个宽阔的广场，只有一大片坚硬的水泥地面，在夕阳下发出冰冷而惨淡的光；南面他读幼儿园的地方，过去是个小山包，山上有很多民房，房子旁边种满了花草、瓜菜，还有一蓬蓬果实累累的葡萄架，他与最初的小伙伴们，就在这片梦境似的地方穿行了整整三年，但如今，这里已被推平建成为一片廉租房；社区另一出口原来曾是一个大院子，他小时常去打球，现在成了一临街大酒店；而当年熟悉的街坊邻居们，也大多陆陆续续搬走了……不说是他，连我都觉得变得不认得了！这个地方，已没有太多他熟悉的东西，更没有几个他认识的人，甚至，连记忆都寻找不到了！他确实没有必要再来，来了只会让自己更加失落和感伤。

儿子的故乡，就这样在不到6年的时间里沉陷了，丢失了，他从此成了一个没有故乡的人！不单是他，像他这样在城市出生城市长大的孩子，都是没有故乡的一代。

一个人如果没有故乡，那是一件多么悲哀和可怜的事情啊。是的，我现在已回不到过去了，而且我的故乡也发生了改变，但它毕竟还存在，那里的山，那里的河，那里的花草树木，都还是我记忆中的样子。每当我在城里感到郁闷和委屈时，我就自然而然地想到故乡，想回故乡。只要我的双脚一踏上故乡的土地，地气就马上接通了，内心就安宁下来，人就很快踏实起来，所有的烦愁和不快都烟消云散了。故乡是一个人的精神母亲，永远的精神母亲，无论活到多老，无论走得多远，只要回到故乡的土地，就能获得温暖和抚慰。而没有故乡的人，他的情感到哪表达？他的烦愁向谁诉说？他的灵魂到何处安放？他们的整个人生都会悬空！

看着天台上悬空的菜地，我万分沮丧起来。我没有想到，绕了一个大圈，我最终还是无比失败：我费尽心思想远离土地，离开之后才发现土地是最好的东西；我一门心思想挤进城市，进去之后才发觉内心充满排斥；我耗费心血在城里买下房子，住进之后才察觉个中玄机；我全心全意想培养儿子，到头才知他连故乡都丢了……我感觉自己几乎是步步踏空，处处悬空，整个人，整个一辈子，仿佛都被一种虚幻而真实的气体所包绕，挟裹，笼罩，在朦胧与驳杂中，根本辨识不出方向，也无法看清自己。

我把自己的感觉说与儿子听。这个17岁的少年一脸淡然，不急不慢地说，这没什么呀，地球也是悬空的。

对啊，地球是悬空的，月亮是悬空的，太阳是悬空的，一切的天体都是悬空的！也许，悬空，才是事物最普遍的形态，最重要的本质。但是，我很想告诉儿子，它们的体量都足够庞大，而我们，轻得像粒微尘。

（《星火》2019年6期）

行走在城市的边缘

金鹗山那边就是苗圃。这个地方，原先据说是育过一些花花草草的，但如今，只有一幢幢的房舍在茂盛生长，密密匝匝，重重叠叠，从金鹗山麓，一直往南湖那边铺陈，很是汹涌。房舍都不高，三层，四层，五层，顶多七层，绝大多数是当地土著的私房。这些当年养育花草的园丁，抑或说是郊区的菜农，如今都成了城市的主人，在自己的地盘上出租房屋，维护秩序。成千上万的城市过客，成了他们的客人，也成了他们收入的部分来源。主人很少，客人很多，难免就有些照应不过来，于是有关苗圃的故事，在这个城市也就演绎得越来越多。

关于苗圃最经典的说法，一是暧昧：传说鼎盛时期，曾有上千名从事某种特殊职业的年轻女性，在这里安营扎寨，让人很自然地想到三千粉黛这个词语的气势。这些被称为小姐的女孩或女人，抽烟、喝酒、嚼槟榔，化很浓的妆，穿很露的衣，白天躲在出租房里死睡，傍晚时分倾巢而出，妖艳地侧坐到出租摩托上，旁若无人地扬长而去，深夜才成群结队嚣闹而归。二是恐怖：说是好些个黑恶势力盘踞在此，每个黑帮均统一着装，统一行动，天亮时分，集体“出操”，围着苗圃的街街巷巷跑步，腰带上都插着一把雪亮的马刀，边跑步边大声报数喊口号，嗨！嗨！嗨！粗犷的号子声，震得人心惊肉跳；如果深夜独身一人打这里经过，碰上了这些活爷，那就必须见红：要么退财，要么出血。传闻很多人因此被打得死去活来，好几人在此命归黄泉。三是赌博：说这里到处都是麻将馆和赌场，白天黑夜二十四小时营业，赌场有打手，有放高利贷的，许多人在此赌得倾家荡产，妻离子散……总而言之，统而言之，苗圃在市民心中是一个五毒俱全的地方，是一个是非之地，无事不要去，有事赶紧走。连带着，住在苗圃的人，也就要被人低看一眼了。因此不少苗圃人为了维护自己的尊严，当人问他家住何处时，总是支支吾吾，或说住游乐场附近，或称住南湖那边。明显的声调不高，底气不足。

我在苗圃住了将近10年。是买了一个开发商的商品房。房子建在金鹗山的边上，推开北面的窗户，满眼碧翠，香樟的枝叶，仿佛伸手可及。我在这套房里结婚，养儿，读书，写作，日子过得从容。常有人向我求证有关苗圃的种种，我要么哈哈一笑，要么沉默不语。我无法给人一个满意的答案。对于苗圃，我总感到自己游离在它的边缘，没有深入，也不想深入。

我的房子在七楼，最高层，很是安静。我很喜欢这种静，尽管有点难爬。房子与地面十来米的距离，恰到好处地保持了我生活的相对独立。我几乎不与院子里的任何人来往，每天下班回家，房门一关，尘世的俗事便离我远去，不要说是苗圃的事情，就是院子里的声音，我也充耳不闻。我喜欢晚上到书房中静坐，整晚整晚地坐在宽大的书桌后面，胡思乱想。现实、理想、人生、艺术、信仰……方方面面的问题和困惑，总是让我的心情长期忧郁。我每天每天都在思考，思索，但总是理不出一个明朗的心境，而且越想越是感伤和惶惑。静坐和冥想，差不多成了我这些年夜生活的主题，我已习惯了围绕这个主题去展开我的人生，尽管，这也许毫无意义。有时候我也读书。书房的一整面墙壁，排满了我十几年来搜集的藏书，尤其是近些年，我搜书更是疯狂，每月的书账，一般都在 300 元以上。我的藏书在一天天地增加，但学问却并没有大的提高。不少的书，买来后翻都未翻，更多的书，只是草草地浏览了一遍，既不批注，也不背记。一部《清史稿》，我读了三年，至今未竟。我每天晚上都在变换读书的内容，这种交叉式的阅读方法，使我的思想变得更加飘忽和驳杂。书读得无聊了，或是读出了感慨，偶尔的，我也做做文章。十年前，我曾是一个文学发烧友，写作是我的日常生活。在苗圃的这些年，我的这份心思是越来越淡了，我很少写，也不求发表。要写，也不用电脑，而是固执地用毛笔小楷，在方格稿纸上不急不慢地涂，随心所欲的样子。我是在寻找一份感觉？一种心境？篆刻这活，也能让我变得心静，在疏远了好些年后，我又翻出了刻刀和印谱，常常坐到书桌前，花几个小时去刻一枚并不如意的章子……每天晚上，我差不多都是这样封闭自己，打发时光，碌碌无为地忙到三点左右才上床睡觉。这个时候，楼下的小街巷总会准时传来手推车的声音，咔哧咔哧咔哧，钝涩、沉重、疲惫，我知道，是那个摆麻辣烫夜宵摊的城市边缘人收工了。我不认识他（她），也不知是男是女，但我知道他（她）和我一样，都在为生活和理想而奋斗。我每天都在倾听他（她）的声音，这种声音，让我对艰辛的生活产生共鸣。在孤寂的深夜，我很需要这种声音来温暖、振作和激励。

每天早上 9 点或许还迟一点，我起床了，走出了无生气的院子，经过杂乱无章的小街，闪过形形色色的面孔，到苗圃饭庄去吃碱面。不要我说任何话，饭店的年轻老板就会把面下好端到我桌上：少油，多葱，不要肉，从来不会出错。苗圃饭庄不大，生意却奇好，老板夫妻、父母外加两个帮工，忙得团团转，但从来没有怠慢过我。我跟他们一家太熟了（但不知他们姓什么，他们也不知我姓什么），我吃了他家十几年的面。从苗圃对面的岳大边上，一直吃到苗圃饭庄。这家安乡人，如今在苗圃买了房子，我想他家的房子，该有好几平方是我吃面所做的贡献吧。可惜的是，他们现在不开饭店了，搞得我常常吃不到好早餐。他们如今在干什么呢？不太清楚，儿子说，打牌，休息。母亲说，我大儿子在新疆上班，小车接，小车送，还费力开什么餐馆？他大儿子我见过，前几年还在苗圃下面条，莫非如今当大官了？

我上班的地方离苗圃不远，站到我家房子的楼顶，便能望见办公楼，直线距离不超过 300 米。如果走大路，则要出夏万街，经游乐场口子，沿南湖大道再往北回走，要弯一段路。我很少走大路去上班，而是径直从我们院子前面不远处的一条巷子斜插过去，六七分钟就到了。这条路我走了好多年，而且每天要走好几次，哪里拐弯，哪里上坡，哪里有一摊水，哪里有一块大石头，我眯着眼睛都能摸到，但巷子两侧的人，我却一个也不认识，尽管我熟悉他们的容貌，记得住他们常穿的衣服，甚至还了解他们的生活规律。有一个标致的女孩，常在巷子里与我狭路相逢，擦肩而过。她化了一点淡妆，爱穿绿色衣裳，经常变换时髦的发型，常年一副工工整整、清清爽爽的样子。她从我身边经过时，总是先用画着眼影的大眼睛，极快地摄我一下，然后一闪而过，留下一缕淡淡的清香让我回头打望。我好多次想图谋不轨与她打招呼，但话到嘴边又咽下了。我不敢，我害怕。我除了熟悉她的外貌外，对她的其余一概不知，如果她是良家女子，我贸然和她打招呼，岂不让人觉得轻浮？如果她是传说中的小姐，岂不是自找麻烦？

这种熟悉的陌生人，在苗圃我还认识许多。街边的那家卤菜店，是一中年妇女开的，矮矮胖胖的她，做事很是麻利，整天笑呵呵的样子，肩上一天到晚斜背着一个小包，好像随时都准备收钱。她的卤菜在苗圃很有名，味好，价高。每天上午我上班时，她便蹲在临街的水龙头下，用一个大盆清洗新鲜的鸡脚爪、猪头、猪耳、大肠、牛肚之类，中午我下班时，她正用一口大锅旺火熬煮，香气弥漫了半条小街。晚上下班时，制好的卤味已整齐地摆到了玻璃货笼中。我不时带些耳尖牛肚之类的回家，一手交钱，一手交货，从来不作半句闲谈。可有一天我下班去买猪脚时，她却说："别买了，你老婆刚刚买了。"我大惊，她是怎么知道我与老婆是一家人的呢？要知道，我与老婆是很少同进同出的呀。更奇的是，她居然知道我在报社上班，是编辑部主任。而另一个我从来没讲过话的在巷口出租摩托的汉子，有一次见我打不到的，主动跑来送我，我告诉他到华天旁边，他却纠正我的说法：是报社九楼吧。他们准确说出我的这些信息时，都是满脸的神秘与得意，我却有一种被揭穿的恐慌与尴尬。我突然发现，我在苗圃积十年之功，刻意营构的封闭与独立，其实只是我的一厢情愿和自我感觉，我的点点滴滴，都不经意地裸露在时光之中，被人有意无意地收拢起来了。

在苗圃，"雪村"应是我最熟悉的陌生人。这个家伙，四十岁的样子，长得实在是太像雪村了，一样的瘦削，一样的留小胡子，一样的穿东北式的蓝色农民装，甚至还戴一顶一样的皱巴巴的蓝帽子。我每天都见到他，不知他姓名，随意用"雪村"这个名字来表述他。他是一个职业乞丐。每天上午我出门时，他也开始上班，穿着那套雪村式的行头，斜背一个写着"为人民服务"的黄书包，拄着一根拐杖，一瘸一拐地向人讨钱。当然他的工作地点不在苗圃，而是在苗圃之外的任何地方。在南湖，在步行街，在岳阳楼，在火车站，我都曾见过他辛勤工作的身影。到晚上我下班时，他也准时收工，出现在苗圃的街口，不过拐杖已不在腋下，而是扛在肩头，前面挑着在苗圃菜市场买的菜，碧绿的青菜，新鲜的排骨，甚至还有活蹦乱跳的桂花鱼，大步流星（一点也不拐）地赶回家做饭。晚上也能在南湖边上看到他，穿戴得整整齐齐，吹风看水，很是悠闲。据说他在苗圃有两栋房子，一栋自己住，一栋出租，全是他一瘸一拐弄来的。至于他到底是何处人，为何又走上了这条发财致富的捷径，我未作调查，不得而知。只是每次见着他，我心中便要生出许多感慨，他现在的日子，也许过得很滋润，但实在是不太光鲜，其实，单凭了他独特的容貌，模仿一些雪村的表演，也是能体面地生活的。然而，他却选择了不劳而获那条道路，而且干得心安理得，有声有色。哎，这也是一种人生吧。

其实，在苗圃我还是有一些真正的熟人的。钟老师算是一个。他是我同事，做编辑，是传媒界的一只老麻雀了，大家都尊称他为老师，我有时叫，有时直呼其名。老麻雀的家在另一座邻近的城市，孤身一人租住在苗圃。我从十多年前认识他起，就知他有两大爱好，一是爱写诗，二是爱女人，这两大爱好，至今未变，而且大有发扬光大之势。上半夜，他喜欢找我谈文学，摇头晃脑，唾沫横飞。下半夜，他就忙他的另一份事业了。他是这方面的高手，只需与女人对视一眼，便能立马判别有没有路，喝两个小时茶，便能把一个陌生女人谈得扑到他怀里号啕大哭，倾诉衷肠。他房里的那张硬板床，也不知放倒了多少雪白柔软的躯体，只怕差不多每夜都要上演一出浪漫的故事。他曾神秘兮兮地告诉我，他租到苗圃的第一个晚上，床铺都没来得及整理好，就匆忙接待了隔壁一个美艳的少妇。少妇丈夫坐牢，寂寞难耐，钟老师只用了一个眼神，几句言语，便把她一身欲火，点得熊熊燃烧，之后迫不及待地折腾了大半个晚上，完事之后连姓名都忘了问。他向我作报告时，详细具体，生动活泼，颇有几分自豪与得意。我多次唬他，要把他的秘闻告诉他老婆，他毫不在乎地哈哈大笑，那没关系，我老婆绝对信任我。事实也确实如此，我某次有意无意跟她老婆开玩笑时，她很坚定地说，在这方面，我对老钟绝对放心，再说，就算他想花心，手上也没有钱！他老婆是家里的财务总监，钟老师的收入，必须颗粒归仓，然后按周领取伙食费，数目精确到了个位。但精明的她忘了，真正的高手，是不需有形的利器的。其实，钟老师深受老婆信任，还有另一个更重要的原因，那就是再忙再累，他都每周要回家三次，按时向老婆交作业，好多年来，风雨无阻，雷打不动，而且激情丝毫不减。真是佩服啊，四十岁的人了，战斗力居然还这么强，怪不得她老婆对他如此满意。可是精明的她又忘了，真正的高手，往往都有一门过人的绝技。

小铃铛是我在苗圃的另一个熟人。他是我一位朋友的弟弟，很亲昵地唤我做大哥。他其实并不住在苗圃，而是住在南湖边的渔光新村。但他常常像幽灵一般，出没在苗圃。他的职业是的士司机，可传说他是某股黑势力的老大，很多店铺都须向他按月交纳保护费。我无法想象，也根本不相信，这个瘦高，清秀，礼貌，甚至还有几分腼腆的青年，竟是一个坏分子。我在街上步行时，常常会有一辆红色的士在我身边戛然停下，然后传出小铃铛热情、真诚的声音：大哥，快上来，你要去哪？我送你！这么好的小伙子，怎么会是坏人呢？可事实上，每次市里公安有行动，小铃铛便被抓走了，他远在外地做记者的哥哥，便要风忙火急地赶回来，请客，送礼，托人把他救出来。最近的两次，他哥哥一次花了6万元，一次花了4万元。如今我在苗圃很少见到小铃铛，不过在街上碰见他，他仍是热情地叫我大哥，仍是真诚地要送我，在我的心中，他仍然是一个好青年。至于他的另一面，我至今都有些似信非信——哪个人没有两面呢？关键是看他用哪一面对你。

在苗圃，与我来往得最多的人（其实也不算太多），是夏景和他的二奶。夏景是苗圃的土著，他曾指着这里的街街巷巷向我解说：这里原来是一座山包，长满茅草，他小时候常在此放牛；这里原来是一口池塘，碧水幽幽，小时候他常在此钓青蛙；这里曾有一棵大梨树，直冲云天，他偷梨时还摔断了一只胳膊……他解说时，很是怀念，弄得我也莫名其妙地跟着感伤，想起自己的故乡和童年。他在苗圃生活了几十年，前些年才搬到南湖那边。也许是对故土的怀念，有事没事地，他常常爱到苗圃来晃悠，甚至还昏了头似的，给二奶在苗圃租了一套房，也不怕这里的故旧熟人发现。他的二奶，据说是一个南县女孩，跟他时还不满十八，不丑，也不太漂亮，很是单纯和质朴。夏景曾把二奶带到我家里，我老婆跟他老婆熟，对那女孩有一种本能的敌视，吃饭时，气冲冲地摔门而出，弄得我和夏景很是尴尬，而那二奶，居然若无其事，照样有说有笑——她真的是太小了，太不懂得人世间的事情了。我老婆后来慢慢就同情和喜欢起她来，常抱着小孩去看看她。她爱极了我的儿子，只要一见到，就大把大把地买零食，我儿子也甜甜地唤她做阿姨。夏景偶尔也把我叫到他二奶那里，吃饭，喝酒，聊天儿。我们聊天时，他二奶便落寞地坐到窗前，痴痴地望了外面的巷子，满眼空洞与茫然。我曾劝夏景，算了，放她一条生路吧，人家还这么小。夏景却总是支支吾吾。大约两年之后，那女孩才与夏景分手，走时只提了一口皮箱，夏景并没有给她什么物质的补偿，我疑心她是全中国最失败的二奶。后来我曾在街上碰到过她一次，她像见了亲人似的跑来跟我打招呼，我没问她在干什么，但看得出活得并不如意。我把这事讲给夏景听，他“哦”了一声，淡淡的样子。

其实，苗圃在我的心中也是一个淡淡的样子：一脉青山，懒洋洋地卧在阳光下；一片房屋，安静地蹲在山脚边；一些人事，平凡地生活和演绎。我说不上喜欢它，也说不上讨厌它，既不为居住在这里而自卑，也不为生活在这里而自豪。我只把它当作人生中的一个客栈，我只不过是这个客栈里的一个过客。我们每一个人，都只是世间的一个过客。

苗圃地处城市的边缘，这里生息的人们，大多是城市边缘人，而我，尽管在这里生活了近十年，却一直行走在它的边缘。苗圃有上百条街巷，好几万人，但绝大多数的地方，我从未涉足，绝大多数的人事，我一无所知，即使是前面记述的那些片段，也只是我斑驳的印象。好多年来，我一直都游离在城市的边缘，生活在社会的边缘。边缘状态，是我的性格，也是我的哲学。它让我绕过了生活的复杂，也让我缺失了深入的厚度。

（《延河》下半月刊 2018 年 2 期）

一条河流的走向

一

那条河流，总是在我的身体内奔流不息。一想起它，我的眼前便浮现出一些人物的形象与命运。他们是河流永远不灭的灵魂，河流是他们源源不断的血液。这么多年来，我似乎一直与他们血脉相连，从未分离。

这真是一种奇妙的感觉，简直就是我人生中的一个不解之谜。更为奇怪的是，在离开这条河流二十多年后，我又毫无征兆地成为一项科考活动的策划者，一步一步往它的源头上溯。我仿佛听到内心的深处，有一种声音在呼唤我回归。

大端阳过后不久，河水就壮阔起来，天气也变得晴热。正是科考的大好时机，我们赶了很长的路，带着一堆先进的现代仪器，来探究一条河流的古老秘密。在中游一个叫澄潭的地方，科考队的专家们打开马达，发动机器，热火朝天地开始测量起各种水文参数。他们的专业与激情，都让我钦佩，但我总觉得突然如此喧嚣地打扰一条沉静的河流，有失敬意。这是我们事先没有考虑过的细节。我觉得如果先加上一个简单但不失虔诚的仪式，可能更加妥帖。我躲到一个僻静的河湾，站在岸边的大岩石上，默默地看着脚下的水流。我想用有别于专家的方式，来跟自己的河流对话。河水流得很慢很慢，就像静止了一般，忧郁得能照见人的影子和内心；河水有些灰暗，甚至可以说是混浊，正午直射下来的阳光，在接触到水面的瞬间，就消失得无影无踪了——我根本看不清河底埋藏的秘密，一如无法透视久远历史的真相。

这条叫作汨罗江的河流，是我的母亲河。四十多年前，我降生在它一条支流的源头，并在那里生息到整整十八岁，然后才沿着水流的方向磕磕碰碰地走了出来。我当时根本没有想到，这条河流不单是我生命的源头，也极有可能是我人生的最终归宿——我一生所有的努力与追求，其实都围绕这条河流展开。比如这次科考，在专家们看来，是为了解决学术上的一些疑难，而在我的心中，却是为了寻找人生的某些答案。

我们这次活动的名称叫“对话汨罗江”，计划从河流的入湖口，一直上溯至源头黄龙山。除了一般的水文问题，重点考察三大疑团：汨罗江到底是流入东洞庭还是南洞庭？汨罗江中下游河段为何出现倒流？汨罗江的源头是在平江还是在修水？听完水文局熊见红局长、市政协潘刚强老师的简要介绍，我马上代表报社表示愿意参与发起并全程报道。熊局长是水文方面的专家、高级工程师，潘老师是中国作协会员、洞庭湖与汨罗江人文专家，我对他们都充满了信任。当然，最打动我的，是那三个核心问题——它们关乎的都是汨罗江的流向——我一直都想弄明白，河流的流向与人生的走向，到底有怎样幽微的关联？

从小至今，我一直对河流保持浓烈的兴趣和热爱，地图上那些弯弯曲曲的蓝色线条，总是让我感到无比亲切。这可能是我的出生地过于贫瘠，也可能是我的内心长期干涸，以至渴望得到流水的浇灌与滋润。

我面前的澄潭，现在正以它的丰沛与宽广，接纳着远方的来客和归乡的游子。每年的端午前后，是江南的雨季，四面八方的雨水，汇集到汨罗江中，奔腾而下，但一到澄潭，河水就变得缓慢起来，凝滞起来，忧郁起来。它似乎是在等待一个失散的亲人，又像是在怀念一个伟大的灵魂。那深不可测的潭湾、横无际涯的水面，常常让人感到这条河流的悲壮与幽深。

我们之所以把这里作为科考的一个节点，是因为两个原因：一是传说屈原在此投江。屈原的投江之地，一般认为在下游汨罗市的河泊潭，但民间和学界，却一直有人认为是在中上游平江县的澄潭；二是每年端阳前后，汨罗江都会发生罕见的倒流现象，最远的时候，据说河水能从洞庭湖逆流抵达澄潭。汨罗江的两个重大主题，一个关于人文，一个关于水文，就这样跨越时空交汇于此。把澄潭作为我们与自然和历史对话的场所，无比恰当，也理所当然。

水文组的专家在组长熊见红的带领下，驾着冲锋舟，开着无人机，背着各种仪器，在河流的上空、水底和表面进行探测。我知道，凭着他们的设备与专业，关于这条河流的一切自然参数，很快都能打捞出水面，而且，会精准得让人无法怀疑。但我总觉得，那些活蹦乱跳甚至还滴着水珠的数据，虽然新鲜，但缺乏温度，它们的机械与冷硬，只能让我远远看着，根本无法触及与抚摸。是科学，把我阻隔在专业的门外，也阻挡在真相的门外。

人文组组长潘刚强倒是非常接地气，他戴着遮阳帽，拿着笔记本，拨开河边的草丛，细细寻觅历史的蛛丝马迹；用亲切的平江土话，与老乡随意攀谈，各种掌故与传说张口即来。潘老师是我认识二十多年了的亦师亦友、亦兄亦父式前辈，他对乡土的热爱和对研究的执着，常让我感动。但我缺乏相应的知识储备，进入不了他的学术世界，更进入不了久远的历史现场。

看着忙碌的队友，我这个新闻组长无事可做，摄影、摄像和文字记者，都在水上、岸边进行深入采访，我需要做的事情，就是不给大家添乱。我沿着河岸独自行走，静静思索一条江的由来和一个人的去处。走着走着，想着想着，我的脑袋突然被一道灵光照亮——我们在汨罗江澄潭的考察，无论是水文，还是人文，本质上其实都是拷问同一个问题，那就是一个人到底该顺水而下，还是逆流而上？

不是吗？

细想还真是的！

二

“对话汨罗江”大型科考活动持续了好几个月，由于时间的关系，我没有每次都跟随专家实地考察，但前方源源不断发回的报道，却总是让我不由自主地回想起自己与这条河流的渊源。

第一次进入到真正的汨罗江时，我已经十五岁了。

此前的那一段漫长时光，我都在它的支流芦溪河畔，挥霍自己灰暗的童年与苍白的少年。那些贫穷的、封闭的、饥渴的、干硬的、疼痛的伤痕与烙印，很多年后甚至是到如今都没有完全愈合。这块破败的土地，一直让我自卑与惭愧，它就像一个原罪，附着在我的胎印之上，永远无法洗白。

芦溪河发源于平江与浏阳的界山寒婆坳。寒婆坳海拔一千四百多米，是两县的分水岭，往南，是捞刀河水系，往北，就是汨罗江流域了。当然，那时节的我是分不清方位与方向的，只知道混沌地生活在一个叫芦洞的大山窝里，把自己的前途与命运，交给同样迷糊的父兄。

芦洞是一个乡的建制，地形俨如一只倒放的葫芦——四周全是高大的青山，一大一小两个盆地错落在山间，由一条狭长的通道紧密相连，而唯一的自然出口，更是狭窄得只有几十米宽，像极了一个葫芦的蒂——古人取名真是形象而传神。后来当我读到《桃花源记》时，曾坚定地认定这里是全世界最像它描述的地方。可惜的是，芦洞人并没有桃花源人的怡然自乐，他们留给我的记忆更多是苦难与悲伤。这里似乎是天的尽头和世界的末途，进入到葫芦的深处，就再也没有出路。唯一让我快乐与怀念的，只有那条贯穿整个芦洞并流向远方的芦溪河。

我家住在葫芦蒂上的蒋山，但隔芦溪河出口还有几百米距离。芦溪河流出蒋山后，就是另一个乡镇的地盘了。我常沿着家门口的小河，呼朋引伴奔跑到芦溪河边上来玩。在我的眼里，芦溪河是一条宽阔的水道，河里的游鱼、卵石、沙子、水草、螃蟹、木虾、老鳖、野鸭，等等等等，都能给我们带来无穷的欢乐，甚至是斑斓的梦想。我六七岁就学会了钓鱼，八九岁起，几乎每个周末，都会与只长我几岁的表叔，一人拉住一条拦江网的两端，赤脚逆流而上捕鱼。我们背着鱼篓，不知不觉就经过了塔坳、到湾、洞下、冷水井、斩石口、古源、高家，有时甚至还抵达接近源头的五等。十几里的路程和数小时的劳作，仿佛一瞬间就消失了。我背着满满一篓的白头鱼和河鲫，抬眼望天，碧空明净如洗；低头看水，河流清浅透明；而两岸的山峦上，绿树自由伸展枝叶，花朵开得汪洋恣肆，它们都在无拘无束地欢快成长。我突然想高声歌唱，还想迎风舞蹈。我们沿着河堤回家，不时有熟悉的大人小孩过来打招呼，他们热烈地表扬我们能干，热情地邀请我们喝茶歇息。他们是我们的亲戚或本家，好客、识礼、刚直、倔强，能够忍饥挨饿，也好打抱不平——沿芦溪河上行，一路都有我这样的亲人。我至今都觉得怪异，当初我们为什么只往上游走，一次也不下行，难道仅仅是下游水深吗？或是下游是别人的地盘，有着太多的不确定性，对我们来说缺乏安全感？可是下游同样有我们众多的亲戚与本家呀。

我只能说，一条河流的源头和一个人的故乡，才是最清澈最透明的，它让人没有由来地信任与亲近。这是一种本能，也是一条真理。

我的人生从汨罗江支流芦溪河上游开始了。这里的河道有些陡峭、狭窄、弯曲，河水常常受到岩石的阻挡，或是河堰的中断，但每每撕裂、跌倒、摔伤，它们很快又重新聚拢和站立起来，继续欢快地前行。蛮荒之地上的这条河流，在年少的我看来没有任何功利之心，只有满河的爱与欢乐在哗哗流淌。

芦溪河从蒋山的狭窄出口冲出了芦洞，我也从山里来到山外读书。我们都走向了陌生的地带和无法预知的未来，并用各自的方式与途径，进入到了真正的汨罗江（严格地说还只能叫汨水，汨水与下游的罗水汇合后，才称汨罗江，但我们习惯把这条河流都叫汨罗江）。

那是高中的第一个学期，年轻的班主任组织的一次野炊活动，让十五岁的我第一次走进了汨罗江古老的河床。我们秋游的地方，是江边一座奇特的山峰，学名叫了得岩，当地人称“穿眼对金钱”，传说山上那个贯穿的岩洞，是全县的风水之眼。站在峰顶，我看到一条壮阔的河流，浩浩荡荡，从天际逶迤而来。那种大气与豪壮，是芦溪河万万没有的。这就是汨罗江？就是两千多年前屈原投江的汨罗江？就是历史书地理书语文书上都清楚记载着的汨罗江？原来它离我如此之近，它就在我的身边！我顾不得欣赏山上那神奇的风景，邀上几个同学啸叫着冲下山来，兴奋地一路狂奔进汨罗江的河床。汨罗江真宽啊！汨罗江真清啊！我们感叹着，躺到河边的沙滩上打滚，以释放自己内心的崇敬与激动。有同学提议到江水里洗个澡，我想都没想就答应了。我觉得自己应当到这条著名的河流里接受洗礼，因为它不单有屈原的灵气在流淌，也有我家乡的来水在注入。班主任后来带领同学们从山上下来，在这个叫雷家滩的河床上，用汨罗江的水洗菜、煮饭，搞了一场声势浩大的野炊。我们几个因为擅自下河游泳，受到严厉批评，差一点被勒令回家喊家长。但我却一点也不愧疚，因为我感到自己十五岁的人生，已与二千二百多年前的一个伟大灵魂，在江水中建立起了某种秘密的联系。

不久我才知道，雷家滩河段并没有接纳我家乡的来水，芦溪河的入口还在稍稍下游的双江口，而且，这条没有几个人知道名字的溪流，同样也接纳了一个伟大的灵魂。他的名字，叫杜甫，字子美。

是学校紧接着组织的另一次活动，让我知道了身边的这些隐秘。我们整个高一年级，从学校出发，步行了大约六华里，到一个叫小田的地方参观杜子庙。名师李正平先生向我们作学术报告，详细讲述了杜甫沿汨罗江上行，卒于船中，由芦溪河上岸归葬小田的史实，同时带我们实地参观了杜文贞公之墓。小田我听说过，母亲常常到这里的麻衣殿敬麻衣老爷（菩萨）；杜子庙我也知道，那是一个古老的学堂，我的老舅舅就从这里毕业，他与我们这里走出去的一位作家，是同班同学。我根本没有想到，这个离我家只有十来里的地方，竟然真的是我从小就诵读了他若干诗篇的诗圣遗阡之地——我与诗人竟然共一脉流水；我与诗歌原来只相隔了一片丘陵。望着缓缓流淌的芦溪河和近在咫尺的汨罗江，我不由痴痴地想，要是当初与表叔沿河下行捕鱼，只需走十二华里，我们就能在小田遇见杜公；再走五华里，就能到汨罗江上朝拜屈原。这么短的距离，我们是完全能够做到的。我们去上游捕鱼，还不常常一走就是十来里？可惜的是，这么崇高和重要的一件事情，一念之差，却让我晚了好几年才得以实现。我第一次意识到，河流的走向和人生的方向，冥冥之中可能有着密不可分的关联。

汨罗江的丰沛与幽深，颠覆了我对贫瘠乡土的认识。我开始热爱起这片土地，在此后的三年时间里，每到周末，我就骑着自行车，沿着主流和支流，深入到附近的每一个村庄。河坪、永兴、鸣山、横冲、安永、小田、上黄、大桥、中县、官滩、渡头、爽口、沙塅、三市、清水、浊水……到处都留下了我好奇的足迹。在不停的行走与仔细的观察中，我越来越清晰地知道了河流的走向，也朦胧地看到了自己人生的方向。

三

早年的行走与探索，让我看清了一条河流的来历和去向，也让我打捞起一堆驳杂的历史碎片，它们漂泊在我的血管中，不时从心底里翻涌上来，催促我去思考一些人物的人生与命运。

诗祖屈原和诗圣杜甫，为何都将最后的归宿选择在同一条并不出名的河流中？是偶合还是必然？是神的旨意还是心的指引？在我看来，这真是汨罗江最神奇最费解的地方。我没有想到，数十年后，我当初的疑问，竟然会成为“对话汨罗江”科考队想深入探究的课题。

如果不是两次被流放到沅湘之间，地位很高心志尤高的屈原，我估计永远也不会与蛮荒之地上的汨罗江发生任何交集。“屈原者，名平，楚之同姓也。”《史记·屈原贾生列传》的第一句，就明确地指出了他高贵的身份。他做过三闾大夫，三闾是指芈姓的屈、景、昭三氏，三闾大夫就是总管王室三家贵族事务的高官。此前他更是怀王的左徒，“入则与王图议国事，以出号令；出则接遇宾客，应对诸侯”，多忙啊，多牛啊，多核心啊！这么一位生活在郢都重重宫阙之中的大人物，又怎么会想起几百里外一条陌生的河流？我怀疑最初的时候，他很可能连这条河流的名字都没放到心上，甚至是对它一无所知。

但是，他的耿介与高洁，又注定他会与这条河流发生关联。

我在十二岁时就知道，家乡平江春秋时期属于罗子国。这里的一些文人墨客，至今仍喜欢将名号取为古罗散人、古罗闲人之类。屈原之所以最终走进汨罗江并在这里获得永生，最关键的原因，我想应当就是当中的那个“罗”字。罗子国、汨罗江、古罗人，“三罗”共同接纳和安妥了这个伟大的灵魂。

罗子国是楚国的一个子爵国，它由罗人建立。罗人与楚人同宗同姓，都是“芈”姓。他们最初发源于河南的罗县，后来因为联络卢戎国一起攻打楚国，被楚王赶到了长江以南。从此，他们就在洞庭湖南岸和汨罗江流域生息下来。如今的湘阴、汨罗、平江，都是罗人的地盘。至于汨罗江，俨然就是芈姓罗人的一条私家河流——我一直疑心它是“芈罗江”的变音。

因为“举世皆浊我独清，众人皆醉我独醒”，屈原不可避免地遭到贵族的排挤与诽谤，先是被流放汉北，后又两次被放逐江南。第一次放逐江南时间较短，他到了楚国最早的封地长沙；第二次放逐则有整整十六年，而大部分时间，他都是与罗人一起，生活在汨罗江边。

屈原为何对汨罗江情有独钟呢？当然是因了同宗同姓的罗人。芈姓的共同血统，被逐的相同遭遇，让他们互相信任与亲近。在这片远离故国的土地上，他们只能互相依偎，互相取暖，这是一种情感的必然归属。而汨罗江的坦荡与澄清，又吻合了他高洁的人品，这也是一种人格的必然选择。

那么屈原到底是在澄潭自沉，还是在河泊潭怀沙？科考队的专家说法各异。按照民间传说，屈原五月初五投江后，江边的罗人们划着舟子上下打捞了十天，最后才在距投水点几十里外的玉笥山下找到遗体。这也是汨罗江流域的人民，有五月十五再过大端阳的由来。水文组用精密的仪器，测得澄潭水深十七米，潭底面积有五千多平方米，平时江水澄清，汛期江水混浊，是一个很大很复杂的水域；河泊潭水深只有四到六米，面积较小，因接近河口，江水长年混浊；两个地方汛期时因湘、资、沅、澧四水入湖流量剧增，加上长江来水顶托，均有可能发生湖水倒灌造成河水倒流现象，但测得一般只倒灌五十公里左右，也就是说，到达中游澄潭的可能性较小。屈原如在河泊潭投江，是可能十天后被河水倒推至玉笥山下的；如在澄潭自沉，同样可能十天后被河水顺流带至玉笥山。人文组的部分专家认为，澄潭江水澄清，更符合屈原的人格追求，他连俗世的尘埃都不愿沾到身上，最后的归宿肯定会选择一个清澈见底的河段；何况，平江之名，原本就是为了纪念屈平而来，如与他无关，又何必更改地名？另外，据考证，澄潭实则叫“沉潭”——这不正是屈原自沉之潭吗？

说实话，作为平江人，我当然希望屈原是自沉于澄潭，但同为平江人的潘刚强老师却坚定地认为，河泊潭才是屈原真正的殉国之地。他引经据典地讲了一大堆理由，我虽然听得迷迷糊糊，但没法不相信他说的都是事实。望着深不见底的江水，我静静地想，从科学的角度出发，屈原无论是顺江而下，还是逆流而上，最后的结局可能都是一样的，但从精神的高度分析，果真还是一样的吗？

我无法回答这个问题，估计一千二百多年前，坐着一叶孤舟从这里逆流而上的杜甫，也同样无法回答。

穷困潦倒的杜甫是在大历三年（公元 768 年）冬季抵达岳州的。他在岳阳楼上留下了一首著名的诗——“昔闻洞庭水，今上岳阳楼。吴楚东南坼，乾坤日夜浮。亲朋无一字，老病有孤舟。戎马关山北，凭轩涕泗流。”至今读来仍让人无比辛酸。大历四年正月，他从岳州前往潭州（长沙），投奔堂舅、潭州刺史崔灌。住了三四个月后，遇到兵乱，崔灌被杀死。杜甫赶紧带上家眷出逃，坐着一只小船，由潭州逆湘水而上，准备去郴州投靠录事参军、亲舅父崔伟。时逢湘水大涨，船行至耒阳方田驿再也无法前进，且一连六七日缺粮，他在接到县令送来的牛肉和白酒后，只得又顺流而下。最后费尽周折，在这年冬天进入到洞庭湖中，计划穿湖而过，北归老家。然而洞庭湖上此时北风呼啸，浊浪滔天，一只破烂的小船，又如何抵挡得住巨大风浪？一个年老的病人，又如何经受得了这等折腾？他迫切需要一个港湾来停靠船只，同时也休憩心灵，于是，东洞庭湖边上的汨罗江，就从此永远与他在一起了。

在我看来，杜甫逆汨罗江而上，除了客观原因迫不得已需躲避洞庭湖风浪外，更多的可能是内心的指向和屈原的召唤。如果只是为了避避风浪，他完全可以随便找个湖汊停泊就行了，根本没有必要逆着流水吃力地上溯。也许，他是想到屈原自沉的地方凭吊一番，等到天气好转后再北归回家；也许，他是明白自己已病入膏肓，来日无多，特意选择到这条河流来陪伴一个伟大的灵魂。当然，还有一种可能，是他想沿汨罗江至昌江（今平江）县城投靠朋友——当时因安史之乱，朝中确有徐安贞、陈希烈、刘光谦、白琪、李安甫、陆经善六相隐居在此，但并无任何证据，证明他们发生关联。

不管杜甫真实的想法如何，最后的事实是他终老在了汨罗江上，并永远埋葬在江边不远处的小田。

关于杜甫的死因，历来有多种说法：一种是牛肉白酒饫死，也就是胀死；一种是牛肉变质中毒而死；一种是溺水而死；还有一种是病死。前面三种，无疑跟耒阳县令相关。因为水退之后，他到方田驿寻找杜甫，结果只捡到一只靴子，以为他因上面三种原因死了，就大哭一场，回去修了一座衣冠冢。事实上，杜甫离开耒阳后，还写了不少诗，“水阔苍梧野，天高白帝秋”“北归冲雨雪，谁悯敝貂裘”“舟泊常依震，湖平早见参”就是明证，所以这三种说法不足为据。而他病死在汨罗江小船上的说法，完全符合当时的处境与行踪。平江民间甚至还传说他病死的确切地点是澄潭——汨罗江水流湍急，逆水行舟比较困难也比较颠簸，病重的他在船舱中昏昏沉沉睡了几天后，突然感到变得平稳快捷，便要船夫打听到了何处。有人告诉他们这里是澄潭，三闾大夫投江的地方。杜甫一声惊叹，挣扎着要爬起来拜祭，但他的身体已没有力气帮他完成这个最后的心愿与仪式。望着船舱外几近凝滞的江水，他情绪激动，老泪纵横，之后便陷于昏迷，并很快追随着屈大夫的灵魂飘然离去。

杜甫是否病死在澄潭，科考队的专家表示没有确切依据。但老百姓的这种合理想象，我觉得是完全可以理解的，一方面表达了他们对杜甫最后归宿的美好愿望，另一方面也表明了他们对两个灵魂的归类与认可。

杜甫病逝后，昌江县令在当时的县城中县坪迎接了他的遗体，并在县城对面芦溪河（如今又叫止马河）入口不远处的铁匠塝起灵上岸，安葬于距此只有三华里的小田天井湖。从此，这个伟大的诗魂就永远留在了汨罗江边——他逆流而上一百多里，终于抵达了圣洁的精神源头。

汨罗江全长只有二百五十三公里，但这条短短的河流，却同时成为诗祖和诗圣最后的归宿，这既是这条河流无与伦比的慷慨，同时又是它无以复加的光荣。河流接纳了他们，他们也成就了河流——是这两个伟大的诗魂，让汨罗江当之无愧地成为蓝墨水的上游；他们与河水融为一体的道德和节义、思想与情怀，更是连绵不绝地浇灌和净化着一代又一代人的心田；而河流，则因此流得更远，更广，更加深刻。

四

从十五岁起，我就知道汨罗江是一条奇特的河流，它不像绝大多数河流那样自西向东流淌，而是反其道而行之——它的流向，是罕见的自东向西。这种逆反与偏执，常常让我想起自己孤傲的性格，想起江上那两个逆行的灵魂，当然，也会想起河流两岸万万千千个倔强的乡党。

其实，汨罗江独特的走向，与那些都没有关联。它只与自然有关，与地形有关，与孕育它的土地有关。

汨罗江绝大部分河道流经平江，而平江的地形，是典型的三面环山东高西低——东边是高大的湘赣两省界山罗霄山脉，往西是略低的湘东山地，接着是丘陵地带，直到靠近汨罗的地方，才进入较为平坦的洞庭湖平原；加上北有幕阜山脉，南有连云山脉，两山的主峰海拔都在一千六百米左右，就像两堵高大坚实的围墙，严密地阻挡了它的逾越与扩张。往西行走，是河流迫不得已的选择，也是它唯一的出路。

这样的流向无奈而且决绝，总是让我感到悲壮、坚硬和刚烈。一条河流不仅流过高低有致的空间，也会穿越错综复杂的时间。呜咽着往西流淌的汨罗江，和迎面走来的两个孤独而高洁的灵魂的激情相会，让河流的秉性变得更加清晰和鲜明——“汨罗江，水朝西，屈大夫，犟脾气。”传唱两千多年的民谣，不单蕴藏了一条河流的文化密码，也道出了平江人的性格源头。人的性格不会改变河流的走向，但河流的走向绝对影响人的性格。

“对话汨罗江”科考的一个重要课题，就是寻找和确定它的源头。地理的源头，往往比文化的源头更加明确，但有的时候，遥远的文化源头反而更易获得一致的认同，而就近的地理源头，却常常引发争论——它事关现实的利益和情感的归属。河流的源头，其实也反过来左右着河流的文化。

很多年来，关于汨罗江的源头，官方出版物均表述为“江西修水县黄龙山梨树涡”。河流从这里发源后，先是往东流入修水境内，之后拐一个大弯，又从龙门流回平江，再一路向西，浩浩荡荡流入洞庭湖。这个说法，很多年来在学界和民间都有不同的声音，特别是平江人和修水人争吵激烈。平江人认为，汨罗江发源于两县交界的黄龙山没错，但源头在平江，流向修水的是支流，流向平江这边的才是主流，并将这里取名为汨水源。一条河流简单的源头，缘何会引发这么复杂的争论？我想，这不是因为它太长，而是它太重。

水文组的专家用现代先进仪器，精准测出了汨罗江真正的源头——黄龙山黄龙村黄龙寺附近的大坳。在此之前，科考队曾专程拜访“平江通”彭以达先生，多次实地考察过的他对河源有着非常详细的描述：汨罗江发源于黄龙山平江侧的土地坳，然后流向修水侧的另一个土地坳，再流经修水六十多里后返回平江。平江原来的汨水源，确实只是支流。我不知道土地坳是不是大坳的另一个名称，但私下觉得这真是一个最佳的结果：一方面照顾了平江人的感情，自己的母亲河终究是发源于自己境内；一方面也保留了修水人的面子，汨罗江的主流毕竟是从他们那里过来的。大自然真的很神奇，它也懂得平衡和兼顾？

非常遗憾的是，我没有随同科考队现场到源头考察。我只看到一组发回的照片。照片上的那脉流水非常安静和清澈，但看上去无比弱小。对于既狭窄又阴暗的土地坳或大坳来说，我总觉得源头这个词语似乎过于盛大与辉煌。可是谁能想到，这脉细流很快就会壮大为一条浩瀚的大河；又有谁能想到，这个微不足道的地方，竟然根深蒂固地影响和左右着一条河流的流向，以及千百年来万千平江人的人生走向与价值取向。

平江人历来都有“走出去”的传统，普遍认同“人不出门身不贵”的乡谚。这正像汨罗江，要先出平江入修水，然后再下洞庭进长江，才能奔向更加遥远和宽阔的世界。我从懂事起，就知道身边有很多人在外面搞事，或在南京当将军，或在北京当部长，或是留洋吃面包，或是上天开飞机……他们都是乡人心中的楷模和嘴边的传奇。我也从记事起，就接受父兄们连篇累牍要走出去的教诲，这些连方位和方向都分不清的人，竟然大都能清醒地看到人生与命运的玄机。后来我更是知道，沿着汨罗江走向全国和世界的乡党，还真是大有人在。比如将军，共和国出了六十六个，其中上将就有五个，另外还有七十来个省部级干部；民国出了九十个；晚清更是多达三百三十多个（从三品游击以上），很多人是跟着李元度出去打长毛获得功名的。将军县的头衔真是名副其实。如果以为平江人只是些没有文化的赳赳武夫，那就太小看屈原和杜甫对这片土地的影响与眷顾了——单宋朝平江就有进士五十三人、举人一百一十七人，有三次全省乡试，登榜者全是平江人；现当代作家，更是层出不穷，我所在的村庄周边十里，至少就出了七位中国作协会员，至于省市级会员，简直是多如牛毛；在汨罗江畔，吟诗作对和写写画画，甚至都不好意思说是特长，这只是人们理所当然认为应当掌握的一门技能和内心的一种需要。

一代又一代的平江人，就这样把“崇文尚武”作为自己的价值取向，把“爱国忧民”作为自己的行动指向，把“走出去”作为自己的人生方向，沿着一条自东向西流淌的河流，艰难而决绝地走向了远方。他们有时是坐船，有时是坐车，有时是骑马，有时纯粹就是步行，尽管方式和速度并不一样，但最终的目标却空前一致——那就是寻找出路，成就自我。

我也是这样随着西去的流水，一步步离开生命的源头。

五

我离开故乡平江县和母亲河汨罗江已二十多年了，但内心却始终觉得跟它们在一起。

这么多年来，我就像那条孤傲的河流一样，坚持着自己的理想和方向，冲开重重的阻拦与障碍，不顾一切地朝着目标奔跑，其间的种种艰难、屈辱和疼痛，常常让我感到疲惫和悲伤。我无数次想放弃自己看重的某些东西，无数次想回到母亲的怀抱和故乡的土地，无所拘束地痛哭一场，然后不再出发，但血管里连接的汨罗江水，又一次次把我推涌向更远的远方。

我十九岁时沿江而下，出平江，过汨罗，穿越湖区茫茫的旷野，最后落脚到洞庭东岸的一座古城。在这个几乎没有一个熟人的地方，我就像汨罗江里的一滴水，瞬间被漫无边际的江湖淹没。它们的阔大与汹涌，显得我无比卑微和渺小。面对这个陌生的世界，最初的时候我充满了担忧、焦虑和惶恐。但很快，我就发现体内奔涌的汨罗江水，并不比任何大江大湖的水质差，在不少的领域，甚至还表现得更加优秀和高洁。此后的二十多年里，我就在这座别人的城市扎下根来，读书，写作，工作，谈恋爱，买房，结婚，生子，养儿，挣钱，吵架……其间我大约换了六七个单位，在每一个单位，我都是从事着与文字相关的工作；每一项工作，我的专业与敬业都广受同事们的赞誉；然而，在每一位领导的心中，我似乎都是最边缘的那一个。我发现不单自己是这样，身边好多平江乡党的命运也差不太多。“幕阜山的材料班子，连云山的写作班子”，几乎成了这个城市的常态与共识。我很多才华横溢的乡党，写瞎了眼睛写光了头发，但做到办公室主任或是秘书长就止步不前了，顶多退休前混个副职，能做到单位主官的微乎其微。听说平江人在部队也是这样，尽管一个个都很能干，但大多数人终生只担任副职或者是参谋长。总而言之，平江人似乎注定只有一个做幕僚或副手的命，他们的才华与激情，只能辅佐别人开疆拓土，自己永远处于被埋没和被遮蔽的位置。

为什么会这样呢？乡党们聚在一起聊起这个话题，几乎会异口同声回答：汨罗江，水朝西，平江人，犟脾气——一头犟驴，再有能力，也不可能被领导喜欢；再有水平，也不可能当好一把手。我们都把各自的命运，与一条河流的走向紧紧地联结在一起。

但我们从来没想到过改变。每每受到打击的时候，我的眼前总是自然而然地浮现起这条倔强的河流，总是难以置信地想起这条河流上那两个伟大的灵魂。我当然不是自比屈杜，只是想从他们身上寻找温暖和力量。

眨眼之间，我便人到中年，内心越来越感到疲惫和退缩。在梦里，我无数次逆流而上，回到故乡。我不知自己是去放牧心灵，还是寻找支撑。

“对话汨罗江”大型科考活动的适时出现，让我再一次相信了机缘，相信了冥冥中的某种精神感应。我与专家们沿河而行，对这条曾经无比熟悉的河流进行细致的考察。断断续续几个月的时间里，我从自己的实地观测、专家的学术报告、同事的新闻通讯中，看到了一个全新的汨罗江。关于这条河流的倔强、正直、澄清、幽深、壮阔等特质，我有着比往昔更加复杂的认知与判断，很多东西，甚至是颠覆性的发现。我看到河流在平静地流淌时，常常会把随身携带的东西抛弃和忘却，它们就像逝去的青春一样，被了无激情地沉积到时间和泥沙之下；我看到河流在遇到岩石或是山体的阻挡时，障碍物反而加快了它原本萎靡不振的流速，那种反抗精神和顽强斗志，瞬间奔涌而来；我看到河流有时候也会经历难以想象的偏离和扭曲，但最终还是会回到既定的轨道上，不可抗拒地在时间和空间上接近它的目标，仿佛有一种神秘的力量在引导着它不断前行。

我还看到了平静如镜的河面上，清晰地倒映出河流两岸的生活；看到深不可测的河底，埋葬着各种力量不屈不挠的厮杀与抗争；看到整个流域甚至是更加辽阔的地方，人民的命运跌宕起伏。比如我的家乡芦洞，原来竟是卢戎国的故地，它的得名，其实并不是地形像葫芦，而是直指遥远的历史；而芦溪河，最初的名称是“卢水”，后来又称“罗水”（非下游汨罗市境内的罗水），我怀疑汨罗江真正的得名，是由于“芈（汨）水”与它的汇合——因为平江最早的政治、文化中心，都在这条河流的两岸——最早的县治，就在芦溪河中下游河畔的金铺观（现安永村），鲁肃任太守的汉昌郡郡治（现上黄村），也在离此不到五里的河边，而杜甫起灵的汉昌县城中县坪（现中县村），则在芦溪河入口的汨罗江边。至于若干年后带着一大帮平江子弟走出去的李元度，故居刚好正对着“风水之眼”，他的部下余虎恩，后来带领平江勇成为左宗棠收复新疆的先锋和主力……这些厚重甚至是沉重的历史，还有那些意外但真实的发现，让我对贫瘠乡土的自卑一扫而空，也让疲软的精神变得振作。站到生命的源头，我的内心除了莫名的惊慌与疼痛，还充满了爱和感恩。

我又一次想起了汨罗江的源头和独特的流向——从平江出发流经修水县六十里后，又心急如焚地返回到平江的土地上，仿佛是受了委屈的孩子，没法要回到其出生地似的。又像是一个迷路的人脱离既定的方向后，受到了某种力量的召唤，重新回到原来出发的地方。我终于明白过来，怪不得平江人出去之后，最终都要回到自己的家乡，这不单是缘于一条河流的走向，更是因为自己内心的需要。也不单是平江人的需要，而是很多很多人的需要。比如沉降在汨罗江上的那两个诗魂就是如此——屈原有家不能回，只能逆流走向罗人住地而死，“鸟飞反故乡兮，狐死必首丘”；杜甫有家回不去，只能走向精神之家而死，“窃攀屈宋宜方驾，恐与齐梁作后尘”。回家，回到精神的家园，是人类最终的共同命运。

壮阔而幽深的汨罗江，洗涤着我日益沉沦的内心。这次完全没有预兆的科考活动，对我来说，真是一次最好的实地洄游，更是一次难得的精神回溯。从一条河流的走向，我看清了人生的方向——我们每一个人，其实都是顺着河流走出去，然后又逆着河流找回家。

（《湖南文学》2020 年 9 期）

被遮蔽的喧嚣与空寂

珍珠山是新城区最后一块没被开发的绿地。只有几年工夫，四周疯狂生长的高楼大厦，就把它团团包围了。它陷落在钢筋水泥的丛林里，像一颗绿色的珍珠，被随意地嵌补在一个肮脏的锅底；又像一只坐在深井里的青蛙，吃力地张望着被挤压与切割得变形的天空。看到珍珠山，我总是莫名地感到怜悯和悲伤。

我们的办公大楼就在珍珠山的正对面，不必爬到十六楼的顶楼，只需站在九楼的窗户边，就能把山顶的一切看得清清楚楚。这座连顶峰都只有几十米高的小山岭，如果生长在别的地方，那一定是羞于叫山的，但对于我们这座濒江临湖的平原城市来说，已属难得的大气象——本地专家证实，在城区，珍珠山是第二高峰，仅次于海拔 98 米、吴三桂曾在山上架设过炮台的金鹗山。加上它的山体像一只扣在大地上的手背，从主峰分出的几条岭脊，弯弯曲曲形成了四五条狭长的山坳，在满山遮天蔽日的林木衬托下，整个山体看起来浑厚幽深，层次分明，叫山，倒也不显得过于寒碜。可惜的是，这块庞大的原生态绿地，在城市张开的血盆大嘴面前，日益变得瘦弱和渺小。

珍珠山之所以能幸存到今天，没有被完全蚕食掉，得益于多年前官方把它规划为了公园用地；之所以仿佛一夜之间就被楼群围困，也同样是这个原因——虎视眈眈的房产商，是城市里面最聪明最现实的群体，他们密切关注着官家的一举一动，知道哪里的地块潜力巨大，哪里的房屋最好赚钱。几年下来，公园世家、绿地府邸、鸟语花园之类的高档楼盘，以公园作为噱头和卖点，早就替开发商赚了个盆满钵满。而它们依附的主体，也就是传说中的珍珠山公园，却至今仍只有一幅被风雨侵蚀得千疮百孔的效果图。

我和朋友老葛最爱到珍珠山去散步。我们都是花光了自己半辈子的积蓄，然后又贷了为期 20 年的房贷，才从开发商手上买来所谓的公园主题大房，当然非常关心公园的建设。只要天气晴好，每天傍晚，我们都会到珍珠山上行走一圈。路线也基本固定，从西边山麓的水泥路进入山南，半个小时后，再从山的中部北向出来。老葛是九年前搬过来的，我比他晚两年，多年的经历和见闻，早已让我们不对公园的建设存在任何幻想，相反，珍珠山内部的景象，更让我们疼痛和惊悸——我们在这里看到了世事和人性的累累伤痕。

第一次与老葛来到珍珠山的南麓，稠密的房舍和人烟让我万分震惊。珍珠山与城区最主要的分隔线，是北面山下一条宽阔的主干道（另一条是东边修了多年的马路，西边和南边则是幽深的湖汊，楼和人都只能隔水相望。两条车道和两条水道，把山围困在城中），这条铺着进口沥青的十车道，是这座城市的骄傲，也是城与山的界线。道路的北侧，是一城的繁华和喧嚣，南侧，则是一山的荒凉与落寞。站在城区南望，根本就看不到山上有一栋房子，即使是在我们办公大楼的顶层，也只能看到一山的碧翠。在此之前，我和所有的市民一样，以为珍珠山就像我们看到的那样，只是一座长满树木的荒山野岭。现在，当我绕过山前没有任何痕迹的遮挡，有意无意地闯入进来，才发现它的背后竟是如此的丰富和复杂：这里大约有几百上千栋房屋，高的不过三层，矮的像个车库，全都顺着山势，挨挨挤挤、密密匝匝地簇拥在南面半个山坡的高大绿树下；一条刚好能通过一台小车的主道，在半山腰里蛇一样扭来扭去；主道上侧，是一排房屋的屁股，墙壁上长了湿印和绿苔，偶尔还伸出一丛杂草或是小树的枝叶，下侧，则是另一排房屋的楼顶门面，有的买货，有的停车，俨然像条小街；无数条狭窄而且陡峭的石级巷子，纵横交错，上下连通；灯火明亮或暗淡的窗户里，不时飘出阵阵的电视声和唱歌声，当然还有酒菜的浓香……我和老葛沿着主道懵懵懂懂地走了半个小时，人烟才慢慢散淡下去。一路上，小街上趴着睡觉的土狗和坐着聊天的人们，都扭头好奇而警惕地打量我们。这景象，太市井了，太热闹了，同时又太隐蔽了，太奇怪了，真是出乎我的想象和意料！这座小小的珍珠山，怎么会隐藏这么多的人家？怎么会是一个与山前两百米处完全不同的世界？我疑心是时空发生了错乱，让我一脚踩穿现实，云里雾里跌落进了一个遥远而神秘的村落。

此后很长一段时间，这片绿树下的人间成了我和老葛探秘的场所。我们变换着路线，想不断深入到它的每一个角落，把它潜隐起来的秘密全部打开。可是，后来接连两次惊心动魄的险情，阻隔和挫伤了我们前行的勇气。一次是我们两人从主道斜插进一条次道，漫无目的地随着道路弯弯曲曲高高低低地前进。次道不宽，两边挤满了房屋和绿植，也不知经过了多少个交叉路口——我们没有用心去记路，以为人到山前必有路——在与一个抱着一把青菜的妇女迎面相遇，并得到她前面有路的肯定回答后，就再也没碰到人了，然后，在路的尽头，我们看到了夜色中波光粼粼的湖汊和湖汊上的一座窄桥。我们想当然地认为，跨过桥，就是山的另一个出口，直到在这座摇摇晃晃的铁桥中间进退维艰时，才知道差点踏上了不归路——这座废弃了的铁桥，中间铁板做的桥面已锈穿成大窟窿，随时都可能坍塌或让通行者掉进冰冷的湖水。我们借着手机的微光，提心吊胆一步一挪，差不多搞了半个钟头才踏上对岸的泥土，惊慌失色沿着小路上行找到灯光，却发现又回到了最初的分岔路口。另一次是我一个人，也是走着走着就迷失了方向，问一个骑摩托的大哥怎么出去，他迟疑了一下，说怎么进来就怎么出去，结果我转来转去还是走不出这片一模一样的房舍。鬼使神差地，也不知被什么指引到了一个临湖的空旷平台。这里没有一户人家，只有满天的星星和一湖的黑水，寂静得让人想哭。正当我暗自畏惧的时候，平台旁侧的垃圾堆里，突然嚎叫着冲出十几匹像饿狼一般的土狗，成扇形朝我逼来，而我身边却没有一样可作还击的武器，地面上连松动的石头都摸不到一个。那一刻可真把我吓坏了，在这个荒无人烟的地方，就算是它们把我吃成了骨架，也不会有任何人知道。我绝望地转身就跑，刚跑了几步，突然记起以前奶奶告诉我的方法，赶紧蹲下，装作捡石头，狗群果然吠叫着掉头跑开，但一会又逼了过来，我就这样三步一跑，五步一蹲，好不容易才脱离了险境。这两次意外事件让我和老葛想起都后怕，我们觉得珍珠山人有意在遮掩和隐藏什么，他们和他们的狗，都对外来的闯入者充满排斥和敌意。那些迷离的路巷，就像他们建筑在绿树下的房屋一样，绝对是有意为之。他们是在逃离什么？还是在躲避什么？抑或，是在害怕什么？

不久之后，我和老葛终于了解到了这片房屋和这些人的来历——珍珠山原本还真是一座荒山野岭，若干年前，它属于郊区一个自然村落某个居民小组的地盘，山上除了少量的杂木外，没有一户人家。从上个世纪八十年代中后期起，不断有进城打工的外地农民来这个村买地建房——他们原本想留在城市，但城市坚决不肯容纳他们，于是只好跑到近郊来想门路——可好地又买不起，就花少量的钱从私人手里盘下一小块珍珠山的荒地，潦草地砌个安身之处。之后亲戚带亲戚，朋友带朋友，房子越建越密，人口也越聚越多。这些人为了买地建房，大多已将老家的财产处置个精光，人也一直在城里打工或摆摊，且长期居住在珍珠山上，但他们的户口及一切社会管理，大都在原来的村庄。他们建在这里的房子，没有任何手续，严格地说，这根本不能算他们的家。对珍珠山来说，他们才是真正的闯入者。因为不具有合法性，一直以来他们都有一种不安全感，本能地躲避生人，隐藏自己，所以所有的房屋都不敢建在面向城市的北坡，而且每一栋房屋，都要用栽在屋旁甚至是屋顶的树木来遮掩。但从另一个角度来说，他们又是珍珠山真正的建设者和真正的主人，这里的每一棵树木，差不多都是他们种植；每一块菜地，都是他们开垦；每一条道路，都是他们修筑。如果没有他们，这里很可能依然是一片荒芜和虚空，不可能有建公园的基础，也不会有围着它遍地生长的高楼和喧嚣。

这个酸涩的来由和沉重的故事，让我更加震惊。对珍珠山人，我充满了同情和敬意。我老家的很多亲戚和乡友，都曾在这个城市打过工，他们的艰辛和卑微，至今让我感到悲伤；他们也曾无限地向往和羡慕城市，很想留下来与它朝夕相处，但在为城市付出了成吨的汗水而年老力衰后，最终都灰溜溜地回到了农村。珍珠山人比他们幸运，留在了城市的边缘，但付出肯定要多很多很多——一座庞大的荒山，都在他们手中变成了绿海，那该多么漫长和坚决啊。看到那些躲藏在树林下面畏畏缩缩的房舍，我感到无比的压抑和憋屈，一个人凭自己的双手建起了美好的家园，为何不能昂首挺胸堂堂正正地生活呢？

我和老葛经过长时间的观察，估计居住在这里的人口可能接近五千。五千是个什么概念呀，在我的老家，小一点的乡镇也就七八千人，而珍珠山，在行政建制上却什么都不是，它只是某村某组（现在叫某街道某社区）所辖的一座荒山！正因如此，政府当年决定将这里建为公园时，并没过多考虑到征收与拆迁成本。真正开始建设时，才发现里面的复杂性。照理说，这些房舍全是非法建筑，没有产权，推倒强拆就是了，完全合理合法。但是，这样做却一点也不合情合义。几代人数十年的努力和积累就会毁于一旦，几千口的家庭与生活马上就会坍塌。谁又下得了这个狠心？可是，如果按现在的行情给征收和拆迁补偿的话，我和老葛算了一下，没有上十个亿搞不定。政府不可能有这么多余钱，何况，政府的钱也不是捡来的，是每一个纳税人一点一滴的贡献，有也不能乱花。我们替政府和珍珠山人都操了很多空心，最终得出的结论是，政府对这里暂时维持现状是对的。尽管我们两人都为这个决定埋了单，但我们看到了人心的宽广与善良。

我们不再纠结于建不建公园的事，到这里散步成了我们必须的程序和仪式。事实上，山下已沿着西边的湖汊，修建了数公里长的临水风光带，非常豪华漂亮，每到傍晚，散步的人成群结队，热闹非凡。但我们更加钟情于这里的安宁与寂静。真是怪事，风光带距这片居民区最近的直线距离可能不超过 20 米，但这么多年来，我们很少碰到其他市民上来散步。或者说，是很少有人发现这一方神秘的天地。

这真是一个被遮蔽的特别世界。随着散步的深入，我对这片房舍越来越熟悉，它看似杂乱无章随意铺陈，其实是有着内在规律的——所有的房屋高度都不能超过山顶，顺着山势，像梯田一样共建了五个层级，每个层级的上下两侧，都密植着高大的常绿乔木；除了主道，所有街巷都是循环的，封闭的，也就是说，唯有从主道两端才能顺利出入珍珠山（怪不得我们两次都走不出来，其实那个骑摩托的大哥也没说错）；五个层级的房舍并不全部是通过公用的街巷相连通，很多地方需要经过私人的院子、楼道甚至是猪栏。这样的设计与结构，外人非常容易迷糊，也不敢随便乱走，但对珍珠山人来说（他们互相多为同乡亲友），却毫无障碍。

我与老葛在这些街巷中穿行，发现珍珠山的内部同样是热闹和喧嚣的，这里有小型的超市、诊所、药店，有小餐馆、干洗店、修车行，甚至还有一座豪华的庙宇和一栋尖顶的教堂——几千人生活在这里，当然得有各行各业来满足他们物质和精神的需求。在街巷两侧的房屋里，我们看到有男人光着膀子在煤气灶上炒菜，有穿着校服的小孩在台灯下写作业，有不丑的少妇提着桶子在喂猪，有老大爷在听手机放的大音量京剧，还有老太婆用更大的音量在寻自己的鸡……这一切，与我曾经生活多年的老城区有几分相像，但又不一样；与我少时非常熟悉的乡村也有几分相近，但又并不一致。我们经常饶有兴致地一路观望，觉得每一扇窗口每一户人家都写满了故事。这样的烟火人间，让我觉得温暖和惬意，不过有时我也很惭愧，感到自己像个不受欢迎的闯入者，来偷窥别人的幸福。

珍珠山最激动的时节是每年的两会前后，这是我与老葛经过多年观察总结出来的。一到这个时候，主道的出入口总会停着一两台推土机或大货车，把道路封堵得严严实实。进入山中巷道，发现家家户户都在搭建房屋——珍珠山是新城区规划的唯一一个公园，备受市民关注，每到两会，就会有代表和委员提意见，一些小道消息就此传出，说政府马上就会启动拆迁和征收。于是珍珠山人就像打了鸡血一样，连夜进行抢建（白天不行，政府派人盯着）。据说他们出五百到一千元一个晚上的工钱，从乡下请普通民工来建，一不打地基，二不放钢筋，甚至连水泥都没认真刮好。这样的房屋当然是无法住人的，纯粹是为了赚官家的征收款。他们做得偷偷摸摸，但干得热火朝天，工地上灯火通明，人们高声吆喝，红光满面，有的还唱起嘹亮的歌子，信心满怀地等待横财的到来。可惜的是，他们的期盼总是一年又一年地落空。每次政府来与他们谈判，总是谈不拢，他们把拆迁和征收的价格不断地抬高，逼走了对方，也害惨了自己——连年的偷鸡不成反蚀一把米，让他们的期望变得越来越高，而实现的可能性也越来越小，这就像一个对拉的死结，除非一方放手，否则永远无法解开。而珍珠山，也在他们胆子越来越大的胡搭乱建中变得千疮百孔，先是自家屋旁的菜地变成了猪栏，然后是房屋前后的高大树木被砍伐掉（他们已不需要遮掩了），建成了临街的门面，再就是山林中突然秃了一块，成了停车位、成了平房、成了楼房……对这些人的疯狂行为，我总是不可理喻，当初他们在山上结庐而居，祈求的只是有个安身之处，后来躲躲闪闪居住多年，渴望的也只是能被承认和接受，即便是规划成了公园，最初的想法也不过是希望多少能有些补偿。为何在别人的友好和大度面前，他们的欲望和野心反倒越来越大？这真是人性的丑恶与悲哀。他们的行径，不单是阻碍了政府的工程，也损伤了包括我与老葛在内的所有市民的利益，对这些曾经获取过我同情和敬重的贪得无厌之徒，如今我只有厌恶和鄙视。以前我还为他们过得偷偷摸摸而委屈，现在算是明白过来了，一个心中藏着阴谋和算计的人，怎么可能活得理直气壮？

然而，我所知道的珍珠山，以及这里面隐藏的一切，二百米外的市民却一无所知。他们埋怨的依然是官家，怪他们不作为，混日子，这么多年了，怎么还任由一座青山孤寂地游离在满城的繁华之外？

为何会出现反差如此强烈的认识与判断？我与老葛分析，是信息的不对称与不通畅所致。关于珍珠山内部的情况和复杂的局面，最清楚的莫过于当事的双方，但他们由于无法达成一致，无法解决问题，都有意无意地把信息和现实遮蔽起来：珍珠山人为了保护与获取某些利益，刻意把城市和喧嚣阻隔在外，同时也把内部的喧嚣包藏起来；而城市，为了体现自己的高贵与纯粹，先是有意把他们隔离起来，后来又怕他们破坏自己的秩序，也默许了他们的自我遮蔽。城市拒绝他们进入，他们也抗拒市民闯入；于是在互相不干涉中达成一种平衡和默认。所有的真相和阴暗，全隐藏到了看不见的地方。

珍珠山对于喧嚣的遮蔽与被遮蔽，一度让我无比震惊，我由此常常对眼前这个热闹的世界，产生深深的怀疑。我感到现实太不真实了，充满了伪装和欺骗。然而，我没有想到，在珍珠山的深处，我还会看到更多被遮蔽的空寂。那些空与寂背后的伤和痛，就像一颗颗炮弹，在我内心接连爆炸，强烈的冲击波，把我震荡得东倒西歪。

对于整个城市来说，珍珠山是空寂的；对于珍珠山来说，它的西南面是喧嚣的，而东南偏中是空寂的。那一大片区域，即使站在山顶，也看不到房舍和人烟，只有天籁之音，若有若无地飘荡过来。在我和老葛的眼中，这块占到珍珠山三分之二的空寂地带，是绿植和鸟类的天堂。站在山脊向东南望去，只见莽莽苍苍的绿色，像波涛一样，汹涌着奔向远方的湖泊，无数的鸟群，旁若无人地在林海绿涛上飞起和降落。那种壮观的场景，常让我们感到庄严和肃穆。我们无数次想走过去，接近它，进入到它看起来深不可测的内部，去探寻它的秘密，发现它的奥妙。可那边没有路灯，道路十分模糊，在夜色即将来临的时候，前往一个陌生的地方晃悠，显然不是一件明智的事情，我们只能遥遥地对它进行虚构和想象——至少在我的心底，那片人迹罕至的深山老林里，掩藏着的一定是最纯粹的事物。

在一个阳光很好的午后，我带了一瓶水，独自一人朝这片空寂的林地进发。我没有邀老葛，一是这家伙似乎对此并不热心，只是嘴上说说而已；二是对于这个我们共同关注的话题，我想抢先知道答案，好与他吹牛时掌握话语权。进山的道路出乎意料的宽阔，原来是与西南面喧嚣地带的主道一脉相连。这条道路匍匐在高大的乔木下面，阳光从遮天蔽日的树叶缝隙中漏下，把它装点得五彩斑斓。我沿主道走了不久，就拐上了一条岔路。岔路也铺了水泥，只是略窄，同样可以通车。这条岔路，沿着珍珠山的一条岭脊向南，估计最终能抵达两条岭脊之间的一个山坳。那个山坳里，鸟声和绿色特别稠密，是最吸引我的地方。

水泥路向着南方延伸，慢慢地，道路就变得狭窄和破败起来。在道路两侧的山岭上，不时出现被拆除掉房屋的废墟，还有一座座的坟墓——原来这片区域，也曾是有人居住过的。在废墟上，我看到破碎的瓷片、断裂的地板砖、倒塌的院墙、保存完好的煤灶，全都用凝固的姿态，孤寂地蹲坐在林木深处，任由树隙漏下的光，照耀着它们的前世和今生。坟墓上长满了杂草甚至是灌木，有些还陷塌成一块平地，但无一例外地，坟头都立了碑，有的用大理石雕刻，碑面平整，字迹端正；大多数则是用水泥粗糙地倒制，上面的字体歪歪扭扭，好像是趁水泥未干时用树枝划的。我仔细看了几块碑文，都大同小异简单到极致——故显考（妣）某公（氏）某某老大（孺）人之墓，孝子某某孝孙某某敬立。站在阴阳两个世界的不同宅地上，我突然感到时间的幻灭和人生的沉重，对珍珠山人，不由又同情和敬重起来——他们创造了一个世界，同时又失去了这个世界，唯有一个名字，记载和证明着他们曾经来到过这个世界。

水泥道路很快就到了尽头。果然如我猜想，抵达岭脊的最南端后，将会有小路进入到脚下的山坳。我刚沿着下山的石板路走上十来步，拐弯处的一棵大茶树后面，竟然猛地跳出了一个小卖部！鲜红的招牌似乎笔迹未干，在阴暗的树阴里像数只瞪大的血红眼睛，警惕地盯着我这个来历不明的闯入者。我心里一紧，回头打望来时的路，只见它空空地蜷曲在林阴下，没有一个人影，连野狗都不见一只。在这样的荒山野岭，何来生意可做？难道，山坳里还隐藏着无数的人烟？要不，就只能是遇到狐仙了！在惊慌之后，我不由得兴奋起来，因为，我即将发现珍珠山又一个被遮掩的秘密。

小卖部是已经废弃了的，屋顶破烂的石棉瓦、地上长出的绿苔，还有穿窗而进的茶树枝，都告诉我这里已很久没有人来过了，尽管门口还摆着两把旧藤椅，玻璃货笼上还放着一个保温杯，好像老板刚刚上厕所去了一样。走过小卖部后，我的眼前出现了连绵不断的一长溜房舍，这些全是一层的平房，依着地势，拐弯抹角，密密麻麻地挤在下山小道的两侧，比我们此前见过的珍珠山西南面还要拥堵。这块高低不平的斜坡，并不适合生活和居住啊，为何会聚集起这么多的人呢？望着白瓷砖外墙上一个个鲜红的“拆”字，不用思考，我就知道这些房屋都是临时搭建起来赚征收款的。我只是没有想到，贪婪的珍珠山人，居然把手伸到这么远的深山老林。我把脸贴到一间房子的窗玻璃上，想印证一下自己的判断，我想内墙肯定墙漆都没刮，地板只怕也是草草铺就甚至连地都没有填平。可是，出乎我意料的是，房内充满了生活的气息——墙上贴了一排奖状，到处都是小孩的涂鸦，墙角还丢着几只空啤酒瓶；在另外一家的厨房，我看到熏得乌黑的墙壁，滴着黑油的排气扇，搁在灶台上的半包盐……凭经验，我知道这些都是真的。也就是说，我眼前的这面山坡，还有脚下的那个山坳，并不像我与老葛遥遥看到的那样，只是一片莽莽苍苍的林海，而是一大群人赖以生存的场所。这里，同样是珍珠山人曾经的家园。

我沿着小道走走停停，正午的阳光从头顶照耀下来，让我更加清楚地看到眼前的一切。沿路的房舍大多门窗紧闭，好像主人们正在安静地睡午觉，只有锈迹斑斑的门和锁，在默默地提醒我，他们只不过是在这里做了一场梦，如今早已离去。也有的房门大开，好像随时欢迎我这个闯入者进去坐一坐，喝上一杯茶，聊上一会天，但满屋的狼藉和空洞，瞬间让我变得忧伤。

我迟疑着是否继续前进。空寂无人的巷道，让我莫名的寒凉与慌张。但好奇最终战胜了畏惧，望着山坳里若隐若现的房子，我感到自己不但没有揭开这块绿地的秘密，反而疑问越来越多——连路边都挤满了房子，山坳里该是怎样的景象？为何站在山顶却什么也看不到？这些房屋写着“拆”字，但每栋都保存完好，连窗玻璃都没敲掉一块，它们到底征收了没？如果征收了，为何不拆？如果没征收，房主们去哪了？他们现在有房住吗？靠什么生存？老葛搬来这里九年多了，对此都一无所知，说明这里早就人去房空。我决定还是继续往前走，一直走向它的谜底。

我刚一下到山坳，一栋接着一栋的两层或者是三层的楼房，便排山倒海铺天盖地般向我奔涌而来，所有的房屋，都是手牵手肩并肩的，中间连公共的过道都看不到。面对眼前的景象，我大为震惊，从见到废墟那一刻起，我就预感到这片空寂的山林里，曾经有过人烟，但我压根都没想到，会隐藏一个这么庞大的群体。按我的目测，这片建筑，面积不会比西南面的少。但现在，簇满屋顶的葛藤和爬山虎，还有山脚屋边高大乔木的落叶，早已把它温柔而严实地遮蔽掉了。

山坳里一片空寂，看不到一个人影，除了几句鸟叫，再听不到其他的声音。我在房屋里穿行了很久，才大致搞清其中的规律——这个狭长的山坳，最初的时候，是沿着东西两侧的山脚各修了一长排两到三层的楼房，两排相对的房舍中间，是一条栽着常绿树木的公用通道，后来在这条通道上借助活树的支撑，搭起架子，盖上水泥瓦，把两排房屋连接起来，中间的通道就被改造成了简陋的房屋，整个山坳里再也看不到一块裸露的泥土，全被一间接着一间的房舍严密覆盖。很显然，东西两侧的楼房才是珍珠山人真正的住房，而通道上的建筑，则是用来获取征收款的。我突然想起珍珠山西南面夜晚抢建的场景，再过一年半载，那里会不会也变成这个样子呢？如果成了这个样子又没有征收，遮天蔽地暗无天日的日子，又叫他们如何生活？他们现在的坚守与投机，是否与这片空屋有着直接的关联？这里面，存留了他们信奉的经验和教训？或是锥心的伤痛与刺激？

这一大片建筑就像一个巨大的迷宫，走在里面让人弄不清方位和方向。我懵懵懂懂地往前走，一家接着一家察看。山坳里树多，加上房屋几乎全靠窗户采光，屋里显得有些阴暗，但我发现，这些楼房修得倒是不错，扎实，牢固，而且漂亮，如果不是把中间的通道覆盖了，居住在这个山清水秀的地方，还真是很舒服。我一口气走过了上百个房间，每一个房间都空空洞洞的，地上丢弃着不要了的衣物，潮湿的墙角，还长出一丛丛高高低低的野草，充满了颓废、荒凉和阴森的气息，看了让人无限怜惜，又无比害怕。我不知走完这片建筑还要多久，也不知它的出口在什么地方，看到慢慢暗淡下去的光线，心里不由空落和慌张起来。

在一栋两层的楼房里，我看到客厅里摆着沙发、桌椅，旁边还有一把落地扇，扇叶正在有一下没一下地转动，好像主人刚刚起身上楼了。我心里一惊，感到后背发凉，一种畏惧感从脚底冲上脑顶。我很想逃离这个像鬼屋一样的地方，但双脚却软软的用不上力。我犹豫着喊了一声："有人吗？"没有任何回音，川顷楼上却传来物件倒地的声响。吓得我赶紧往外走，走出屋子回头打望，才发现一只野猫正跳到桌子上，睁着圆溜溜的眼睛，朝着我看，而它身后墙壁上挂的日历，时间定格在2006年5月。

这真是一片浩渺无边的空寂。我好像划着一片孤舟，在茫茫的大海上穿过连片的无人船舶，又好像无意闯入一个遭遇瘟疫的无人村庄，那种什么都有就是没人的空，那种什么声响都在，就是语音缺席的寂，让我心惊肉跳，又伤感难过。我不知道这里到底发生了什么，经历了什么，但我明白，这片巨大的空寂之下，埋葬的是无数珍珠山人曾经火热的生活，以及他们黏稠的记忆，还有灿烂的青春和绚丽的梦想。

光线越来越暗，我在空屋中奋力穿行，紧张地寻找出口。我越走越深，房屋中的阴影也越来越深。我感觉这片房屋的厨房里、卫生间、门背后、楼道口、阳台上、树阴下……似乎到处都有一个个的人影在晃动；而在一些暗处，好像还有一双双的眼睛正默不作声地盯着我；在我的背后，也好像有人正悄无声息地紧紧跟着。他们是我慌乱中的幻觉？还是搬走了的珍珠山人遗留的影像？或是从坟墓中爬起回家的先人？他们难道想对我这个友善的闯入者进行围攻和打击吗？我仿佛深陷在一片无边无际的沼泽里，呼吸困难，步履维艰，汗毛倒竖，我真后悔一个人来这个远离喧嚣与阳光的地带。这时候，屋顶上的鸟声越来越稠密，我知道，倦鸟已经纷纷归林，黄昏即将降临。嘈杂的鸟声中，不时响起一声声的"苦哦——苦哦——苦哦——"，还有连绵不绝的"呜呜呜，呜呜呜，呜呜呜……"，像野鬼们在凄厉地哭叫，让我更加心慌。更可怕的是，我还看到了一群野狗，正不远不近不声不响地望着我。原来我上次遇到的狗群，就是源于此处。我捡起一根粗壮的木棍，一边慢慢撤退，一面准备与它们进行殊死的搏斗。但是，野狗并没有像上次那样追赶上来，它们站在原地，不叫，也不动。也许，它们当初没有跟随主人离开这里，是因为热爱老家，要留下来守护家园，现在，它们可能是把我错看成了久违的主人；也许，它们纯粹就是无家可归，把我这个陌生的闯入者，视作了久盼不来的新主人？

我也不知道自己最终是如何走出这片让人莫名恐怖和忧伤的空屋的，回去之后，我没有跟家人讲，也没与老葛提起，我不想让他们知道我这次狼狈而失败的探秘——我不仅没有找到谜底，反而看到了更多的谜团。后来我又选了几个晴好周日的上午（再也不敢下午来了），闯入到珍珠山的其他几个山坳，看到的情景几乎是一模一样。那些排山倒海铺天盖地的空屋，好长一段时间都盘踞在我的脑海中，让我无比震撼，无比忧伤。我一直没有弄清楚，这些长期空置和隐藏起来的“鬼屋”，到底是征收完了的？还是等待征收的？在我看来，无论是哪一种情况，都是一种巨大的资源浪费，也是对财富和劳动的极度蔑视。而珍珠山周边高档楼盘夜晚寥若鬼火的灯光，又让我看到另一种形式的鬼屋。这些被遮蔽的空寂，甚至远比那些被遮蔽的喧嚣更让人惊悸和疼痛。

就在我即将写完这篇文章时，听说珍珠山公园马上开建，为弥补经费不足，将把部分公园用地变性为商业用地，一期工程就是选在这片看不到人烟的空寂区域。老葛兴高采烈地向我报喜，我摇着头，长长地叹了一声气。他不解地望着我，我也没有向他解释。我觉得他高兴是应该的，而我叹气也同样应该，因为我们看到的珍珠山，是两个完全不同的世界。我知道，珍珠山很快将迎来推土机、开发商等更加凶猛的闯入者，这满满几个山坳的上千栋房舍，还有数不清的坟墓，将全部被捣毁，永久地从这个世界消失。从此以后，珍珠山上曾经的一切，包括房舍、坟墓、废墟、菜地、道路，还有喧嚣、空寂、勤苦、奋斗，以及欲望、贪婪、无耻、无奈，等等等等，都将被牢牢地遮蔽起来，一点痕迹也不会留下。

第三辑　绿得耀眼的青春

那些坚硬的石头和身影

这是一个码头。东洞庭湖边上的一个大码头。坚固，雄浑，壮阔。湘、资、沅、澧四条水道出湖的货物，长江入湘的航船，还有漂洋过海运来的集装箱，如今大都豪壮地泊在这里，转运，卸载，停歇。湖面上的汽笛，此起彼伏，声音喑哑但深沉有力；码头上车来车住，机器轰鸣，人声鼎沸，那派繁忙和激越，常常让我莫名地振作，又莫名地感伤。其实，若干年前，这个叫作港务局的地方，也是这般的热闹和喧嚣，那时节，这个2000吨级的临湖码头，正在热火朝天的建设之中。我在一个夏日的黄昏来到这里时，夕阳正在湖面上随波跳跃，在刺眼的逆光中，我看到成千上万的身影，赤裸着上身，抬着粗笨的石头，站在齐膝深的湖水中，哦嗬喧天地劳作。我看不清他们的表情，只知道那幅斑驳的剪影里面，有我的乡友和亲戚。我在寻觅他们。我来投奔他们。我根本没有想到，从那一刻起，这个湖边的泥泞滩地，会成为我人生的第一个码头。我更加没有想到，若干年后，我堆积在这个码头上的重重往事，还在发酵成一种动力，不断催我前行。

那个黄昏的场景真的让我压抑和失望。我从200里外的老家，给班上的孩子们发放完成绩单后，就急匆匆地往这里赶。我不想在狭窄的乡村终老一生，也不想吃一辈子的粉笔灰，我才19岁啊，我渴望到外面广阔的世界去搏击，去追寻自己的理想。而洞庭湖边的这座城市，正好在此前不久被国务院列为沿江开放城市，更重要的是，我的亲表叔，一个叫刘蛮子的名字与职业很不相称的乡村教师，在两年前辞职来到这里，成了一个包工头，如今正带领着几十名乡友在修码头，他回乡时的派头和行头，仿佛让我看到了洞庭湖的广阔和自己的未来。我义无反顾地来了。我迫不及待地来了。我充满希望地来了。我想，我一定能在这个开放的城市，找到自己理想的坐标，最不济事，做个表叔的助手或是秘书，帮他搞搞管理，跑跑业务，写写东西，也要比窝在大山里教几个鼻涕流得老长的孩子强。但是，现实是，我看到脚下的土地，潮湿，糜烂，肮脏，凌乱地丢满了稻草绳子、水泥袋子、蛇皮袋子；漆黑的货场上，煤灰、沙子、块石堆得像小山般壮硕；几条铅灰的水泥路上，覆盖着厚厚一层尘土，狼奔豕突的拖货汽车，卷起漫天阴霾，让人睁不开眼；夕阳下横七竖八排列的货房和工棚，低矮，昏暗，丑陋；一阵湖风吹来，满鼻的腥臭让人作呕……我来时无比灿烂的心空，此时瞬间变得暗淡，直到表叔热情地跑来接我，我才感到心中泛起一丝温暖。我不知道，八百里洞庭边上的这座古城，能否给我一个广阔的前途，一片明净的天空。

我别无选择地住进了表叔他们的工棚。这个八面来风的平房，紧挨着洞庭湖，没有门，只有一个窗户，三十来平方的地方，挤住着近40个人，房间内密密匝匝地摆满了双层或三层的木床，床上铺着稻草，乱七八糟地堆放着脏衣服。走进房间，稻草的腐朽味、衣被的汗馊味，夹杂着湖风的腥臭味，让人窒息。作为包工头，表叔唯一的优待，就是在靠窗的地方，用木板围起一个狭窄的包间。我没想到，在家乡人眼中风风光光的表叔，竟然生存在一个如此恶劣的地方。他背后的幽暗，让我没有来由地感到惊慌。我只想尽快找到工作，在这里住上几天后赶紧逃离，至于做他的助手或是秘书，那就让它见鬼去吧（其实他也根本就用不着要助手和秘书）。然而，此后的整整三个月，我的生活都在这里无奈地演绎。

我找工作的事情非常不顺。显然是高估了自己的能力和城市的肚量。我原本以为凭着几十篇发表的文章，就能轻易在一个陌生的城市为自己打开一扇大门，在无数次的碰壁和失望之后，我终于明白，一个乡下人，要想在别人的城市、别人的土地上生根发芽，真的不是一件容易的事情。即便是像表叔那样，拥有一个简陋的暂时栖身之所，也需付出种种的艰辛与努力。我最初想到报社谋一份文字活。当我拿着表伯（他在城里当了一个乡亲们看来很大其实并不咋样的小官）的字条和自己的作品剪辑，找到报社领导时，他一面热情地接待我，一面却翻都不翻一下我的作品，只是一味地强调，几篇文章算不了什么，复旦大学新闻系的几个毕业生他都没有接收。之后我又跑了好几家工厂和公司，想做秘书或是广告文案，无一例外地，他们都是叫我回去等待那遥遥无期的消息。我知道，他们是为了不直接得罪表伯，想用拖的办法，来将我温柔地拒之门外。近一个月劳而无功的奔波，终于让我满腔的激情和十足的自信，慢慢地消融、淡去。我就像一个无家可归的孩子，漫无目的地漂泊在别人的屋檐下。

好在还有表叔的工棚接纳我。我像一尾受伤的鱼，泗游进自己的巢穴，成天封闭在工棚里，再不出去游荡。我在心底里暗暗决定，再等十天半月，如果还无好消息，就打道回府，继续到乡下去当我的娃娃头。现在，我什么都不想了，就在工棚好好睡上几天吧。

奇怪的是，那些天睡在工棚里，我竟然没有感到热，也没有感到气味难闻。我在慢慢融入到这个团体？我在渐渐喜欢上这个地方？走出工棚，我看到广袤的洞庭湖水天一色，气势恢宏，热烈的阳光，倾泻在远处的湖滩上，倾泻在湖滩的工友们身上，他们弓着腰，三五成群地在搬抬石头，用来修围堰，打基脚，砌码头。他们拼命劳作的身影，在蔚蓝的湖面和辽阔的天空这两个巨大的背景下，显得无比的卑微和渺小。他们就像阳光下的一群黑色蚂蚁，在手忙脚乱地抬运食物，为自己也为别人的生计忙碌。我的心中突然一颤，好像有一道闪电击中了自己的神经，我不由自主地往湖滩走去，我想走近他们，走进生活的深处，我隐约觉得，在这片湖滩地上，潜藏了我所需要的东西。我很快就找到了表叔他们的队伍，他们全都讶异我的到来，要我赶快回去，这里没有我需要掌握的技能，而且还有血吸虫。我微笑着在一块餐桌大小的麻石上蹲下，静静地看他们，看他们劳作。我第一次近距离地看到他们搬运的石头，竟然是那么硕大，那么坚硬。这些石头，大的有吨把重，小的也有几百斤，用千吨级的货船从外地拖来后，全部需要工友们凭一双手，卸载，砸小，抬运，垒砌。他们挥舞着磅锤，用力砸打石头，姿势像雕塑一般刚劲，粗笨的麻石，被他们的力量和汗水瓦解，分裂；他们熟练地用粗大的钢索，套牢笨重的石头，插进竹杠后，弓腰，起身，吆喝，行走，完美得一气呵成；他们赤裸着上身，汗流浃背，面对满地的石头，心中却似乎全无负重，一个个谈笑风生。是劳动，让他们沉醉与快乐……正在我欣赏他们的劳作并跃跃欲试地加入到他们的行列时，一个矮个子施工员找麻烦来了，呵斥他们没有按要求修筑围堰，要返工。他们群情激愤，据理力争，但最终看到事情不可能有转机时，又全都放下手头的事情，嘻嘻哈哈大笑着一齐去拆刚刚完工的围堰，那种心情的转折，轻松得就像从头再做一次游戏，他们似乎完全没有想到，刚刚凝固成不多的几张人民币的汗水，又将在更多汗水的浇灌下，化作泡影。我感到他们的坚强，比石头更加坚硬。我也感到自己的内心，是多么的柔弱。我决定放弃先前的想法，继续自己的追寻。

因了这次有意无意的深入，我很快就成了全体工友们信赖的朋友。

此前，我们虽然生活在同一个工棚，共同呼吸着浑浊的空气，但彼此总觉得是两个不同世界的人，他们对我客气、礼貌，但并不亲近，我对他们尊重、文明，但并不热情，我们之间，隔了一张无形的膜。现在，这张膜在渐渐地淡化，消融。他们不再是我眼中肮脏的民工，我也不再是他们心里神圣的文人，我和他们一起，敲着搪瓷钵子到民工食堂打饭，彼此挟食对方碗里的菜，表叔外出时，他们一个个抢着给我出餐票；我和他们一起，穿着短裤，打着赤膊，到港务局前面一条叫寒家湾的小街边，吃两元钱一盘的嗦螺，五元钱一盆的龙虾；我和他们一起，趿着拖鞋，到竹荫街去观夜景，呆头呆脑地东张西望；我和他们一起，躲躲闪闪，神神秘秘，瞒着表叔，到先锋路去看据说儿童不宜其实什么都没有的录像……是共同的地缘、境况和感受，将我们的心拉近，融为一体。在异乡，我们其实都是亲人。

与我接触最多的一名工友叫廖柏树。他比我大不了多少，但已在外面打工多年，小伙子不高，讲话有点轻微口吃，笑起来时，两个酒窝让他显得腼腆。每天下午，别人都下湖做事去了，他却躺在床上死睡，睡醒了就找正在看书或写作的我闲聊，讲一些奇奇怪怪的事情给我听：红船厂有一个光头，打桌球能一杆通吃，五块钱赌一局，一天能赚百把块；火车站的扒手有三大帮派，最大的是湖北帮，老大才 30 多一点；天岳山某发廊一个女子，漂亮得很，屁股上还纹了一朵红色的玫瑰花……他每天都不忘问我一声有没有好消息，有时甚至我无聊出去转了一圈回来，他都嚷着说是不是去面试了，他好像关心我胜过关心他自己，又好像生怕我找到工作后没人陪他度过空虚的下午。我问他为何做半天休息半天，他不屑地反问我，你听说哪个人靠抬石头发了财？又说不能让自己太吃亏，搞垮了身子不值，我还要做大事业呢。我问他的大事业是什么，他支支吾吾地说还没想好，但绝对不能一辈子都这样过。他说这话的时候，开始眼神有些迷茫，但最后却有一丝坚定在闪烁，那丝亮光，也像火石一样，在我的心中擦出许多火花。我感觉到这个工友们眼中好吃懒做的伙计，其实是一个不错的青年，他今后的人生，一定会有别于这个湖滩上绝大多数的劳动者。若干年后，我当初隐约的判断，果然变为现实，他在广东打工多年后，利用学到的技术，回家开了一家工厂，成了一个小有名气的老板。家乡的人都说他财运好，只有我知道，他的工厂，其实若干年前，就已在洞庭湖边的这个简陋工棚里，开始了最初的设计。

王三民是我特别记怀的一名工友。他是一名孤儿，与我同年，长得漆黑、寡瘦。两年前，他在洞庭湖边的这座城市流浪时，碰到了我表叔，是共同的乡音，让表叔收容了他。他是这个工棚里最早的一批住客，又是这个工棚里最边缘的一个人。由于力气小，没有人愿意和他搭配劳动，每次派工，都需表叔强行安排，小组的工头才勉强答应，但别人每天的工钱是 12 元，他却只有 8 元。大家基本上没把他当一个正常的劳力，甚至没把他当一个正常的人看待。他自己也确实有些不争气，每天早出晚归辛苦一天，人家都省吃俭用，想尽量多节余一些钱带回家，他却不把当天的工钱花光不睡觉。每天晚上，我都能听到他躺在床头念念有词地算账：早餐牛肉面一碗，一块五；中餐加蛋两个，两块；晚餐加啤酒一瓶，两块五；一块五，两块，两块五，哦嗬，还有两块啊，干脆吃掉算了。一会他就用餐票（工地上通用的货币）从小卖部换来一瓶啤酒两个饼，照例是他自己吃一个，丢一个给我。吃完了，他总是一副很享受的样子，说一句“今天又了结了！”后，倒头便睡。我疑心是多年的流浪，让他形成了怕饿肚子的心理，养成了只管今天不管明天的习惯。工友们最初都很同情他，慢慢地便瞧不起他了，觉得他是一坨糊不上壁的泻泥巴。但后来发生的一件事，却改变了大家对他的看法。那是一个月黑风高的夜半，我们被工棚外边湖滩上一阵激烈的打斗和高声的叫唤吵醒，跑去一看，王三民被人打得满身血迹，躺在泥地上痛苦地呻吟，几个黑衣人，瞬间消失在寒家湾昏黄的灯影里。原来是王三民起来到湖滩上大便时，碰到几个来偷钢筋的躁子。躁子要王三民带路去找港务局的建材仓库，合伙干。王三民不从，躁子便打，打一阵又逼他，仍是不肯，再打，还是不肯，一直打得他死去活来，仍是不肯。王三民哭泣着对工友们说，我讨饭时都没做过贼，现在有吃有住的，怎么还能去偷东西？我从小没有家，现在工棚就是我的家，我不能做对不起家里人的事啊！看到蜷作一团的王三民，许多工友都难过极了，大家都感到，这个瘦弱的青年，其实是工棚里的一条好汉，他的脊梁骨，与湖滩上的石头一样硬。

还有刘湘金，我也想说说他。他是刘蛮子的亲弟弟，也是我的亲表叔，不过在工地上，他并没有任何的特殊，同工友们一样，他每天早出晚归，从船上下沙石，到湖里抬石头，吃一元钱一餐的民工食堂，睡几个人挤一块的破木床。他是工友里面力气最大的一个，百斤重一袋的水泥，他一次能扛两袋；他也是工友里面负担最重的一个，他从老家跑到这里来做事时，他的第四个女儿刚好满一岁。他不吸烟，不喝酒，不打牌，把积攒下来的工钱，一分一分地寄回老家。他也很关心我找工作的事，每天收工后，都不忘问我一声最新的情况，看到我总是摇头，他也摇头，你最主要的是多读了那么一点点书，一点点！从他说这话的表情来看，我弄不清他是在嘲笑我还是在嘲笑他自己，是在景仰知识还是在蔑视知识。他的这句话，让我想了很久，很多。这句话，他后来又跟我说过两次。一次是我帮港务局一名职工写了一份检讨，对方送了我两包湘南烟，刘湘金知道后，硬是找那名职工给我要来了一条软白沙。给烟我时，他淡淡地说，你最主要的是多读了那么一点点书。另一次是我对找工作失去信心，想到工地上劳动攒钱时，他坚决不同意，斩钉截铁地对我说，你最主要的是多读了那么一点点书。我总算明白了，这个力气过人的乡下汉子，是在用他特别的表述方式，提醒我要看重和正视自己，不要自我作践，不要轻言放弃。他的话让我感到，在这个工棚里，我比任何一个人，都有着更重的责任和更多的担当，原因就是，我比他们“多读了那么一点点书”。顺便说一句，若干年后的今天，刘湘金的四个女儿，全部都考上了重点大学，大女儿毕业后，在深圳从事涉外翻译，月薪过万。他用他一个人的力气，和“多读一点点书”的力量，彻底改变了他的后代和他自己的命运。

还有表叔刘蛮子，还有老乡丘国保、李东军、黄建明、李样华、彭河清……我都很想在这里说说他们，但是这篇文章的容量，已不允许我再啰嗦下去，我只能暂且打住，把他们一一收藏进自己的记忆。事实上，这么多年来，他们的身影，总是不断地在我的眼前闪现，他们从来都没有离开过我的内心。这些真实的、灰暗的、杂乱的、斑驳的身影，组合成一部原生态的黑白纪录片，一下就将我的心牢牢抓住，将我带进往昔的烟尘，带进生活的深处，带进无尽的思索。我不是这部纪录片的观众，我是隐藏在它背后的一个角色，每一次看见他们，都会让我用心思考：下一步，我该如何审慎、稳妥地出场？

还是回到我求职的事上来吧。日子在洞庭湖上浮起又落下，落下又浮起，转眼之间，就到8月底了。父亲从老家打来电话，说乡文办给他最后通牒了，问我到底还回不回去教书，如果不想回去，就干脆辞职。面对久觅不着，像湖上的烟雾一样缥缈的工作，我犹豫起来，动摇起来。两个月的努力、等待与失望，让我感到自己的苍白与无力，我想，也许是命中注定，我这辈子可能真的只能做一个默默无闻的乡村教师了。既然如此，那么，就坐明天的早班车回家吧。我把自己的想法告诉表叔，他非常坚决地劝我，既然出来了，就不要往回走。工友们也一致反对，他们七嘴八舌地说，你在乡下教小学，无非是混口饭吃，混口饭吃还不容易，我们一没文化，二没技术，不照样能在城里混到饭，何况你还读过书，教过书，会写文章呢。他们那一脸的乐观，那真诚的鼓励，又让我冰凉的心，慢慢地复苏，变热。

我没有坐早班车回家，我成了无业的游民。每天上午，我带着自己的作品和希望，穿街走巷，找寻工作；每天下午，我又拖着疲惫的脚步，心情沉重地回到工棚。听我讲述一天的经历，成了工友们每晚的期待。昏黄的电灯，拥堵的空间，劳苦的脸庞，迷蒙的未来，让我的心一天比一天焦灼，我越来越觉得，我寄生在这个工棚里，不劳而获地吸食着表叔他们的血汗，实在是一件太不道德的事情。迷茫、焦灼、无助、自责，像一只只沉重的磅锤，每夜每夜都在砸打我的心。工友们看出了我的心思，除了不断地鼓励我外，都纷纷表示，不要担心吃饭的问题，我们每天多抬几个石头就是了。廖柏树甚至还提出，他愿拿出工钱，到梅溪桥去进一些打火机之类的小商品，陪我去摆摊。

我来城里的目的当然不是为了摆摊。我决定厚着脸皮再去找一次报社。在我纠缠了半天之后，报社领导一边走出办公室，一边指着电梯门口摆放的痰盂对我说，这样吧，我们这里还差一个清洁工，如果你不嫌弃，明天就来倒痰盂吧。工友们听完我的讲述，一个个激愤不已，说领导太欺负人了，你好歹也是一个人民教师，怎么能让你去做这种事呢？我自己反倒很平静，一来是残酷的现实已容不得我挑三拣四，二来是契合了我想进新闻单位的情结，三来是我并不觉得领导是在欺负人，他有他的难处。我甚至还想，就算是倒痰盂，也要比在其他单位更加接近我热爱的文字。觉察到我的意图后，丘国保，这个瘦高的汉子，从床上弹了起来，二话没说，拉起我的手就往湖滩上走。我不知他要干什么，一脸疑惑地望着他。他用手电照着一个石头问我，这块石头有什么不同？这块石头，正是我每次到湖滩上看他们劳动时蹲在上面的那块，平整，方正，硬实。丘国保说，这块石头比一般的石头都要规则，是块砌码头的好材料，可是它丢在这里很久了，我们一直没用它，不是它没有用，而是现在没有适合它的位置，我们要把它留着砌码头最上面的那一层，那里才能体现它与众不同的价值。如果把它砌了基脚，那就埋没了一块好材料。你现在就是这块石头，你懂不懂！丘国保的话让我猛然惊醒，我虽然不觉得自己是一块特别优秀的材料，但内心深处还是自视甚高，倒痰盂尽管不是一件什么见不得人的事情，但于我来说，确实是有些不合适，也体现不了自己应有的价值。这时，我又想起廖柏树的话，想起刘湘金的话，我感到一个人确实不应当随随便便去处置自己的人生，而是应当努力地去找寻适合自己的位置。感谢丘国保，是他，在这个黑暗的夜晚，用一只手电，照亮了我的道路；是他，在这个旷阔的湖滩，把一块石头和一只痰盂，牢固地垒砌进我的内心。这么多年来，这块石头和这只痰盂，一直都在警示着我的人生。离开工棚后的第七年，我成了省城一家报社的记者，五年后，我又从省城回到洞庭湖边的这座城市，体面地成了我最初求职的那家报社的一名员工，并主编着其旗下的一份子报。没有人知道，我为什么要从大城市跑回这个小地方，只有我内心深处那只盛满辛酸的痰盂，才真正明白我的心思。如今，我每天都在报社拼命工作，而且不近人情地要求我的部属，也像我一样拼命，有时因了他们的失职与失误，我会把他们一个个骂得狗血淋头。如果他们有机会读到我的这篇文章，我希望他们能理解我的一片苦心——如果不努力，那么，我们就只有倒痰盂的份了。

我绕开了报社的痰盂，但我绕不开无奈的现实。就在我快要崩溃的时候，好消息终于来了。一个表伯曾打过招呼的股份制大公司老总，从俄罗斯出差回来了，他约我去见面。第二天一大早，当我和表叔赶到老总的别墅时，他还没有起床。他在卧室里接待了我。简单地问了一下我的情况，翻了翻我的作品后，老总说，你到楼下去写一个东西，谈谈你为什么要到我公司来工作。我现在马上要去公司开会，一个小时后，我派司机来接你。我正要下楼时，他又说，你表伯帮了我不少忙，我很感谢他，但我在乎的是你个人的能力，希望你把稿子写好。我紧张地坐在桌子前，脑子里一片空白，写什么呢？对他个人，我毫不了解，对他的公司，我一无所知，我眼前交替出现的，是布满湖滩的石头，工友们劳作的身影，还有我在工棚的日日夜夜。那么，就写写坚硬的石头，写写艰苦的民工，写写辛酸的求职，写写我们的生活和渴望吧！我铺开稿纸，文字像暴雨般地倾泻下来，那里面，有我的眼泪，有工友们的汗珠，有我内心的呼喊……直到老总派来接我的凌志轿车，在门外长长地叫起喇叭时，我才发现，短短的一个小时内，我竟然写了将近2000字，要命的是，写了这么多，我居然还没有提到他的公司。我赶紧在稿子的最后加上一句：希望公司能给我这块饱经风雨的石头，提供一个适合的位置，我相信，有我的加入，公司的事业大厦，必将更加坚牢。我将这个四不像的求职报告交给老总时，他正在主持董事会。我忐忑不安地站在会议室的外面，等待他的宣判。我估计，这次求职，肯定又是一场伤心的回忆。出乎意料的是，几分钟后，老总把我叫进会议室，当着全体董事的面宣布，从现在开始，我就是他的秘书了。走出会议室，我的眼里噙满泪水，我抬头望天，发现天空阳光灿烂，明净如洗，我的心里一片温暖。

我就要离开码头上的工棚了。离去的前一个晚上，工友们提前收工，在寒家湾的一个大排档里，凑钱请我吃了一顿丰盛的晚餐。表叔说，工棚就是你在城里的家，想来就来吧。丘国保说，如果在那里做得不开心，千万别委屈自己，告诉我们，大家再帮你想办法。廖柏树说，一定要常回来哦，我还有好多故事要跟你讲……望着眼前这些与我朝夕相处了整整三个月的兄弟们，望着夜色中熟悉的码头和工棚，泪水又一次蒙眬了我的双眼。

当我再一次回到工棚时，已是腊月二十四。这一天，是农历的小年，我特意向老总请假从长沙跑来，来看望我的亲人。到公司后，我一天到晚跟着老总东奔西走，北京，长沙，上海，南宁，广州，飞来飞去，找项目，谈合作，写材料，总有忙不完的事。尽管我时时在想念着工棚，想念着工棚里的兄弟，但人在江湖，身不由己，我只能把思念压缩到内心的最深处。今天，我看望他们来了，我向他们感恩来了，我带来了厚厚的一叠钞票，我要在寒家湾最好的酒店宴请他们。但当我熟稔地走进工棚时，往昔热闹的房间里空无一人，一片狼藉。正在我感到讶异时，我发现灰白的墙面上，用黑炭粗粗地写了一排字：脊梁，码头完工了，我们已回老家。你一个人在城里，要多保重！我痴痴地望着这排字，发呆。我的心，不禁又酸酸涩涩起来。

……

一晃很多年就过去了。这么多年里，我不知到这个码头上来过多少次。我带女朋友来过，带妻子来过，带儿子来过，当然更多的是独自一人来。我不知自己到底为什么要来这里。这个地方，早已没有我的一个熟人，我是来追忆什么？还是来找寻什么？我只知道，每当我站在这个用千千万万块石头垒砌而成的高大码头上时，眼前浮现的那群身影，还有脚下的这些石头，就会迸发出一种力量，让我瞬间变得坚强。我常常调整好身姿，背向码头，重新出发。

（《广西文学》2012 年第 3 期）

一座城市的时间之门

老街道

这些年，我总是莫名其妙地想起洞庭老街，想起洞庭老街上的诸位先生。

洞庭老街在岳阳。岳阳是一座有些古味、也有些文味的城市，而洞庭老街偏偏又弯在这座古城的旧城区——沿着洞庭湖，挨着慈氏塔，傍着岳阳楼——因而越发地显得古老起来，文化起来。

洞庭老街不宽，街道两边的房舍也不高，多是两层的小楼，砌着青砖，盖着鱼鳞瓦，铺着木楼板。沿着木楼梯爬上楼，木楼板踩得噔噔直响，推开雕花的木格窗棂，伸手就能摸着街边粗老的香樟或是梧桐的枝叶。木楼的临街层虽说都做了店铺，但干得多是些高雅的营生——开中药店的叫杏林堂，卖茶叶的叫君山茶庄，开书店的叫万卷书社。街上来往的人虽不穿长衫，但大都显得斯文，他们多是千里迢迢赶来朝拜岳阳楼的文化人。而街道两边平平仄仄、曲曲折折的青石板巷廊，更是让人踩出一种淡远和闲适。

洞庭老街真是一个修身养性的好去处，洞庭湖的博大，岳阳楼的高远，慈氏塔的安宁，旧木楼的朴质，青石板的古旧，茶庄的清气，药号的淡香，都会让人变得随意、从容。我喜欢这个地方，我怀念这个地方——我曾在街边的一栋古旧楼房里，生息了几近三年。

那楼旧房紧挨着中医院，往北走数步，是一条铺着青石板的幽深小巷，再往北走数步，便是岳阳楼了。这栋房子不是我的，我只不过是租住它的一个过客。我住的这间房子是临街的一个门面，白天，我就守着三尺柜台，卖些经史子集，再就是喝茶，读书；晚上，我就躺在简陋的阁楼上，谛听隐隐的洞庭风涛，再就是喝茶，读书。那些年，我的脚步很少走出洞庭老街。

我的书店叫万卷书社，书是没有一万卷的，生意也清淡，有时我安静地读完厚厚的一本古书，还没有一个顾客敲着玻璃柜台提醒我收钱。我有点急，也有点不急，急的是明天又要喝粥，不急的是店里还有好多书我没品读，有的是事做。

下雨的日子，我就把店子交给喜欢诗歌的女友去打理，自己则挟一把油纸伞，沿着平平仄仄的青石板路访友去了。那时节，我的朋友不多，且都住在附近。往北走两步，拐进一条小巷，再拐一个弯，一间黑不溜秋的平房里住的是精通数门外语的易先生；往北走两步，穿过街道，爬上四楼，开门的是写散文的朱先生；进岳阳楼公园，派出所里有写诗的极先生，蜡像馆里有写小说的邹先生；往东走两步，进一个大院，穿过一片草地，烟砖旧楼里住的是藏书甚丰的丁先生。我就是在拜访诸位先生当中，打发闲暇的时间，充实自己的生活，营养自己的精神。

易先生那时节只怕快八十岁了吧。每次开门他便问我，日文学得怎样了？我总答，正在用功。他便高兴地说，那好，那好。其实我并不十分用功，到他那里去，也并不是为了请教日文，而是想看他说了多次但一直没有见着的宋版线装书。我们坐着烤火，喝茶，然后就谈到线装书，易先生却说，学通了日文再来看吧。我一直没有学通，所以一直无缘看到。

朱先生那里我去得多，他总是那么的热情。才坐下，他便开始背诵自己新近创作的散文片段。背完他不忘问我：好吗？好。我答。他便更加热情起来。不过后来他终于看出了一点问题：你每次都说好，莫非我的水平快赶上范仲淹了？我笑答：只差一点，只差一点。他便会心地笑起来，呵呵，呵呵……

丁先生是一个沉默的人。这个新中国成立前从清华园出来的老先生，读了很多的书，也藏了很多的书。敲开他的木门，他说，来了。我答，来了。之后便没有更多的话讲。他用紫砂壶沏龙井给我喝，他自己却不喝，舍不得。我细细地喝一口，他便微笑着点一点头。我又细细地喝一口，他又微笑着点一点头——一切内涵均在那淡淡的茶香和微微的笑意中。

先生们也偶尔到我的书店中来，不问生意好坏，只问又读了些什么书，做了些什么文章。我无奈地告知：总是下雨，生意不好，心情也就忧郁，读不进正书，做不出好文章。先生们便感慨：世风日下啊，世风日下啊，这么多好书怎么就没人买呢？但走时，又不忘叮嘱我，书还是要读，文章还是要做。我点头，目前他们的身影渐行渐远，眼里有一种酸楚，心中有一片温暖。

阳光和煦，照着洞庭老街，照着我的万卷书社，照着书社里长长短短厚厚薄薄的书，也照着我有些忧郁的心空。我听从了先生们的忠告，静下心来读书，读书，再读书，终于把书店里所有的书都读完了，当然也差不多把书店的本赔光了。但我那时并没有十分的后悔，我想，我输了金钱，但赢了知识，而且还感受到了什么叫平和，什么叫淡远，什么叫真情，这些并不是任何人拿几万元钱想买来就能买来的东西。

后来，我在岳阳的新城区有了一套完全属于自己的房子，平时没事很少到洞庭老街去，之后又为了生计、为了理想四处奔波，离洞庭老街是越来越远了。而洞庭老街的诸位先生，同样也离我渐来渐远：丁先生已于三年前作古，我送了他一个花圈；易先生房子被岳阳楼管理处征收，不知所终；朱先生退休之后应聘到外地任教，音讯全无；漆先生还在岳阳，不过换了单位，家搬走了，电话也变了；邹先生四海为家，行踪不定。而我，现在则离妻别儿，远在长沙，孤身一人，守着一盏清灯，面对四壁空墙，在把那熟稔的洞庭老街细细思量。老街也许依旧，人事却已全非，想来真叫人愁从中来。

如若有缘，我真想约请诸位先生坐到岳阳楼下，煮一壶清茶，来细细品味人生淡淡的幽香，淡淡的忧伤……

破房子

那地方，原本是有名字的。但叫什么来着，我又忘了——都是好几年前的事了，谁还记得那么清呢？何况，打搬到那里起，我就没用心去记过它的名字。我一直自作主张地唤它为学府山，原因是山下有一所大学，我觉得这么叫来显得文气些。

山不大，也不高，长满了桃树，当然也间杂着伸出些苦栎、马尾松和香樟的枝叶。山腰的树隙间，藏了一粒屋舍。两层，八间。房东住两间，余下的全出租了。我租住在一楼紧挨山壁的一间，晚上起来小解相当方便。

这栋房子只怕有了些年纪吧？虽是红砖构就，但四壁却黑不溜秋、洞隙丛生，不但没有粉刷，连砖缝间刮的泥浆都不甚饱满，俨然就是一个工棚。加上屋舍周侧古树参天，荫翳蔽日，房里光线极是暗淡，整栋房子于是愈加显得破败残落。我曾问房东，为何不装修一下？这么好的地方，能租大价钱。房东一脸神秘，还劳神做啥，马上就要征收了。这样的住所，一般人自然是看不上眼的，租居者多为引车卖浆者流。

我原本也是不愿来此屈居的，但因了此处离我现在的妻子当初的女友家较近，便于约会，也就凑合着住了下来。没想到我这一住便是两年有余，到我买了新房搬家时，我竟对这地方恋恋不舍起来。

这地方最大的一个好处便是静。我原本就是一个沉默的人，这里的环境正好吻合了我的秉性。每到夜晚，我便早早地关好门窗，躺靠到那张也不知到底都睡过一些什么人的破木板床上，读一些无聊或有趣的文字。有时也做点文章，写几行诗。但总是做不好。书读累了，文章也写不出来时，我就找几张旧报纸铺在地上，跪着练贾平凹的字。贾氏的字不好，但有灵气，有文气，我喜欢。

房客我都不熟，至于干何营生，那就更是不甚了了。但猜得出来，他们都是早出晚归的下苦人。不过也有例外的，是一个女孩，住在我房子过去的第三间，她一般白天睡觉，晚上活动。房东悄悄跟我说，这女子白天蛮丑，晚上倒妖艳，只怕有些问题，莫不是坐台的？我说，也许是吧，管她作甚？

房东是一个半老男人，无业，靠几间旧房养活一家老小。他对我的寡言很恼火，常说，读了这么多书，却说这么少的话，真是可惜了。好在他终究知晓了我是个老实人，以后也就不再与我交流张三长李四短的。我暗暗谢他。

女友并不常来，担心家人发现。找个借口溜来了，帮我整理好床铺衣物后，稍稍温存一番便匆匆赶回去交差。我倒也不留恋，反正，她已是我煮熟的鸭子，飞不了。她不来，我正好用心地去修行。

这真是一个修行的宝地。打搬到这里起，我便差不多在同事们、朋友们的视线中消失了——我不敢告诉他们我住在这破地方，更不敢把他们带到这里来打牌喝酒。极度的虚荣和极度的自卑把我的心灵孤独地囚禁在这片荒山野岭上，在这样的境况里，我除了修行自己的心性外，还能做些什么呢?

屋后的小山是我爱去的地方。有一条小径，曲曲折折地爬到林子的深处。在有星子和月亮的夜晚，我常不急不慢地到这里散步、参禅。林子里很寂，我的心也很寂。但当我踱到山顶，望着山脚校园里通明的灯火时，心又热了起来，于是赶紧跑下山，关上房门，就着微暗的青灯，读起厚重的黄卷……

我在学府山住了两年零三个月，读了百十本书，做了百十篇文章。我的新房装修完毕后，女友便催我赶快搬过去。我说，不急，不急，待油漆味散尽后再去也不迟，今后要享受到这样的清气可难了哦。

果然如此。自从我拥有了自己的房子后，我便变得慵懒起来，许多宝贵的时光，都在无聊的俗事中打发掉了。我想，学府山上的那段时光，可能是我人生中最为丰富和厚实的章节了，尽管，当时我过得很清贫，活得很孤独。

我搬家后再也没上过学府山，甚至羞于向人提起那段尴尬的往事。前不久，我终于耐不住对往昔的怀念，带着妻儿上山看房东去了。山上的屋舍还在，木床还在，甚至连我贴在房内的书法也在，一切都是旧模样。我问房东，怎么还没征收？他笑笑，不急，不急。然后摸着我儿子的头问，几岁了？我答，九岁多。房东说，日子过得真快。我说，真的是快。

旧工厂

当年的岳州之野，是一片杂草丛生的荒芜之地，除了几粒等待拆迁的农舍，蓬蒿深处，只藏有一个不大不小的工厂和若干饿得寡瘦的鸟雀。我从长满庄稼的平江山地，坐了好几个小时的汽车赶到这里来报到时，初秋的太阳已快掉进西边的洞庭湖中了，那暗黄无力的余光，把我的影子耀得瘦长瘦长。19岁的我独自一人走在这片旷野上，心中竟有了一种孤单和苍凉的感觉。野地上，推土机推出了一条土路，路两边丛生的野菊，正清寂地盛开，微寒的晚风吹过，它们便齐刷刷地左右扭动，似是对我表示欢迎，更像在向我摇头。我的心中不由愈加地寒凉起来，但我别无选择，只能沿着这条高低不平的路往前走。荒野里的这座工厂，注定要成为我生命中不可绕开的一个劫数。

这是一家挂靠在某行政单位的私营企业，我来到这里的时候，据说建厂近8年了，怪不得院子里已显现出一些破败的景象来。但工厂里的上百号人马，从老板到炊事员此时却个个豪情万丈，原因是这片沉寂的郊野将变成火热的开发区，工厂将与一国有大企业联合组建股份有限公司。几十名招聘员工和七八名应届大中专毕业生，因此得以融入这家工厂，我是这些人中的一名。

在同事们羡慕的目光中，我毫无悬念地成了老板的随身秘书，帮他提包，埋单，写材料。此后的五年时间里，我差不多天天在重复着同样的劳动，修炼到后来，我可以30分钟给他写一篇千把字的讲话稿，一个晚上炮制出一篇七八千字的可行性分析报告。在工厂，我的材料和老板的脾气同样著名。

老板常骂我，骂得我狗血淋头，找不着北，欲哭无泪。我到现在还在想，当初他骂我时，为什么没想到离开？是留恋那份工作，还是钟情那份事业？我想都不是，根本的原因是我还不懂人生的滋味，不知生活的深浅，懵懵懂懂，只知跌跌撞撞地前行。因而挨骂之后，又非常自觉地回到办公桌前，继续给他创作那些天花乱坠的文字。我的青春与才华，就这样毫不吝惜地挥洒到了这片荒野之地。

但后来我竟然恋上了这片野地——我的友情、爱情和理想，都在这里蓬勃生长。由于工厂远离市区，职工们又都住在一个院子里，因而大家可谓是真正的朝夕相处。每到傍晚，我们便相约着出去散步，看蓬蒿满地，听鸡鸣狗吠，有时也到农户开的小店中去炒几个菜，光着膀子喝啤酒。在这种纯净、朴质、乡土的氛围中，是谁也不会虚伪、做作的。友情的种子，在乡风的吹拂下，渐渐就生根发芽了。在此后的若干年里，我换了几个单位，结交了很多的朋友，但其中最贴心的朋友，仍大都是从这里走出的。直到今天，我们还亲如兄弟。也就是在这片野地上，我找到了自己的爱情，一个在车间操作微机的女孩，陪她在月下散了若干次步后，她终于投入了我的怀抱，并最终成为了我的妻子。我爱情的代价，委实是廉价和划算。还是在这片野地上，我的文学梦越做越大，在最初连有线电视都没开通的工厂里，寂静的长夜对于一个热爱文学的青年来说，无疑充满了营养，多少个夜晚，我就躲在自己的小房间里，蘸着月光，餐着清风，写下了一篇又一篇长长短短的文字……

一晃，我就在工厂生息了5年，一晃，工厂便扩大了好几倍，一晃，野地便开发得热火朝天起来。就在我们对未来无限憧憬时，坏消息却一个接一个传来。先是说工厂投资过多，运作艰难，要裁员减薪；后来又说银行逼着还贷；再后来确切消息来了，是一家大企业要全盘收购工厂。四十来岁的老板仿佛一夜之间苍老了许多，那一阵子他天天找人谈话，谈完话就请吃最后的晚餐，之后走人。我一直在等他与我谈话，但好几天他没找我，而且破天荒地一周没骂我。直到对方人马要进驻的前一天，他才对我说，把厂里的文件找出来，重要的大材料你想留就留下吧，今后找工作也许能证明你的能力，其余的全烧掉。我把早已准备好的材料搬了出来，加起来大约有两个我高，但我一份也没留，我想，这些玩意对一个曾经年产值过亿元的工厂都毫无用处了，它又能证明一个24岁青年的什么呢？我与老板蹲在垃圾堆前，一份接一份地烧，我们都没说话，我们的心都在隐隐作痛，我5年的青春和心血就这样在火光中灰飞烟灭……

走的时候，老板执意要用他曾经引以为荣的奔驰600送我。上车时，我最后一次回望我的工厂，我看到昔日机器轰鸣人来人往的厂区一片死寂，连偷食的鸟雀都不见一只；我看到我起草的厂规厂训仍写在办公楼的墙上，字影朦胧；我还看到我栽的一株广玉兰，枝叶已伸出了围墙；而西天的太阳，又一次把我的身影扯得瘦长瘦长，我莫名其妙地竟想起了5年前那个不祥的傍晚。

离开工厂后，为了生计，我一直在外奔波，七八年了，一直都未回去过，每次坐车经过那里，我都要把头伸出窗外，遥遥地望它。那栋当年我曾挑过基脚泥土的七层楼厂房，如今仍在，楼顶上那块阔大的厂标，仍在阳光下熠熠生辉，不过已不是原来的名字。对工厂，我有着一种说不清的感伤。如果说老家是我生命的起点，那么工厂就是我事业与独立生活的起点，它们对我的人生，都有着无可替代的重要意义。我既对工厂充满了感激，又充满了怨恨，当初那不短不长的5年时光，已永远地融入了我的血脉与生命之中。

前段时间，因为公干，我去了一趟工厂。如今的工厂已成了新城区的一部分，门前还建了一个大批发市场，整天人欢车叫，热闹得不行。我熟门熟路地跨进厂门，门卫却拦住我，盘问了半天，又登记了一番，才得以入内。厂里的景象跟多年前比并无大的改变，但我昔日的同事们，如今却天各一方了。厂里依然人来人往，但没有一个是我认识的。匆匆办完公事，我便离开了这个万分熟悉的陌生之地。在我的脚步刚跨出厂门的瞬间，年轻的门卫便砰的一声把铁门重重关上了。我的心不由得一颤：这里属于我的记忆和时代早已终结，时间之门已将一切都关进了历史，而一个新的轮回，又在我的面前慢慢开始。

（《鹿鸣》2016年第三期）

若干年前的体温

那时节，我们都年轻，年轻得让现在依然年轻的我，生长出许多的思路和无限的羡慕。我很少去刻意回想当年的样子，但那些浓浓淡淡的时光碎片，总是很自然地闪现在我的眼前，比如：在我独自一人枯坐书房时，在走过某个熟悉的路口时，在看到某个人的名字时……我不知这是不是叫怀旧。我想我还应当没到那样的年龄。也许，人生原本就是如此，一个阶段的生活，经过时间的剪辑之后，慢慢就定格成一些永恒的镜头，储存到记忆的深处了。只要心灵的电源一接通，这些记录就会瞬间鲜活生动起来，断断续续地演绎出一部完整的人生。

1998年前后的时候，岳阳的温度似乎比现在要高。当然这只是我的个人感觉，事实上，据说全球的温度都在逐年上升，岳阳这个地方，怎么又能例外呢？可那几年，我真的不感到冷，我的头顶上，好像永远燃烧着一轮不灭的太阳，明亮，火红，耀眼。冬天里，我从来没有穿过棉袄，我不多的几个朋友，也都没有穿过棉袄。我们感到温暖，火热，血脉偾张。

当荣是一个比我更不怕冷的人，我疑心是他小我一岁的原因——年龄越小体温（激情）越高，这话我现在是越来越相信了。瘦高的他，隆冬里常穿一件洋气的黑衣服，单薄，紧身，闪闪发光，俨然是一个赶场子的舞男。他常像幽灵一样，夹着一个时髦的皮包（其实里面装着他写的几首破诗，几篇小小说），带着满脸络腮胡子的忠应（若干年后的今天他反倒把胡子刮得干干净净），出现在我的办公室。有时我正枯坐着无事，便和他们海阔天空地神聊；有时我正在写材料，他们就强行把我的纸和笔收起，要我向领导谎报军情，称去图书馆查资料，然后与他们漫无目的地满城乱跑；有时我在隔壁开会做记录，他们便落落大方地在我办公室坐下喝茶，天花乱坠地胡扯，声情并茂地背诵自己写的爱情诗，把我的女同事骗得一愣一愣……他们有时一天来一次，有时来两三次，偶尔没来，连女同事都觉得怪异。来的次数一多，领导终于有意见了，他把我喊到办公室，狠狠地训了一顿。可这并没能阻断我们兄弟的粘连，他们照来不误，我也照出不误。我豪迈地对他们说：工作与我们的事业相比，算个卵！一副随时准备牺牲的样子。真是勇敢啊，若干年后的今天，领导一句拐弯抹角的指责，便能把我吓得屁滚尿流，当年怎么就敢如此藐视令人生畏的权威呢？

我们“神圣的事业”是文学。是我如今害怕谈论甚或是羞于谈论的话题。我们写诗，写散文，写小说，写一切能够发表的文字。文学几乎成了我们的日常生活，我们充满激情地想把它做大，把我们卑微的人生做大。我们不敢想象，如果没有文学，我们的生活会是多么暗淡和寒冷。

当荣在龙柱子附近租住的房子，是我们待得最多的地方，熟稔得就像自己的老家。上楼，进门，两室一厅，昏暗，陈旧，拥挤，浓浓的煤球味，淡淡的霉湿气，斑驳的旧家具，慈祥的老母亲，让我们亲切而又压抑。他母亲睡客厅，开夜班的士的弟弟睡进门第一间，与阳台连通的那间，则是他和小瑰的乐土。我们坐在他窄小的床上破旧的藤椅上没靠背的板凳上，通宵达旦地谈论文学，常常快到天亮时才横七竖八地挤在床上地板上睡下。我，当荣，忠应，宗福，还有一位如今做了某部门领导的诗人，曾多次在这间房子里正儿八经地举行会议，想把大家的作品，用一个共同的笔名，像导弹一样向外发射，以改变步枪式单兵作战的威力。当荣的女友小瑰很友善，我们一去，她便很自觉地去买西瓜、葡萄或是瓜子，然后夸张地吻一下当荣，把时空大方地留给我们，自己则回娘家睡去了。小瑰不丑，爱笑，跟着当荣好多年了，但我总是担忧他们的爱情，我觉得当荣对文学的热情甚于对小瑰的热情。几年之后，我的这种担忧果然变成了现实，我不知小瑰当时哭了没有，我想她应当痛痛快快哭一场的，把自己哭成一枝梨花春带雨！可我一想起小瑰，眼前浮现的总是她灿烂而甜美的笑。多好的女孩子啊，多善良的女孩子啊，是虚幻的文学，射杀了她坚贞的爱情！

我的爱情也与文学一同前行，像两条并行在原始森林里的河流，明明暗暗，缠缠绵绵，时隐时现，时分时合。我到现在都没弄明白，到底是我的文字征服了爱情，还是爱情成就了我的文学。我不知疲倦地写着长长短短的句子，奉献给我心仪的女孩，女孩的似水柔情，又让我激情万丈地创作出更多的篇章。那些年，我真的单纯得只剩下爱情与文学。但方块文字的营养不良，终究滋润不了爱情的健康成长，在迷离的幻影一个个被现实击成碎片后，几分几合的爱情，终于顺江而下，漂流到了千里之外的上海。我大病一场，在文友的搀扶下，一次次到公用电话亭打女孩的传呼，一次次与她沪上的有钱舅舅套近乎，但这一切，都无济于事，远去的航船，总是不见回归最初的渡口。我死心了，我单纯的生活，如今就只剩下唯一的文字了。我想我只有写出更多的文字，才能填满虚空的日子和坍塌的感情，可提起笔来，女孩的身影又让我一次次追逐，蓝墨水里流出的思想，最终化作了一行行哀艳的诗句。我一首一首地写，一首一首地发，甚至还在女孩站在南湖雕像边的照片后，写下了如今读来让我肉麻不已的文字："你匆匆地远去 / 连我的祝福都忘了捎带 / 只把一双忧郁的眸子 / 写在南湖 / 让我负疚的心灵 / 不忍卒读　也不知 / 今夜的黄浦江边 / 你站成了一个怎样的姿势 / 我只是想 / 此后的千年 / 你将一如你身后的石雕 / 在我的心间永远坚固 / 而我凄清的泪水 / 更是夜夜把你打湿 / 漉漉的思念 / 万年不干"，然后把这些印成铅字的诗句，要她的妹妹带往上海。一周之后，女孩便带着她的泪水和我的诗歌，回到了岳阳。如今，女孩已成了我的女人，成了我儿子的妈妈。我想，我比小瑰要幸运，文学，拯救了我的爱情；而我的女人，却没有小瑰幸运，文学，断送了她一生的富贵。

文学和爱情，就像两朵摇曳在山谷中的花蕾，充满了神秘和吸引，她们都需要温度和激情的持久呵护，才能灿放出绚丽的风景。而那些年，我们虽然生活得很穷，但我们不乏火热的温度和满腔的激情。尤其是对于文学。当年的好些句子，我至今仍能触摸到它的体温。

我租住的房子在一座小山的半腰，两层，八间，房东住两间，余下的全出租给一群来历不明的家伙。我住一楼最东边那间，窗外是一株枝叶繁茂的香樟，豪强地霸占了一方云天，阳光费尽了周折，直到中午才畏畏缩缩地漏下几片斑斑驳驳的光影。就是在这间大晴天也须开灯的房间里，我不知疲倦地把一个个方块文字，从我的心原深处，追赶到稿纸的方格里列队集结。我曾一天时间写过四篇千字散文，晚上兴趣不减，又连写了三个小小说，第二天上午居然还一边打吊针，一边修改稿子。我这样玩命地写作，根本没有谁拿鞭子在背后抽我，一切都是我自愿。我感到自己有说话的冲动，我感到写完后浑身愉悦。如果不把这些魔鬼一样的文字排泄出来，我的体内便燥热难耐。在一个也很燥热的夏夜，我，当荣，忠应，还有宗福，四人坐在金鹗山顶，听当荣讲他苦难的经历。黑暗把我们紧紧压缩，除了当荣低沉而感伤的声音，四周一片死寂；山风像一把锥子，艰难地撬开令人窒息的沉闷，刚让人呼出一脉感叹，又瞬间抽走；几只萤火虫，围着我们在高高低低地飞，像野鬼们一双双诡秘的目光，在窥视我们的人生。我们差点把夜都要坐穿才回去。回去之后，我感到周身发热，毫无睡意，文字像雨点一般，打落在昏黄的台灯下。第二天上午，一个关于当荣的八千多字的故事，便敲开了龙柱子附近的木门。当荣看后也热血沸腾，当即一起跑到打字店打印，校读，然后以特快专递的形式寄出。小瑰一次次打传呼，要我们回去吃饭，我们无动于衷。我们觉得不赶快把这样的“绝妙佳作”送走，既对不起全国人民，更对不起我们神圣的追求。这篇后来发表在《短篇小说》的稿子，除了当时给我带来260元的稿酬外，也许没有其他的任何价值，而那些至今仍让我感到滚烫的文字和生活，却永远地留在了我的心中。

生活有时很真实，有时又很虚幻，文学似乎也有这样的特征。那些年，我们就是沉浮在这样的真实与虚幻中。我们真实地混在一起，写作，聊天儿，消夜，喝啤酒。我们虚幻地感受着文学所带来的精神慰藉，同好的互夸，前辈的鼓励，编辑的来信，这些原本平常的礼节性的客套与尊重，常让我们有一种飘的感觉，感到生活无限美好，心里无比满足。我们带着宗教般的感情给全国各地的大作家写信，贾平凹，陈忠实，王蒙，余秋雨，一封又一封。我们并不指望也不需要他们给我们回信，我们只是觉得他们代表着中国文学，我们的名字和文字能抵达他们的案头，接受圣光的辐射，也就是一种幸福。他们是我们的上帝，我们只想向上帝倾诉与礼拜。可偶尔的，“上帝”也给他虔诚的孩子以鼓舞，薄薄的一页纸，简单的几行字，竟然差不多就成了我们那些年的圣经。我把它与自己的作品一起贴到剪辑本上，看到它就像触摸到了文学的殿堂。我甚至还把同城一本文学杂志编辑的热情洋溢的手写退稿信，也端端正正地贴到剪辑本上，若干年后，我居然看到他在一个市场里摆摊，我礼貌但不虔诚地叫他老师，他哦了半天，迷迷糊糊的样子。而当初，他的那封信，也同样让我迷糊了好些年。

文学像一剂毒品，常让我们的青春，发出阵阵兴奋的尖叫。那些年，我们的足迹很少走出省门，但我们的文字却坐着火车、轮船、飞机，毫不胆怯地周游全国。我们的名字，抽象而又真实地代表着我们，把我们的生活和思想种植到了全国的每一个省份。每当我看到自己的心血变成油墨飘香的铅字，心跳便会瞬间加速，体温便会陡然上升，我感到自己的天空，清澈，开阔，明丽，和风拂面，阳光灿烂。好些天，那些刚刚发表的符号，像一条条欢蹦乱跳的鱼，频频跃现在我的眼前，激起我又一次创作的冲动。在焦急的期待中，我又迎来了下一波的兴奋和激动……那种幸福、快乐得让人眩晕、沉醉的感觉，至今仍让我羡慕不已。可惜的是，这种感觉如今我是再也寻不到了，我已退却了对文学的高烧，多年不再写字，就算偶尔收到被人转载的旧作，连信封都懒得撕开。文学，还有激情，已随着我的青春，在我的人生中慢慢老去，是现实这剂更加腐蚀、凶猛的毒药，让我的神经变得淡漠，麻木，朽烂。

1998 年，眨眼就过去好多年了，多年前的这些往事，我不知当荣、忠应他们是否还记得。当荣如今远在武汉，偶尔也到北京，掺和在娱乐圈里，做些令人倍感荒唐、无聊和功利的事情。他的职业是记者，却自称是明星操盘手。没有几个人知道，这个瘦高的网络红人，曾经是一个热血沸腾的诗人。忠应如今做了我的同事，谨小慎微，战战兢兢，每天按部就班，端坐在电脑面前，敲敲打打，编些扯皮绊筋的民生稿件。我与他交流的话题，除了工作，居然只剩下家庭。当年他与我坐十几小时硬座到郑州开全国小小说笔会时的豪迈气概，如今已荡然无存。宗福早在几年前便到一个县级市做了副市长，把智慧和热情全倾注到了他辖下的子民身上，一年难得见两次面，只有我，偶尔还在回味他妻子当年款待我们的桂花鱼。而那个我们一直敬称为老师的抒情诗人，多年前就已不再抒情，如今则做了我们报纸的副总编，分管着毫无诗意的创收工作。我很少叫他老总，仍是固执地称他老师，我想用这种似乎更加真情的称谓，表达我对他的敬重，表达我对往昔的纪念。至于我自己，天天行走在人来人往的都市，默默无闻地应付着那份赖以谋取稻粱的工作，编稿，审稿，熬夜，值晚班，睡懒觉，不单对工作、对文字已毫无兴趣，就是对当年若干诗歌追回的爱人，也了无激情。

在这个炎热的盛夏，我花了几个晚上的时间，把若干年前的这些前尘旧事从记忆的深处找出，放到阳光下翻晒，连我自己都感到讶异，我不知道，这是一种珍惜，还是一种抛弃，抑或是一种了断？我感到我现在的体温，正平稳地运行在37度汞柱上，日子过得平静、平淡、平庸。我不知道，这是一种本原的生活，还是一种潜伏的危险？而当年的热度与高烧，到底是一种病态的人生，还是一种对病态的反击？所有的一切，都只能在我的人生里收拢，让时间来沉淀、破解、掩埋！

（《延河》下半月2014年4期）

夜火车

那些年，我似乎一直没有停歇，镇日奔波在生活的各个站点，浑身有着使不完的劲，就像打了鸡血一般，但具体都干了些什么勾当，如今脑海中却只有灰蒙蒙的一片。回望那堆深埋的日月，我常看到一列亮着淡黄色灯光的慢火车，摇摇晃晃，咣咣当当，从黑暗的旷野中疲惫地开过。我将近五年的时光与青春，就被这一列列的夜火车载着，消逝在我看不清楚的远方。

我那时很年轻，从洞庭湖边的古城跑到 147 公里外的省城来追寻某种理想时，还不满 27 岁；我刚出生九个月的儿子，才学会张着没牙的小嘴，含混不清地喊着爸爸爸爸，傻呵呵地朝着我笑；我谋事的单位大院门口，一盆盆温室养大的鲜花，正在微寒的晚风中夸张地妖艳，让人感到极不真实。五年后我离开这个地方时，儿子即将上小学；而曾经热火朝天的单位，变得冷冷清清；空旷的大门前，只有萧萧的北风孤单地掠过，不见一花一叶。

我干活的地方，是省城的一家报社。古城一位仕途受挫的小官员，几年前赌气辞职，跑来这里做了记者，如今时来运转，当上部主任，受命准备在来年大办周末版。他开着高大威武的沙漠王子（后来才知是借的），踌躇满志回来找我共襄大事，盛邀我提前三个月进场筹备和试刊。只吃了一顿便饭，半瓶啤酒，几天之后，我便毫不犹豫地辞去了收入颇丰且还体面的差事，喊上另外两位志同道合的朋友，坐了票价六元的一趟慢火车，豪情满怀地杀向省城。在一节四面来风人声鼎沸的破车厢里，我们指点江山，高谈阔论，沉醉在对未来的美好憧憬之中，全然不知这趟逢车就让的火车停停走走走走停停得费多少周章才能到达目的地，也不知下一站会停靠在一个什么样的陌生地带。直到抵达省城后，才发现夜色已将我们淹没，万家灯火，正照耀着别人的城市。扑面而来的黑暗与陌生，让人紧张和不安，我按着被风吹感冒而疼痛欲裂的脑袋，心中有了一丝不祥的感觉。对那列依然有气无力继续前行不知最终将开往何方的破火车，也莫名地憎恨和厌弃起来。我没有想到，此后的很长一段时间里，这样的夜火车，将频繁地穿梭在我激情而又窘迫的生活里，让我不断在理想与现实之间摇摆、彷徨、转换、往返。我不知道这个晚上的情状与感觉，到底是一种预演，还是一次偶合，抑或原本就是一场宿命？

过于隆重和盛大的仪式，内里往往隐藏了虚假甚至是阴谋，可惜的是，当初的我对此缺乏深入的认识。主任在顶级的酒店奢华地接待了我们，在报社领导面前夸张地吹捧了我们，并带领我们山呼海啸接连吃喝了差不多半个月的豪华大餐后（后来才知是用的开办费），我们的工作才磕磕碰碰地开展起来。舞文弄墨原本是我的爱好与专长，此前我已在比这家报纸高级很多的大报大刊发表了若干作品，且一直担任一家内部发行的企业报执行主编，原本以为那些办报的雕虫小技，实在难不倒我这条洞庭湖边见过风浪的好汉，但真正操作起来，才感到困难重重，力不从心。每期16个版面的周末版，靠我们几人自采自编，实在是应付不过来，人人都累得像一条快死的狗。不过，每每拿起散发着油墨芳香的报纸，看到自己的名字前面黑体的“本报记者”四字，我的心中瞬间就充满了自豪感和幸福感，有时甚至还有一点点成就感和使命感，所有的疲劳和不快，在精神的慰藉和虚荣的照耀下，都马上烟消云散了。做一名真正的报人，是我少年时就立下的志向，如今，它这么快就实现了，如此真实和清晰地呈现在自己的眼前，叫人怎能不高兴、满足和迷醉？我为自己的选择感到欣慰，尽管，身体和荷包都在一天天地消瘦，危机与噩梦正在一步步逼近，但我的内心，却对此茫然无知，始终无比坚决与强大。

是的，最初的那段忙累时光，至今仍让我感慨和感动，甚至还有一丝淡淡的怀念。每天，我都自觉地早出晚归，挤上人满为患的九路车，深入到这座陌生城市的角角落落，用蹩脚的方言或者国语，采访周末版所需要的新闻。傍晚时分，再挤上密不透风的九路车（刚到省城那几个月，我对这条从火车站始发途经我们单位的线路充满信任，不管去哪，在哪，都要先找到它），回到灯火通明的采编大厅，在一个偏僻而狭窄的卡座里，烟熏火燎冥思苦想奋笔疾书，连夜把采访的内容写成花团锦簇的稿件。我那时一周要自采自编两条5000字左右的整版大稿，还要编两个版的外来综合稿，这么繁重的任务，现在看来简直是不可思议，一个记者一个月能写出两条像样的大稿，已属不错，哪有一周能做这么多事情的？除非是天师或超人！但是，差不多整整半年的时间，我每周都漂亮地超额完成了任务。我不是天师，也不是超人，我凭的是精神深处对职业的热爱和对事业的激情，以及一个想要证明自己的强烈愿望，这三者就像一剂剂虚幻的强心针，悄无声息源源不断地注入我的血脉，持续不断让我兴奋、振作、奔忙。那短短的半年，我写下了几十篇大稿件，此后至今的近二十年时间里，我一直都在这个行当混饭，但再也没有写过这么多的深度报道，更没有了当年的那份纯粹与狂热。忙累的工作常常让我对生活变得麻木和迟钝，吃饭、穿衣、睡觉，都简化到近乎最低的标准。我没有时间也没有心思去要求它们，完全沉浸在一波接一波的工作中，沉浸在工作带来的喜悦与虚荣中，只有在接到老婆的电话或传呼时，我才恍然记起，147公里外的地方，还有我的家，有我急需生活费用的妻子和嗷嗷待哺的儿子。

我坐上了开往古城的夜火车。此后差不多五年的光阴里，我坐的大多都是夜火车，因为白天要上班，只有周四晚上待稿子签定后才可离开。我每次都是匆匆忙忙狂奔进站，生怕赶不上火车，好在那个封面印着烫金报社名称的采访证，让我一路畅通无阻，并得到几乎所有车长的优待——他们客客气气地把我带到卧铺车厢，有时还送上一杯热茶，在旅客们羡慕的眼神中，我强烈感受到了这个职业的高贵和给我带来的尊严，但当我在边座坐下，望着窗外连绵不绝的夜色，想起自己暗无天日的生活，不禁又愁从心起。

我不知如何面对自己深爱的妻儿。到省城后，主任除了年前三个月每月给我们发过五百元生活费外，年后已连续三个月没发分文工资。当初我之所以义无反顾地奔他而来，除了理想的招引，现实的原因就是高薪的诱惑。在此前的一年之内，我买房、结婚、生子，不单积蓄全无，而且负债累累。如果按照他承诺的高于我原先四倍的工资，那点债务倒也不算什么，顶多一年半载，我就能过上幸福的生活。可事实证明，他只是给我们画了一个超级诱人的大饼。那区区五百元钱，我连自己都养不活，哪还有钱给家人？何况现在连生活费都不发了。每次回家，我只好厚着脸皮找其他部室的同事借个千儿八百（他们由报社财务按时发放）。对于我的归来，妻儿都充满了期待，妻子每次都提前半天把家里的卫生搞得干干净净，把自己打扮得漂漂亮亮，而已过早学会走路和说话的儿子，则常常趴在窗台前，痴痴地望着院子的大门……可是，坐在夜火车上的我，背包里却只有一部从原单位借来的美能达胶片机，还有一叠印着报社名称的稿纸和几篇没有写完的残缺稿件。望着车窗外无边无际的黑暗，我感到自己的生活、老婆孩子的生活，全都被我整得残缺不全黯淡无光，眼角不禁湿润起来，冰凉起来，酸楚起来。

那时的火车还没提速，夜火车似乎尤其缓慢笨重。耳边单调而又钝涩的“咣——当，咣——当”声响，让我没有来由地感到生活的沉重。平日里，我总是被工作绑架，被幻象麻醉，没有时间面对或是故意回避现实问题，现在，火车载着我即将驶进生活的现场，即将见到将我当作依靠的妻儿，我不能不认真去思考了：精神与物质到底哪个更加重要？事业与家庭到底谁该优先？在夜火车不停的摇晃与震颤中，我毫不困难就闪电般得出结论——回家去，不干了！其实，我心中早就清楚，那个夸夸其谈满嘴跑火车的前官员，并没有把新闻当作事业，他只是以此为跳板和工具，在隐秘地运作另一项阴谋。我之所以知而不退，完全是出于对职业的向往以及对单位的信任，我觉得领导不会坐视不管，问题总会解决。我甚至还暗暗决定，只要以后能按时发放工资，继续当记者，就算飞掉一两个月工资也认了。我对现实的要求实在是低微和单薄，可即使如此，也依然看不到实现的曙光。在年后第三个月仍没拿到工资不得不借钱回家的那个晚上，夜火车喘着粗气，亮着大灯，推开一层又一层的黑暗与假象，帮我下定了与前尘割裂的决心。太无边界的理想与太无底线的现实，我都只能无奈地放弃。

夜火车载着我朝家的方向行进。旷野里一片寂黑，只有在离铁道很远的地方，才有零星的点点灯光，它们很微弱，很昏暗，但能穿透茫茫的夜空，让我知道哪里有人家，有烟火，有温馨，还有等待和爱。这样的灯火断断续续，绵延不绝，像一双双眼睛，抚慰和温暖着夜行人孤寂的心。我只希望火车能开得更快一点，因为 147 公里外，也有一盏这样的灯光，正等待我的归来。

这次回家我照例深夜才到，儿子早已酣然入梦，脸蛋儿红通通的，小嘴巴咂咂有声，大概是正在梦中品尝他爸爸带回的吃食吧。我愧疚地把两排娃哈哈和一包果冻放到床头柜上，蹲下身子，无限怜爱地望了他。每次回家，我都是行色匆匆，常常到坐上火车才想起没有给妻儿带任何东西。小区前面小超市里的廉价货色，便慌慌张张成为我给他们的羞涩安慰。尽管每次都是几样普通的小玩意，但他们从来没有嫌弃。儿子总是歪着脑袋，一边甜甜地吸着娃哈哈，一边含混不清地叫爸爸爸爸，他大概觉得我送他的礼物，是全世界最好吃的东西！而他的妈妈，眼睛始终跟着我转，脸上布满了傻呵呵的笑，那神情，俨然她是全世界最幸福的人！他们简单而纯净的心满意足，让我更加惭愧和疼痛。我亲了一下儿子的额头，在心里轻轻地告诉他：爸爸不走了，要永远跟你们在一起！

然而这次我并没有留下来。在痛痛快快陪着妻儿玩了整整两天，花掉借来的一半钱后，我才无奈地意识到，我根本辞不了职——早在一个月前，主任就与周末版的钱款一同失踪了，失踪前一个月，他已指定我全权负责周末版的所有编务，版面安排、选题确定、稿件审签，全部由我说了算——现在，我不知该向谁辞职，主任已找不到，报社又根本不认我们；当然我也可以不辞而别，但这张寄托了我理想浇灌了我心血的单独出版和发行的周刊，很快就会永远地从这个世界消失。我这才发现，主任在给我权力时，也把责任转移和嫁接到我的身上；他在有条不紊地实施他的系列计划时，已算准了我不是一个没有担当的人。我狠狠地抽着烟，凝望着从黄昏开始弥漫变得越来越深沉的夜色，下定决心给在信用社工作的同学打了一个电话，请求他给我贷一万五千块钱。在得到他爽快的答复后，我义无反顾地告别妻儿，背起背包，又登上了最后一趟开往省城的夜火车。

是同学的贷款拯救了我即将崩溃的生活，是我的理想与使命拯救了那份岌岌可危的周刊。在这个夜晚，物质和精神都发挥了他们巨大的作用，且并无高下之分。那笔数额并不太大的贷款，后来过了整整六年我才还清，同学从来没有催问过我，我至今对他心存感激。而我同样要感激的，是在黑暗中作出决断的自己，因为多年以后我才发现，其实那个晚上，我拯救的是自己。

我坐在开往省城的夜火车上，离生活越来越远，离工作越来越近。那个晚上我没有坐边座，因为卧铺已全部熄灯，车长把我送到了餐车。餐车灯火通明，稀稀落落坐了几个值班的乘警和列车员，全都没精打采地在瞌睡，只有我一个人精神百倍，双目炯炯。火车在黑暗中穿行，我感觉是自己举着火把在旷野里奔跑。自身的生活负荷已然解决，那么，我应该让火把照亮更多人的精神！那个晚上，在夜火车的餐桌上，我激情澎湃地记下了自己的改版构思，并策划了十来个重要选题。我知道，这份只给我微薄物质的周刊，恰恰是我最为宽阔的精神平台——报社除了一位编委对我签发的稿件一目十行把把政治关外，再无任何人牵制我思想的自由飞翔——我的理想，几乎完全掌握在自己的手中。

我又开始了不能停歇的忙碌，而且，奇怪地以一种更高的姿态对待这张原本跟我没一毛钱关系的周刊。我当仁不让地以领导者的身份，指挥和引领同事们在我设计的轨道上“咣当咣当”地艰难前行。周刊包括我在内一共只有六名采编人员，我们以前都是情同手足的好朋友，都有着不错的差事，只因了共同的喜好与理想，才齐聚到主任的麾下。刚到省城时，大家像以往一样，依旧亲密如故，但随着我担任二审、编务主管、周刊临时负责人，关系慢慢变得复杂和微妙起来。我始终将周刊视为我们共同的寄托与依托，理所当然地认为他们也像我一样，只问耕耘，不计得失，会把全部的才情与精力投入其中。哪知他们已渐渐将我看作主任的代理和帮凶，对我安排的工作充满了排斥和抵制。但深陷在理想与事业中的我，却对此毫无觉察，依然按照自己的思路和标准，严格要求他们无条件地遵从。我一次次打回他们应付了事交来的版面，一遍遍枪毙他们乱七八糟的稿件，甚至还大发雷霆，质问他们为何水平越来越臭？同事们说，你不能用办黑板报的成本要求我们有《南方周末》的质量啊！迟钝的我这才明白，我与他们并不完全一样，我的世界是扁平的、理想的，而他们的世界是立体的、现实的。

我完全理解并尊重同事兼朋友们的做法，我不能用我的世界观、人生观和价值观去要求他们。当友情承兑完最后一个版面，他们纷纷抛弃我到外面兼职去了时（实际上是就职），我与一位大我十岁的兄长，默默地承担起了全部的负重。我们都认定一个最质朴最简单的道理：总不能把一份公开发行的报纸，在我们手上办成一个居委会的黑板报吧！这份责任让我们无比艰辛和沉重，但随后不久，又意外地给我们带来了欣喜和收获。

那一段时光，可能是我人生中最为疲惫而又最为亢奋的章节。从清晨，到深夜，每天我都被密不透风地围困在工作之中。我和那位可敬的大哥一道，争分夺秒地采访、书写、编辑，把像种子一样细密的文字，一粒一粒种进版面的深处，而且野心勃勃地希望这些凝结了我们心血和主张的种子，也能在别人的心田扎根、发芽、生长。许多年过去了，这些文字的色彩和形状，如今早已在我的脑中变得依稀、模糊，但它背后的种种，比如倒在沙发上就能睡着、过一下马上闹醒仍觉得心满意足并迅即投入工作的场景，却清晰如昨。其实，我们这么拼命地工作，并没接到任何人的指令，也没有任何人给我们付酬，之所以像夜火车那样，尽管在黑暗中运行得沉重而艰涩，但依然努力向前，除了责任，更多的是使命与担当，当然，还有黎明和远方。

我们的火车没有行驶多久，也没有行驶多远，就被并轨到报社了——那些激烈而且锋利的文字，得到一些读者的喜爱，也让一些读者不适，更是让承担着某项职责的阅评员反感。在我不知天高地厚与一名女性阅评员大吵一场后，这份两个人支撑了三个月总共只办了九个月的周末版，很快被勒令由报社接管。接到这个通知时，我居然没有半点的愤怒和惋惜，相反，还有一种如释重负的解脱感。我感到自己终于可以停歇了，终于可以轻松了。事实上，如果不被报社接管，我们两个人也是撑不下去的，我们的身体和精神，很快都会垮塌。现在，我圆满完成了自己的历史使命，没停一期没缺一版地将它完整交还给了报社，可以问心无愧地打起背包坐着夜火车回家了！

在整理自己的行李时，我才惊觉时间的单薄与迅速，我穿着秋装坐慢火车来到这里，现在已是最为炎热的盛夏了，差不多一年的光阴，就这样像流水一样悄无声息从我的指间穿过，而我的双手却空空如也，连个泡沫都没留下。我不由悲哀和忧伤起来。那几位“兼职”去了的朋友，这时闻讯全部赶回来了，他们的情绪恰恰与我相反，一个个兴高采烈，踌躇满志想借此机会正式进入报社。我当然也想留下来，但自己惹下的麻烦只能自己来承担，我无怨无悔，自愿离开。然而，生活总是像戏剧一样，往往在最紧要最险绝的时候，陡然发生逆转。正当我背起背包准备去赶夜火车时，报社突然通知我与那位大哥留下，并在第二天免试将我们签约为报聘正式记者，还补发三个月的工资，其余人员则全部遣散。至于我与阅评员吵架之事，谁也没提半句。这真是最好的安慰与评价！我原先一直以为不认可我们的报社领导和同事，不会关注我们的存在与消亡，哪知道，我们平时所有的细节和心思，早就被他们有意无意地收拢起来，并默默地存放到了心底。是他们的公正和我们自己的诚实，让两个怀揣理想的破败青年，又看到了希望的光芒，并迎来崭新的生活。

接下来的叙述就变得平淡了。我正式成为报社的编辑兼记者后，一周只需编两到三个版面，顶多还写条把千字左右的短稿。这么轻微的工作量，与以前比起来，简直要让人幸福到迷醉！我第一次发现省城的阳光是那么饱满，天空是那么明亮，生活是那么辽阔。我感到世界突然变大了，时间一下变慢了。

我很快就成了时间的富翁。那点微不足道的工作，最多花两个晚上就搞定了，其余的堆积如山的白天和黑夜，全部成为了我可以自由支配的私产（报社不要求坐班，只要你按时交稿交版，没任何人追问你的去向。一直到如今，我都对制定这项规定的领导心存感激和敬意）。刚开始我还很不适应，感到无所事事的自己，简直是在挥霍和浪费生命，心中充满了愧疚。但慢慢地，我也学着同事们的样子，让自己匆忙的脚步慢下来，缓下来，从容下来，我就像个毫无负重的老人一样，悠闲地行走在人生的道路上，漫不经心地打量和欣赏着人间烟火——

每天上午九点或许还更迟一点，我才慢吞吞地起床，然后会同同样睡眼惺忪的美编耗子，还有脸色寡白的编辑金哥，沿着报社旁侧七弯八拐的巷道，晃晃悠悠来到居民区深处的一个隐秘小面馆，坐在路边痛痛快快地嗦上一大碗碱面。这家面馆的老板干瘦而精明，对我们并不甚热情，但他下的爱放碎芹菜叶的面条味道极好，鲜得割舌。我们一直疑心他在汤里做了手脚，放了罂粟壳之类的玩意，也无数次商定第二天不来了，要改变生活的方式与行走的路线，但此后的将近四年时间里，我们差不多每天仍在此吃早餐。吃完早餐后，我们围坐在小方桌旁抽烟，久久不愿起身，因为我们不知去往何方，也不知接下来该干些什么。荡到办公室，常常是空无一人，我们要么是手忙脚乱地打游戏，要么把双脚搁到卡座上，慵懒地看一部下载的好莱坞电影，更多的时候，则是双眼空洞地望着窗外发呆，尽做些傻乎乎的痴想。午饭后，我常常独自一人溜到不远处的图书城，一个店铺接一个店铺地慢慢看过去，一待就是整整一个下午，把缓慢的时间，不知不觉消灭个精光。我大部分时间是白看，只有遇到价廉物美的好书，才解囊购回，我在此花区区八十元买回的中州古籍版二十五史，共十二册，重达三十斤，至今仍是我书房中的镇家之宝。我还喜欢步行着穿街走巷，漫无目的，而又刻意去搜寻某些自己感兴趣的人事和细节，常常行走了十数里，把工作和单位统统抛弃在遥远的身后，仍浑然不觉，直到黄昏将至，夜色渐起，才恍然惊觉，迷途而返。夜晚，我大多是在闲聊和喝茶中度过。因为编副刊，我很快就与省城的不少文化人打成一片，很多深藏不露的作家、诗人、智识分子、抑郁症患者，都成了我茶桌边的常客。他们的睿智、幽默、深刻、狂热、骄傲，以及神经错乱，玩世不恭，常让我感到自己的夜晚与人生丰满而且畅快。

这种轻松闲适又收入稳定的工作，真正让人感到职业的优越与专业的尊崇，我爱极了它们。此后很长一段时间里，我的心情都是愉悦的、平静的、舒畅的，特别是听到昔日同事的羡慕和赞美，内心更是泛起一圈圈得意与满足的涟漪。如果不是妻儿还远在147公里外的古城，我真会认为这是人世间最为美好的生活，它的舒适与虚幻，就像那碗鲜得割舌的面条，已麻醉了我的神经并覆盖了我最初的理想。在我日益迟钝和苍白的人生里，离愁，成了此后几年我唯一能感知到的疼痛。

我仍是像以前那样，每周回一次古城的家。尽管活得不再匆忙，但我仍是喜欢急切地追赶夜里的火车。我有些病态地迷恋坐夜火车回家的感觉。我觉得黑夜、火车、灯光、奔跑交融在一起时，更能表达一个人对爱的向往和对家的思念。夜火车前进的方向，就是回家的方向，也是我内心的指向。一个人无论他的工作多么顺利、惬意、成功，如果没有一个家在温暖地等待他归来，他的人生依然是孤寂的、残缺的、破败的。我坐在卧铺边座，看到快速往后消退的路基与黑暗，内心充满了喜悦，因为，我孤独的半径正在不断缩短，而前方的光亮，正在一步步接近。我的背包里，装满了用按时发放的工资购买的礼物，它们将给妻儿带来开心和惊喜，也给了我底气和与以前截然不同的心情。每到一个小站，总有一些人背着背包拖着箱子下车，很快消失在站台的尽头，看到他们迫不及待融入城市的灯火辉煌，我心里有一丝酸涩，更多的是一片温暖——我觉得坐夜火车的人，大都是有爱的人，有梦想的人，有追求的人，还是有责任的人。我莫名其妙地感动，默默地祝福这些像我一样在铁轨上奔波的夜行人，从此能够夜夜陪着亲人，枕着美梦安然入眠。

在古城的三天里，我除了偶尔见见朋友，几乎不再干任何别的事情，全心全意只陪着妻儿吃喝玩乐，想尽办法满足他们提出的每一个要求。我觉得自己亏欠他们太多，只能用这种庸俗的方式来表达自己的歉意，修补他们内心的创伤。若干年后，我才知道自己的这种做法惯坏了孩子，给他后来的成长，带来无穷无尽的麻烦，并极有可能影响到他整个的人生。但在当时，我根本没有考虑这些后果，不，即便是把一切都看清楚了的现在，要我重新选择，我还是会像过去那样，恨不得把自己全部的爱，都一分不剩地赔偿给他——那种离别的疼痛，简直让人无法面对与承受。

我通常是周日吃完晚饭后坐夜火车回省城。一到晚饭时，跟我高高兴兴玩了两三天的儿子，突然就变得闷闷不乐起来。他不再像中午一样自己用勺子大口大口吃饭，也不像下午那样跟我叽叽喳喳个不停。他沉默着，不哭，也不笑，只用一双略带忧郁的漆黑眸子，偷偷地看我，一碰到我的目光，就赶快不好意思地把眼皮低垂下去。他那可怜的样子，让我鼻子发酸。看到我也吃不下饭，匆匆扒几口就去整理那只他无比熟悉的背包，儿子赶紧从餐椅上爬下来（桌子上的饭还是满满一碗），不声不响跑到阳台上，把他妈妈给我折好的衣服拿过来，然后又跑到书房，找来我的充电器和没看完的书。他还抢着站到小板凳上给我开门，像个大人一样叮嘱我路上小心。当我的声影在楼道口一出现，他就趴在窗台上大声呼喊：爸爸——！爸爸——！爸爸——！我走出好远，他那低低沉沉的声音，还在我的身后响起，像一颗颗催泪的子弹，穿透我的胸膛，那种无以言说的痛，洒满了147公里的路程。

因为不忍心看到儿子伤感，我去省城的时间总是越拖越后，常常错过最后一趟夜火车。为了多陪陪儿子，也为了不直面离别，后来我决定改为坐周一清晨六点的那趟特快，这时天还没大亮，儿子还在睡梦中。我以为这样内心就不会再有痛感，哪知他妈妈告诉我，儿子一起床，就赤着双脚到处找我，卧室，书房，客厅，厨房，卫生间，阳台上，每个角落都找一遍后，才自言自语说一声：爸爸又走了。他的眼里噙满了泪水、失望和忧伤，长久地望着窗外默不作声。我的心更加疼痛和愧疚，觉得自己简直就是一个骗子，骗走了他的信任；还简直就是一个盗贼，偷走了他的父爱。

坐在回单位的火车上，我常常被这种羞愧与疼痛折磨得无比晦暗，我无数次下定决心，再也不能让这种状况重复上演，但一下火车，回到熟悉的人事与环境中，我又慢慢地忘却了自己的伤痛和誓言，很快就进入到鲜得割舌的生活，并对它无限地依赖和迷恋，所有的一切，又重新恢复到原来的轨道上，始终没有半点改变。

我害怕失去这份来之不易的工作，害怕失去这种安定、安宁和安全的感觉，完全沉浸在自我的满足之中，根本就没有注意到外界崭新的变化和内部潜伏的危机。我原先在古城做事的那家国有机构，如今已大刀阔斧地改革，同事们的工资和福利，比我在时翻了几倍，远比我如今的收入要高；而且随着外资的进入，整个行业都开放了，很多跨国集团和大型民企纷纷到市一级开设分支公司，我的很多老同事，都被挖去当了总经理，最不济事的，也弄到一个总助的头衔，拿的都是数目大得吓人的年薪。如果我不走，或者是现在赶回去，肯定也能像他们一样，重新开启自己华丽的人生。古城那些原来羡慕和赞美我的同龄朋友，如今大多不声不响地开始买第二套房了，有的已开上了私家车，有的正在争分夺秒学驾照。我原先瞧不上的市里新办的都市报，如今在古城一纸风行，搅得风生水起，他们的编辑记者，远比我这个省媒的同行要牛逼，而我们自己的报纸，却在都市报的大量拥入下，生存空间在一步步缩小，效益在一天天下降……所有的这些，我要么视而不见，要么毫不理会，我全然不知自己在安逸工作的深度麻醉和夜火车的来来往往中，已经丧失了昂扬的斗志和澎湃的激情。

我这一跑，就是整整五个年头，如果不是一件意外事情的发生，我只怕还会在京广线这147公里的路程上，继续坐着夜火车循环往复，继续在自己设置的轨道上和自我封闭的车厢里，时快时慢、忽明忽暗地摇晃下去。

我始终记着那天的情形。上午10点左右，我刚吃完一碗鲜得割舌的面条，正悠闲地与耗子他们抽着烟，手机响了，是古城的一个陌生号码，电话里一片嘈杂，有女人呼天抢地的哭声，还有警笛尖利的叫声。一种不祥的感觉，瞬间袭上我的心头。我急切地喂了几声，里面半天才传来问话："你是在省城做事吧，你老婆出事了！"我一下懵了，眼前条件反射般出现血淋淋的车祸场景，我大声说："你是谁？快要她接电话！"对方说："我是看热闹的，你老婆在超市买东西时小孩不见了，她已哭晕，你快回吧。"啊，儿子丢了！啊，我的儿子丢了！！啊，我的还只几岁的儿子丢了！！！我像从梦中惊醒，猛地从面摊上弹起，甩掉烟头就往办公楼狂奔。社长安排他的座驾，也就是主任借着开回过古城的那辆带警灯的沙漠王子，要司机小彭用最快的速度送我回去。五年来，我第一次没有坐夜火车回家，五年来，我第一次享受报社的专车待遇，没想到，这一切，却是为了寻找丢失的儿子。

汽车在路上狂奔，我的心在胸腔狂跳。我打遍了古城估计能帮上忙的朋友的电话，带着哭腔向他们一一报告，他们全都震惊万分，纷纷放下手头的工作，分头四处去寻找。小彭打开警灯，鸣响警笛，不顾违章把车开到140码，在车流中穿梭超车，险象环生地一路往前冲，我仍觉速度太慢。小彭安慰我说，好人一生平安，你从不害人，儿子肯定没事的。但经常做这类报道的我心里非常清楚，如果是碰到了人贩子，找回的可能性几乎为零。我神情木然地望着车窗外飞速倒退的树影，后悔得要死，如果时间也能倒退，我宁愿回到从前，只守着妻儿，什么理想、事业、志向，通通都不要了！

儿子最终找着了，复杂的过程完全可以写一个小说。这当中，许多熟悉的和不熟悉的人，默默地关爱和帮助着我家，牛奶店的老板、巡警大队的政委、我们母报驻古城的记者站长，尤其让我感恩，他们的善举与爱心，值得我一辈子铭记。我抱着失而复得的儿子，久久不愿松手，盯着他的脸左看右看，好像分别了几十年一般。此后好些天，我都没到单位去，待在家里，安静地陪着妻儿。这是五年来，我与他们相处最长的一段时光，看到他们前所未有的踏实和开心，我感到幸福极了。我蓦然发现，我一直苦苦寻觅的幸福，原来就在身边，它不需要金钱、地位和其他的物质，一家人简简单单在一起就足够了。我不由思考起另一个问题，如果儿子没有找回，这个家又会是一个什么样子？我想，他妈妈肯定会疯掉，而我，精神会崩溃，内心永远不得安宁，只能一事无成痛苦地混完一生。这样的结局，肯定不是我去省城的目的，更不是我追寻的理想。如果家和儿子都没了，最体面的职业最轻松的工作最安逸的生活最崇高的追求，又有什么意义？我这才清醒地认识到，家，不仅是一个人的出发点，更是一个人的落脚点。

我毫不犹豫地决定辞职。我原本以为辞职后会失业一段时间，因为我知道，一个三十出头的新闻人，在小小的古城几乎无用武之地，仅有的三家报纸，要么体制内运行，要么承包式经营，外人很难插进去，找工作的事，只能慢慢来。但意外的是，我想辞职的信息刚刚传出，人还在省城上班，找我谈工作的电话便接二连三。三家报纸，都派出了认为跟我关系很铁的人来游说，劝我加盟他们各自的团队，而且竞相提高价码——你开出月薪三千，他就开出三千五；你提出预支三个月工资，他就提出先给两万元；你承诺当总编室副主任，他直接就任命为编辑部主任。这真是奇了怪了，我也不是什么名人，在新闻行业，顶多只能算一个略有几年经验的新兵，他们为何对我如此礼遇？前来游说的朋友告诉我，他们的老板都知道我在省城没领分文工资独撑一张报纸几个月的事，他们看中的，是我对新闻的热爱，对事业的忠诚，还有不计名利的品德。我的眼前不由浮现起几年前那个作出决断的夜晚，这时我确信无疑，那个晚上，我拯救的其实就是自己。

我最终加盟了一家给我待遇最低的报社，因为我觉得它更靠谱，看起来更加真实。纸上的画饼我已吃过一次了，再大再多也于我毫无意义。对于省城的报社，我也没有直接辞职，因为我开不了口。这些年，这家报社给了我很多的机会和关照，但它的效益在一年年下降，很多同事都往收入更丰的大城市或开支更小的地级市流动，我们一个部门，至此只剩下主任和我两人，如果我再辞职，她就真成了孤家寡人。我只对待我如弟弟般的主任说要回古城养病，顺带照看孩子，想请一段时间假。她信以为真，还硬塞给我几百元钱，并叮嘱我把稿子编好后从网上传她，谁敢扣我工资，她跟他没完。我听了眼睛一片潮红，不敢与她对视，只是默默地连连点头。我谢绝了新东家要派高级轿车专程来接我回去的美意，仍是像往常一样，只背了一个背包，独自一人走出报社越来越空寂的大门，匆匆忙忙去追赶开往古城的夜火车。

夜火车载着我，慢慢驶出车站，在“咣当咣当”的加速声中，这座我奋斗了五年、寄托了我全部理想和情怀的城市，离我越来越远，那一片无比辉煌的灯光，渐渐变得朦胧和暗淡，最终沦陷为一片黑暗的海洋。我回头打望什么也看不见什么也看不清的城市，心头充满浓浓的惆怅和失落，还有一份强烈的留恋与不舍。我不知道此番打道回府，到底是胜利还是失败；我也不知道前方等待我的，到底是鲜花还是荆棘。我只知道，五年里所有的一切，此刻正在急速地消逝与远去，包括我的青春、激情和梦想。看到车窗外无边无际的黑暗与混沌，我失声痛哭起来。

这是我最后一次坐夜火车从省城回家。此后的三个多月里，我一面在新报社奋力工作，一面按照主任姐姐说的，把原报社的版子编好后传她，白天黑夜连轴转，累得比搞双抢还辛苦。但我的内心却前所未有的充实和踏实，因为我每天都能看到自己的妻子和儿子，看到他们的喜悦与成长，看到他们的点点滴滴和方方面面。我觉得自己的决定是对的，这种没有隔断的团聚，远比夜火车载来的激情更加温馨。只是苦了我的主任姐姐，几个月来，她毫无怨言地无偿帮着我排版、校对、清样，而我，却还要一天天地欺骗她。到这年的五一节，我实在不忍心再这样下去，特意从新报社要了一辆车，决定到省城去正式辞职并拖回自己的东西。主任姐姐看到我，无比高兴，她大声朝领导的办公室说："他们都说你不得来了，你看，这不是回来了吗？！"当得知我真是来辞职的，她先是无比惊愕，然后号啕大哭，接着奔到领导办公室，拍着桌子指责他们对我关心不够，亏待了我，她也要辞职！我愧疚万分，深深地低着头。主任姐姐大闹一场后，见我去意已决，且站在一个妻子和母亲的角度，非常理解我的选择，也就平静下来。她跑上跑下，主动帮着我找财务要工资，要奖金，要补偿，然后又隆重请我吃了一餐饭。五年前，我被一个满嘴谎言的主任天花乱坠地骗来，五年后，我又被一个真诚善良的主任客客气气依依不舍地送别，这是我的造化，也是我的福气。

在新的报社，我从约定的总编室副主任做起，一年后成了编辑部主任，三年后成了策划总监，四年后成了编委，五年后解决了编制，六年后担任了分管编务的副总编辑。之所以能如此顺风顺水，完全是我的专业和敬业遮掩了我低到极点的情商，领导完全把我当作一个办报的好手，排除一切的困难帮我解决问题。而我办报的所有经验和技巧，差不多都来源于省城的这五年，特别是领导看重的我的策划能力和对报纸整体的把控能力，更是直接得益于当初独撑的那三个月。我又一次想起贷款后赶夜火车的那一幕，事实再一次证明，那个晚上，我拯救的真的就是自己。

……

一晃，我离开省城就十五年了，一晃，我在新闻这个行当谋食就二十年了。二十年里，我亲历了报纸从体制内走向市场化的热闹与混杂，备尝了新闻人的艰辛和酸楚，见证了都市报的红火与威猛，也遭遇了如今新媒体时代报纸边缘化的尴尬和无奈。二十年的时光和经历，照说波澜壮阔，纷繁复杂，但回想起自己曲折而漫长的职业生涯，我的脑海中飞驶而来的，仍然只有一列列亮着淡黄色灯光的夜火车。它们摇摇晃晃，咣咣当当，从黑暗的旷野中疲惫地开过。我不知道，这是对青春的祭奠，还是对激情的缅怀？我已很多年没有坐过夜火车了，但无论是以前报纸红火时，还是如今媒体衰落时，我总是反反复复在做着同样一个梦，那就是经常梦见自己行色匆匆地往火车站奔跑，可最终却没有赶上刚刚开走的火车，生生地把自己惊醒。网上说，做这梦表示人对当前的状态缺乏信心，充满忧虑，没有确定性和安全感，随时都准备重新出发。我想应当是这样的。在路上奔波，是一个人一生的宿命。我怀疑那五年的夜火车，早已化作了某种精灵或精神，融入到了我血脉的深处，永远在身体的内部奔驰不息。但它们到底要开往何方，如今我的眼前，依然是一片模糊和混沌。

绿得耀眼的青春

那个秋季，沿着汨罗江的支流——一条叫芦溪的水道，我跨上破单车，高高低低地上路了。我要到离家几十里远的大山深处，去做教书匠。此前的 18 年，我一直生活在父母和先生密不透风的庇护下，现在，我出发了，我人生的车轮，在顽强地前进，驰过热闹的集镇，驰过茂密的村庄，驰过旷阔的田野，驰进了墨绿的大山。在跨过一道古朴的石桥后，河，越来越瘦；天，越来越窄；路，越来越陡。水道两侧高耸的大山，把我的视线挤压成铅灰的一线。一只苍鹰，突然从高天上俯冲而下，旋出一个圆润的弧线后，又振翅插入云霄，那优美而快捷的转折，如一根火柴，猛地在我的心头一擦，腾起一片生动的光亮。

这真是一段险绝的通道，狭窄而漫长。芦溪河像一个钝涩的犁头，吃力地将大山掘开，谷底忽隐忽现的水流声，仿佛是它痛苦的呻吟。一条铺满沙石的土路，扭着腰，坚贞地随着水流往前爬。我推着单车，上坡（太陡不能骑），下坡（太陡，不敢骑），周而复始地转了九个大弯后（后来才知此地叫九弯头），眼前豁然一亮，一个不大不小的盆地，毫无准备一下就跳现在我面前，它像一个连着十二指肠的胃，慵懒地蜷卧在秋日的阳光下。四周高耸的群山，像胃壁一样严严实实地封闭着它，呵护着它；芦溪河和它的支流，像一缕缕血脉，营养着它，鲜活着它；沿着山脚，是一圈高高低低、连绵不绝的房舍，像胃壁上一排排粗糙的皱褶；盆地的中央，一片金黄，成熟的稻子，让这只胃显得饱满和充实。站在高出盆地的山口，我一眼就把它轻松地包容了。我站着没动，盆地的宁静，让我肃穆。我用目光细细地打量它，轻轻地抚摸它，我知道，从此以后，我便是这只胃里寄居的一个生命了，我的生活，将被它细细咀嚼，慢慢消化。

我任教的地方，叫高家学校。一排平房，像一只烤焦的馒头，孤零零地搁在“胃壁”的边缘；三间教室，关着百十个娃娃，叽叽嘎嘎，像一群鸭子；三位老师，洛沧桑如一棵松！版粗黑如一块岩，我瘦弱如一株麻，我们都把手中的教鞭，挥舞成一杆牧鸭的长篙。

我到现在都感到讶异，18 岁的风华，怎么一下就楔入了大山的安宁与淡定，没有过程，没有磨合，连半点痕迹都不显现。在铺着稻草的破床上，我能夜夜睡出美梦，那梦境，像满山的香樟，绿得苍翠欲滴，让人无限向往；在乌黑的饭桌上，我能把青菜、豆豉吃得韵味悠长，表情生动；在打满阳光的走廊上，我能把自己坐成一尊佛，满目慈爱地注视着操场上快乐的弟子……洛拍打着手上的粉笔灰，把一脸沧桑收缩紧凑，然后轻轻释放：你只怕前世就注定了要到高家来教书。我淡淡一笑，静候他的下文。洛果然感慨：我 20 岁就来了高家，到如今修炼了 30 多年，似乎还达不到你的功力！然后他满腹的牢骚，就像校舍前的溪水一般，滔滔不绝地从我耳边流过。说他几十年调离不出这块巴掌大的山窝，说他要退休了还评不上高级，说版对他（他是校长）口服心不服，背着他尽搞名堂……在他的心里，这片山地俨然就是一个幽暗的地狱。我只做他虔诚的听众，从不妄加评论，但他依然满足和感动，每次都要很友善地提醒我，快点想办法调出去，莫在这个狭小的地方浪费了美好的青春。青春？我才十八哩，我的青春才刚刚开始，我不怕浪费。那满山的碧翠，生机勃勃，让我没有来由地想起青春的颜色。

我对这块盆地慢慢就熟悉起来，阳光、群山、庄稼、炊烟，还有天空飘荡的略带青草味的草木气息，都一寸一寸地深入到了我的内心。每天傍晚，我都要骑上破单车，走遍村庄的每一条道路。漫无目的，又刻意为之，好像一个虔诚的教徒，在进行一项不明就里而又必不可少的仪式。这种类似的仪式，遍布我们的日常生活，只不过要好多年以后，我们才知道是哪一根神经需要它。一路上，孩子们、山民们唤我老师的声音此起彼复，应接不暇。那种真诚的称谓，常让我心生感动和自豪。好多年后的今天，这种声音仍在温暖着我的心窝，让我倍感珍惜。我把单车骑得很慢，我不是去赶赴某个具体的约会，山村里的每一个元素，都是我的心灵之约，骑车本身，也就成了我要做的重要事情。我很喜欢用这种方式，来亲近这片土地，还有这片土地上生长的温情。我常常骑着骑着，就把单车停下，用一只脚点到地上，看路边的庄稼，望远处的群山，或是与任何一个山民熟稔地攀谈，之后将单车一支，随意地坐到了他家的饭桌边，新鲜的糙米，碧绿的青菜，烟熏的笋干，让我亲切和熨帖。那个秋季，我的晚餐（学校的工友只做中饭，晚餐得自己做）差不多都是在热情的山民家中解决的，一家接一家，一路吃过去，到一个学期快结束时，仍有许多人家在真诚地随时等待我的光临。他们不需要我任何回报，有很多人家，根本就没有孩子在我班上就读。他们对我的热情，是缘于好客的秉性，他们对我的尊敬，是缘于对师道的尊敬。我出入于他们的饭厅，也穿行于他们的生活，他们的喜怒哀乐，牛羊鸡鸭，在我眼中一清二楚，脉络分明。那些琐碎，那些真实，让我感到人生的厚重与驳杂。我越来越觉得，这片山地，并不像洛说的那样狭窄和幽暗，人心的宽广与善良，让我的青春，像苍鹰一样自由飞翔。

我没想到在这片山地的其余两所学校里，还有我的两个同学在任教。勇在芦溪，坚在古源。三人的距离，差不多是一个等边三角形。这种距离和形状，恰到好处地稳固和平衡着三人之间的友情浓度。勇好读书，坚会玩，这都是我所需要的，我们差不多每天都要见一次面。勇的宿舍堆满了作业本和教学仪器，床上整整齐齐地码了半床书。他在搞自考，劝我也搞。他说，一个小学老师，不读点书真的不行。在一个封闭和狭窄的地方，读书无疑是一件最宽广最深厚的事情。我听了他，从此每天早晨学生晨读时，我也端坐到讲台上，大声朗读古代汉语、大学语文、文选，读着读着，学生们的声音就渐渐淡下去，最后只剩下我一个人在忘情地诵读，那神韵，一定像极了古时的书生吧，学生们全都充满敬意地望着我，我发觉后，他们哄然一笑，慌忙又拿起课本，咿咿哇哇起来。我蓦然想起了古时的某个塾师，那个落魄的秀才，也是这样与弟子们一道发愤用功的吗？他端坐在狭窄的乡间教室里，心原上一定耸立着一座庞阔的京都，还有皇城传胪的灿烂。我那时记性好，一篇千把字的古文，一个早晨就记住了，晚上与勇见面时，便得意地背给他听，很炫耀的样子。勇先是静静地听，听着听着，禁不住就大声地与我一同背起来，背完后两人相视大笑，猛击双掌，很有些英雄相惜的意味。我们的热闹与放肆，让兀自对着墙壁抽乒乓球的坚很是郁闷，他不耐烦地说，再不进山，路就看不清了。我们准备进山放套，捉野兽。野猪、麂子，甚至传说中的一头小豹子，都在我们的阴谋之中。套子是坚花了几节自习课做成的，也许是做得不得法，也许是运气不济，总之连着几个晚上，我们都一无所获。星期天是我们所期盼的，背着猎枪，到山里打竹鸡（斑鸠），提着渔网，到芦溪河拦白头鱼，每次都能让我们心安理得地到山民家去改善伙食。其实斑鸠也许只有一只，且瘦，白头鱼顶多斤把，山民尽管还要赔酒赔肉，脸上却笑呵呵的。坚甚至还带着我们到古源去相亲（真是乱弹），骗女孩子的布鞋穿，骗“岳母娘”的鸡蛋吃。他打着饱嗝说，这种日子，真他妈的有味。其实，让我们热爱和快乐的，是没有任何负重的心灵。

春暖花开的时节，山里一派清新，树叶嫩绿，杜鹃火红，菜花金黄，连空气中都有一脉甜淡的暗香。这个时候，学校前面铺满鹅卵石的机耕路上，便不时有摩托或是单车，呼啸而来，冲进我的宿舍。他们都是我山外的同学。七中的松，县城的曙，中学的英，信用社的刚，广播站的鹃……一个接一个。有时是一个人来，有时是三两个人来，有时是一大群来。我至今都没太弄明白，这个狭窄闭塞的山地，到底有什么吸引他们？他们都住在县城和镇上，天宽地阔，为何要跑几十里的山路，不辞辛劳地来看望我这个并不有趣的朋友？是我的真诚连通了他们的真诚？还是山野的纯净契合了他们内心的需求？他们的到来，无疑让我的生活更加丰满。轮番的代课，常让孩子们快乐得尖叫；采花挖笋，让我们自己的青春漫山飞扬；彻夜长谈，又使我的夜晚明亮厚实。松后来不仅爱上了这片山地，而且喜欢上了山里一个叫碧的女孩。有一段时间，他差不多每到周末就来了，来了就去找碧。碧的父亲很正式地告诉他，家里没有儿子，是真心就入赘吧，到高家教书也是很方便的。吓得松落荒而逃，很久不敢进山。而碧，一到周末便来学校晃悠，我骗她说，松到市里进修去了，要一年，她紧抿嘴唇，双目忧郁地凝视着灰白的山口，仿佛凝视着遥远的大海，她是否觉得，那短短的距离，如今已变成千里万里？

阳光饱满，把日子捏圆又拉长，夜色像一条幽远的巷道，不知深浅。树在唱歌，生灵在舞蹈，山风悄悄地在田野上游走，挨家挨户耳语岁月的秘密——时间是思想最好的营养，新鲜是艺术最好的老师——富得流油的时间，美得炫目的风景，让我 18 岁的青春，踩踏进了诗歌的平仄。我的钢笔，像一挺机关枪，啪啪啪，啪啪啪，每天都要扫射出一排排长长短短的文字。在无数次凶猛强攻之后，终于攻克了一个个的山头。就这样，蓝墨水上游一个叫高家学校的小学教师，通过文学这扇天窗，把他的信息和触角延伸到了山外广阔的天地。市里、省里寄来的样报和信函，成了我每周三（邮递员每周只在这天来一次）最大的期待，那些鼓舞人心温暖人心的文字，让我感觉山地的天空无比旷远。其中一个叫彬的文友，在不到一年的时间里，与我通信达20余番。每封信他都用方格纸填写得工工整整，字迹清雅，文词真诚。我们谈诗歌，谈理想，也谈生活。他那时还在读大三，正在市里的晚报副刊实习。一年后，我离开高家，跑到市里谋食时，他理所当然地成了我第一个去拜访的人，我们的见面，亲热如兄弟重逢。那时节，我们没有电话，没有手机，更没有电脑，是信函这种最古老最原始而又最真实的方式，把两颗远隔千山万水的心，紧紧地连到了一起。

现在，是若干年后的深秋，夜色苍茫，天气寒凉，我坐在安静的书房里，敲打这些陈旧的往事，彬、勇、坚、松……一个个熟悉的身影，在我的眼前频频闪跃。我很想一一给他们打个电话。我们如今都生活在同一个城市，他们的名字，全都清寂地居住在我的手机里。但我翻出他们的号码后，犹豫再三，始终没有发射。勇在我离开山地两年后，也跑到了市里，如今是一家每天晚上都在央视打广告的产品的地区总代理，房有数套，车有三台，我们除了最初几年有些往来外，现在一年到头就剩下几条互发的祝福短信。坚比勇稍迟一点来市里，从开小餐馆开始，折腾来折腾去，如今终成正果，成了一家海鲜酒楼的老板，清蒸螃蟹，油焖大虾，红烧鲍鱼，冰糖燕窝，每天给他带来滚滚财源。前不久我在他那里跟一大群人吃了一餐饭（但记不清都是些谁），他进来敬了一杯酒后，便匆忙赶去招呼其他更重要的客人去了。松是和我走得最“近”的人了，他进城后读了本科又读研究生，如今在理工学院物理系任教，边教书边读博士。我们倒是偶尔通通话，曾相约某个周末带上老婆孩子好好玩一天，结果约了三年，至今未成。彬在我刚到市里那些年，给了我诸多帮助，我们因文学而相聚，最终也因文学而疏远（多年前便都不写字了），我只知道他在一个权力机关做着一个不大不小的官，连他的号码，都是偶遇他老婆时获得的……

从青涩的少年，走到圆溜的中年，从狭窄的山地，来到宽广的城市，我不但没有拓宽自己的心路，反而越走越窄，越来越暗。我现在的生活真是沉闷到了极点，每天除了到办公室草草审读同事们交来的“本报讯”，到民院附小接送 7 岁的儿子外，唯一与外界的交往，可能就是菜市场里的讨价还价了。家，办公室，学校，菜市场，这四个单调的点，不规则又很规则地把我每天的生活，圈入其中。我的脚步，理想，还有渴求，全都封闭在这片狭窄的空间里。好多年来，我便感到在这个人口越来越多，道路越来越宽，面积越来越大的都市里，我的熟人越来越多，朋友却越来越少；生活越来越好，心情却越来越坏；笑脸越来越多，快乐却越来越少……是的，我的人生已越来越空洞，心原越来越收缩，灵魂越来越孤独。如今，只有家和书房，才是我最舒展最开阔的地带。

城市真是一个怪异的东西，一方面，它宽阔、热闹、客气，这是它具体的表象；另一方面，它又狭窄、孤寂、冷漠，这是它隐藏的本质。它就像一只畸形的胃，容纳着一切，用欲望这剂超强的胃酸，腐蚀掉了人心最宝贵的许多东西。忙碌、功利、冷漠、提防、虚伪、敌视，像一堵堵柔软而又坚韧的墙壁，隔断了城市的宽广，拉开了人心的距离。宽广的地方，就这样被人心这把刀子，慢慢分割成了一个个窄小的格子，囚禁着我们的热情与真诚。大街上人来人往，熙熙攘攘，但每个人都把自己的心门紧紧关闭，那里面，藏满着自己的秘密甚至是阴谋，剩下的空间，狭窄得已容不下另一个人的心。每一个人，都是城市的一堵墙。行走在宽敞明亮的大街，内心深处的那份逼仄与压抑，总让我感到幽暗。在这个秋天，多年前的那些宽广记忆，其实并不能医治和改变我的什么；那些曾经绿得耀眼的青春，只能让我更加感伤、慌乱。

（《鹿鸣》2017 年第 5 期）

后记　孤独的言说

进入四十岁以后，我说话越来越少，文章却越写越长。

从小时候起，我就是一个沉默的人，尤其是在陌生人面前。我非常不善于表现自己的才能，也不善于表达内心的情感。在我少时的眼睛里，世界是敞亮的、通透的、纯粹的，没有阴暗，没有弯曲，也没有背面，它不需要我们刻意去修饰和装扮，心里怎么想的，嘴里怎么说就行了。但这样的结果，当然是遭到差不多所有人的嫌弃和疏离。我不知怎样说话才好，所以一天天变得寡言起来。在我的老家，乡党们对我的印象，至今仍是内向和木讷。

其实我很想与这个世界对话。对那些能说会道的人，青年时期的我除了略略有点厌恶外，更多的是羡慕和嫉妒。他们从说话中不断得到的机会与成功，让我看清了这个世界的真实面目——表达和表现，才是最关键最现实最锋利的法宝。我的话慢慢多了起来。我逼迫着自己的内心向世俗靠拢，尽力去学一些夸张、虚拟、排比、婉曲之类的修辞手法，并尽量自然地运用到交流与对话中。有很长一段时间，我喜欢滔滔不绝地跟人聊天，天文地理，时事政治，文化艺术，宗教信仰，无一不在我的谈话范围。我希望用说话的方式，得到这个世界的认同与关注，从而让自己活得更加华丽和绚烂。

然而，人到中年后，回望走过的路，我才发现自己简直就是一个笑话。话多并没有改变我人生的卑微和内心的孤独，反而让我更加慌张和悲凉。在这个嘈杂的世界，身份的高低和财富的多寡决定人音量的大小。我的音量太小了，声嘶力竭的表达要么淹没在滚滚红尘中，得不到任何人的理会，要么被人视为荒唐滑稽的表演，从心底里鄙视和嘲笑。我越来越感觉到，这个世界假象多于真实，敷衍多于真诚。很多的人和事，其实并不值得你浪费表情和时间去呵护。你的一厢情愿，只会让人轻看，也会让自己更加孤单。

这个世界从来都是病态的。我们每一个人，都是患者。话多，就是其中一种复杂的病症。它是幼稚病、空虚病、虚荣病、孤独病等的并发，医治它的办法，除了时间和年龄，似乎没有更好的药方。

所以直到四十岁以后，我才重新变为一个沉默的人。我不想说话，如果非说不可，那就尽量简短。我觉得绝大多数的话都没有说出的必要，说出来只会给自己带来更多的麻烦和更糟的心情。很多时候，我的手机长期保持静默；坐在办公室里，每天与人说的话，常常不会超过十句。我不愿意用一大堆泡沫似的废话，来填充自己有限的生命空间。尽管，我的内心无比孤独。

我沉默在尘世的边缘——安静地过着简单的生活，种菜，做饭，搞卫生，偶尔想到喂一条金毛狗或拉布拉多；与世无争地保质保量完成自己的本职工作，不求有功，但求无过，对别人的事情，不操半点闲心；躲在狭窄的阁楼上漫无目的地随意读书，农学、方志、地图、词典、医书、玄学等与文学毫不搭界的读物，都能引起我浓烈的兴趣。当然，我也会用目光，冷静地对他人和事物进行深入的观照，不经意间，常常就洞察到了世间的真相和人性的幽微。

在沉默与阅读中，我看到了一个更加丰满更加幽深更加辽阔的世界。我的内心又开始躁动起来。我很想跟人说说话，很想告诉他们我独特的发现，很想谈谈我对这个世界的理解，很想表达自己的观点和思想。可是，我发现身边已没有几个人愿意停下来倾听，我也不乐意重复自己先前的遭遇。于是，在停顿多年之后，我又拿起了纸和笔，在一条词语构筑的道路上，开始了另一种形式的跋涉与言说。

我在十七岁时发表第一篇文学作品，之后不知停歇地写了十年（没几篇好的）；然后办了很多年的报纸，让写惯了散文和小说的笔，转换为记录和编辑本报讯，这当中漫长的十几年，我似乎在不停地说话（每周主持一次长达一两个小时的编务会），真正属于自己的文字，加起来不会满两万；现在，我人到中年（四十岁那年因超龄几天无缘省里的青创会，才知自己不再年轻），终于看清了自己的单薄和寒凉，那么，就奋力地写吧，把自己想要表达的内容，全都用文学的形态呈现出来。

我起初以为自己会接续不上先前的感觉，更担心写不长、写不好。但四十岁那年秋天写下的重启创作后的第一个散文《在黑暗中潜行》，让我找到了信心。这篇一万五千多字的文章是我写作以来最长的散文，而且获得了广泛的好评。它让我看到了光明和神性，也看到了言说的魅力。

此后至今的五年时间里，我一直没有停顿，每年都要写上几个小说和几个散文，少的时候有五六万字，多的时候达到十万字以上。在写作散文时，我常常控制不住情感和字数，一不小心就过万了，一不小心又一万五了，一不小心快两万了。我屡屡打破自己创造的字数纪录。如果不是考虑到发表的需要，我真怀疑一些文章会永无止息地写下去。

为什么文章会越写越长呢？因为我说话太少了，心中一天天郁积起来的东西，在慢慢地发酵，快速地膨胀，它们在身体的内部奔涌，急切地寻找出口，迫切地需要表达和倾诉。

我又变成了一个文字的话痨。文章虽然不能以长短论优劣，而且我近年写下的十来篇万字以上的长散文，几乎全在公开发行的纯文学刊物上发表，但是，从这些密密麻麻铺天盖地蜂拥而来的文字中，我还是悲伤地看到了自己苍凉的内心和孤独的背影。

是的，我从来都是在孤独地言说。在我供职的这个传媒集团，大约有四百余名员工，换句话说，也就是我身边有数百人在直接或间接地依靠文字吃饭，但是当中进行文学创作的却找不出几个，能在刊物发出作品的更是微乎其微。而作协的朋友告诉我，我们这个五百七十万人口的大市，四十岁以下的写作者已很难找到。我们这些可怜的绝对少数，在无数个寂黑的深夜，只能用自己滔滔不绝的言说，来抚慰不断沉陷的灵魂。

是沉默和孤独，让我们抑制不住内心的嘈杂与表达的冲动。

我常常想，在这个疾病缠身的世界，孤独才是一种常态。无论是话多，还是写作，其实都是一种病态，它们都是对孤独的抵制与反击。

感谢刘恪老师、凌翔老师，感谢文艺岳家军扶持计划，你们的肯定和推介，让我孤独的言说有了更多的受众。我只是担心，这些连篇累牍的文字，很可能依然是一腔废话。它唯一的作用，也许只是证明我在这个世界好好活过，独立想过，深深爱过。

丘脊梁

2019 年 9 月 18 日深夜，洞庭东岸